图书 影视

雅也生活，俗也生活，
只是对这片空寂的大地来说，
日子还是经得起烧煮和等待才好。

人生中，谁与谁遇见，在同一片天地，
又和谁度过余生，一切都早有定数。

春风一起,每一秒都想你,
我的爱意淋落整个春天。

人间在前,情散生别,场高席散,百种桎梏。
于是我藏了一个我,
假想春鸣夏望,秋长冬颂,
少年明鲜,爱也漂亮。

明朝便是秋声,

一日情长一日又情愁,没什么不好。

列车是一截又一截人生组成的,
谁都是有始有终的渡客,
既然无法决定出发和抵达,
那就看看沿途风景,至少会有一朵花单独为你绽放。

我之来去，
合该如风自由。

我愿为冬日写满絮叨的诗行,
此情无关风月,只是偏爱。

阿勒泰的春天

戚舟 著

江苏凤凰文艺出版社

图书在版编目（CIP）数据

阿勒泰的春天 / 戚舟著. -- 南京：江苏凤凰文艺出版社，2024. 10. -- ISBN 978-7-5594-8919-7

Ⅰ．I267

中国国家版本馆 CIP 数据核字第 2024826A9L 号

阿勒泰的春天

戚舟 著

责任编辑	项雷达
特约编辑	周子琦　徐晨晓
装帧设计	三　喜
责任印制	杨　丹
出版发行	江苏凤凰文艺出版社
	南京市中央路 165 号，邮编：210009
网　　址	http://www.jswenyi.com
印　　刷	天津鑫旭阳印刷有限公司
开　　本	880 毫米 ×1230 毫米 1/32
印　　张	12.25
字　　数	245 千字
版　　次	2024 年 10 月第 1 版
印　　次	2024 年 10 月第 1 次印刷
书　　号	ISBN 978-7-5594-8919-7
定　　价	45.00 元

江苏凤凰文艺版图书凡印刷、装订错误，可向出版社调换，联系电话025-83280257

春——少年，盎然

月寒花瘦的山

到了春天，最先得意长安

祝你也是

目录

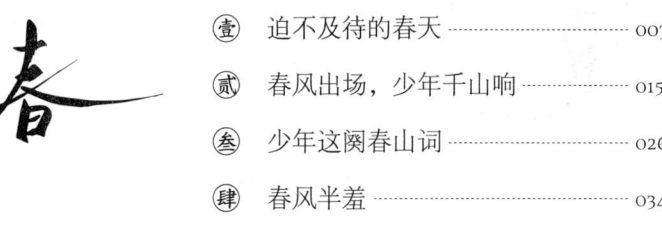

壹	迫不及待的春天	003
贰	春风出场，少年千山响	015
叁	少年这阕春山词	026
肆	春风半羞	034
伍	花不止长在枝头	046
陆	春夏争渡	069

夏——自由，沛然

责攸花山的风

到了夏天，最是天马行空

无拘无缚

夏

- 壹 花开和人生都不必设限 ………… 093
- 贰 愿今夏光长，月悬不落 ………… 103
- 叁 无尽夏，无尽年少霎 ………… 114
- 肆 做不囿于方寸的夏风 ………… 125
- 伍 晚风收暑 ………… 142
- 陆 九月的最后一枝夏 ………… 161

> 秋——未完，坦然
> 三叠阳关的叶
> 到了秋天，最不道寡称孤
> 归途是春

秋

- 壹　花不返秋也朝暮 ········· 187
- 贰　黄昏是爱的狡客 ········· 200
- 叁　今许少年，来日壮阔 ········· 210
- 肆　你够格去爱万山 ········· 221
- 伍　月色失控 ········· 239
- 陆　一愿秋再长，二愿冬不寒 ········· 260

冬——热烈，怦然
惨绿愁红的月
到了冬天，最喜风雪热烈
偏爱成光

冬

壹　愿春夏得意、秋冬得爱 …… 285

贰　有些爱不必见天日 …… 296

叁　原来过分想念，雾也成故事 …… 307

肆　为冬日写满零下的诗 …… 318

伍　愿新年胜旧年 …… 331

陆　祝你烟芜尽处又一春 …… 349

后记　下一站，与春同往

春——少年，盎然
月寒花瘦的山
到了春天，最先得意长安
祝你也是

壹 —————— 迫不及待的春天

迫不及待的春天

冬尚未退场，万物已待发，如冰雪消融、草木岑蔚、枝头春风浓，共同带来似潮涌般的春信。

先是天际雁，携风暄暖而归，直到昼夜升温。立春日，一候东风解冻，二候蛰虫始振，三候鱼陟负冰。最先嗅得风之暄和气息的，定是那秋南雁，早早收拾起行囊，继而一身丰羽一路欢鸣，不远万里排排而归。越过山，山便徐徐丰茂；掠过村，村便预备春耕。人也以雁阵为首信，忙换了农装，磔祈丰兆。盼一园万紫千红，耘一岁五谷丰登。

再是江边树，树栖芳菲枝头闹，十里盎然。坚冰倏地尽退，浮白皆消，老松恢复苍翠，跟着便是两岸迅速葳蕤。不必远望长山如黛，且渡江头。南有桃鼓青苞，杏生烟雨，红樱弥天漫地；北有柳落绿丝绦，杨柏更精神，野蔓缠枝作春草。掀起喧闹欣然的春之前奏，叫人也满抱清风。

又是塘中雨，雨丝缠绵烟脉脉，春也多情。漫步乡道残塘边，雨随云落丝丝不断，半空似雾萦身，让人如置仙宫幻境，池边似潮扑面，心也迭起温情蜜意。旧岁的枯荷重随风举，远溪的游鱼复跃龙门。池上的芜草携翠登场，看客经过这场勃生春景，一刹那心花怒放，眉间似涌过万般风流。春情最慰人间，接着草长莺飞，万象更新，谁都好景无边。

后是枝上花，花飞蝶舞向阳生，处处流光。林荫小道再不见冬日厚重，柳枝荡漾中虫鸟一声声啾鸣，唤开一朵又一朵的花，直到百花齐放春满山。人也似轻装戎马的鲜衣少年郎，迎着旭阳生豪情，随着花舞生柔情，满怀希望地一往无前。枝有缤纷花，人也如花斑斓。学海棠热烈，学玉兰坚韧，学桃杏樱梨的蓬勃，让日子溢彩，今岁昭昭可期。

至此，满堂花醉三千客，迫不及待的春天大戏开场。

少年当学青山风骨，踽踽也嶙嶙

看山断崖处，不惧，反倒生出敬畏。
陡峻的岩壁上斜伸出青松甚至是山鸟，空谷一鸣山更幽。

隐隐青山，总落在人间深处，
不好风流不好言，独守涧边幽草，独爱簌簌雪落。
可也是一身矜高倨傲的风骨，
盖尽尘世的恶路，托起朗朗的日月，诉明千种柔情万丈豪情。

青山不语，纵使半生踽踽，也傲骨嶙嶙。
少年当如是，前路漫漫茕茕，但凌木终崇崇，
纵使冬日冰寒，孤勇难敌四海，可踏过荒谷便是青天。

无惧花期短，二十四候冬春，
无畏远山长，百里行舟万里风鹏。
少年合该不惧岁月，不畏荆途，十万尺云峰，试摘星辰。

开始讨好春天

即使不求花开,也还是心存希冀,想着哪个秋后夏晚能有一场沾满月色的盛放。

没什么可害羞的,人类的顽劣本性。

喜欢光,那就得跑起来追,

渴望爱,得先明确自己的重要性。

想要一整年的春禧夏安、秋祺冬绥,也得甜言蜜语一点啊。

那赠你一阕行歌,去讨好春天。

三更月落悬屋梁,半宜晴色半青苔,

还愿海棠初生时,亦道春风为我来。

要奔涌，要远征

苍松匿翠于雪，飞鸟凝身于风。
我仰望林梢明月，妄念旧岁的山和明朝的海，
却觉得自己如松鸟桎梏方寸。
原来长空依旧璀璨，是我不经意间遗落一地风骨。

想起年少虽不敌云断冬冷，却有蓬勃愿春浓，
那时黄昏悲壮大雾盈身，却能一觞一咏默读花开。
一晌十年过，明明再无苦难注脚，我竟不敢再写远方。

或许冰河枯死，或许野花再无种，
然而今日，我在隆冬听见春的序曲，原来春风仍待我，
待我从头忆疏狂，与日月再争绝色，同山海再战明朝。
雁字归春，风雪重重东破白，云阶聚光千丈，万望惊鸿；
繁花翻动，孤鹤出山凌高台，再吞远黛万里，万盼好景。

黄昏雪悸动方寸外的山海，我重执年少傲骨，
要奔涌，要远征，要自由如风，要云巅之上再峥嵘。

要沸腾，要繁荣

坚冰拘于方寸，却悄悄学万物生长。
冷月悬于枯木梢头，却盛放皎皎光火。
所以我说，既无法剥离苦难，那就让它开花。
别桎于过往，只且望前方。

多少人一生困于旧疮，
一次次决心出走却一次次重读伤口，
于是无法释怀故土亦无法定义未来，从此悲欢潦草。

冬亦愆阳生，春更腾腾茂盛，
你看人间多情，所以永别苦难、遗憾和未完吧，
不自桔不偏执，不自晦不内耗，去热烈绽放，去宴请自己。
春风待你，待你轻装上马征战四海，浓墨作序新梦，
春山候你，候你步步殷实勇攀云巅，重彩启幕鸿篇。

寒冰之下藏着漫天野火，我以明月执写春朝。
要沸腾，要繁荣，要万紫千红，要方寸之外更鲜浓。

要汹涌,要恢宏

鱼和海鸟从不嫉妒大海的无边无际,只臣服于它汹涌的脊骨,能任跃龙门,凭潮而上。

也不歆羡大海的深不可测,只拜服于它恢宏的气势,折于它永无惧怕和退缩。

少年初行舟,破浪乘风,破旧途的观望,乘勇往的海风。
海风最疯癫,傲在潮头,气吞天下,
少年载满疏狂,自北向南是花开,春走到冬是战果硕硕。
大海是最无可退的战场,逢战必胜,
少年以浪为弓,以帆为弦,迷途不返风雨不休,誓要称王。

生命太逼仄,就得学学海的磅礴,
生奔向死的路太枯燥,就得琢磨海的振奋。
就称臣于海,粼粼冲闯无底风,终有傲然风鹏日,
就仿效于海,挥斥奋楫凌风去,总有史书惊鸿笔。

大海蓄航驶势,只待你意气风发。
这一路,要汹涌,要恢宏,要战无不胜,要弄潮儿逐梦不休。

找到花，成为花

遇见的人越多，越发现没有谁能真的对你感同身受。

越是寄予沉重爱意的人，也越是不能义无反顾地理解、认同和支持你。

人间苍茫，生计人来去匆匆，怎有人会懂你的奇奇怪怪。

没什么大不了的啊，别想太多。

他们都这么说。

人们不以为然你的满身疮痍，人们嘲讽嗤笑你的苦苦哀鸣，人们自以为的为你好的爱，无知又蠢坏。

拜托你一腔孤勇地前行吧，
拜托你明目张胆地去追寻梦想。
拜托你去找你想要的花，然后成为花，
什么花都好，但要记住，你为花开，花为你落。

如果花一定要落，那赞歌和丧钟都是为你而鸣。
我想，这是玫瑰少年为自己一生的浪漫谢幕，
无须立碑，玫瑰年年为你盛放。

那么，玫瑰少年，

你看了几次日出、几次日落了？

你的那颗星球一定是全宇宙最浪漫的吧？

你满园的沾染月光的玫瑰是不是再也不会凋落？

你是我冬夜失控的春词

一直在想那场兵荒马乱的相恋,就像冒着大雪慌忙赶路夜归,没有心思欣赏路边的飞鸟逗弄飞雪,也忘了抬眼就能看见夜灯正衔着明月。只想着同你一路走来,好似续命的输液,在一身怎也散不去的药味里心烦意乱。而有关爱你时的心悸,到底是被雪冰封的浪漫,还是早已病成了荒烟蔓草?

反复思索的定论,是从遇见你就开始的失控。

正如明月与梧桐在枝头的缠绵里,不断内耗与求证,不清楚爱的开端到底为何。我一面常在人潮里望向你,一面试图在你的眼里看见我的身影。直到陷入自证的旋涡,才在你渐行渐远的心意中惊醒,原来是杯弓蛇影的沉沦让我渐入极端。

和你有关的许多回忆,后来被我筛选,只剩下柔情蜜意。可我知道,每次微笑背后都是一场疯癫。在那个雪夜的黄昏,雪雾迷了双眼,在明白诀别来临的那刻,我如同置身呼啸的台风中,最后一次失控,为自己下了缺乏安全感的处方。

可你不是我的解药。纵使时至今日,你都是令我这冬夜失控的春词。无论冬后逢不逢春,终只有我自渡。假如还从头,我一定去学大雪招惹心动,而不做无端伤人伤己的明月。

释怀在山腰,我祝你山巅风采依旧,多谢你的春光曾照我。

寒绝逼春来

若想来年的春风早些暖,要看冬天的寒劲儿够不够。寒冬对早春,暖冬后便有倒春寒。母亲这话一点没错。有年西北的大雪屡屡封山,谁知来年三月底已有山桃绽放。就在人们喜上眉梢时,一场带着冰碴的雪陡然封天冻地,慌得人们赶忙重燃炉火御寒。

寒是冬的题词,正如花是春的物语。四时令候不容谁改变,若错了节奏,便总有灾妄寻来,尘世万物便要琴瑟不调。所以我总希望凛冬更寒,最好漫天大雪一场接一场,止住人们奔于生计的脚步,或冬雪煎茶,或围炉取暖,放空所有疲惫后才更有风骨迎战春日。

秋后待机重发的草木也是如此。它们掩红于坚冷冰河之下,匿翠于叠叠素白之内,经过一场漫长冬眠之后,跃跃欲试的生长之力才愈旺盛,直到再也不愿忍熬寒冬,在某一天倏地盛放,犹如绝处逢生般惊艳整个春天。

寒亦是冬的冰戈,正如雨是春的信使。朝暮年岁里总有无法逃离的悲苦,寒戈冷雨便挥洒于天地,冲洗所有零碎情绪,使人重新积蓄力量。所以我常把隆冬当作一柄长戈,叫它替我除去所有不快,继而投身到热闹的年节氛围中,待寒意层层退去,直到我羽翼渐丰,又能旋舞春时天地。

雪后草木也有寒戈相助，斩断不中用的残枝败叶，清除脚下旧秋里的潦草泥土。等春风徐来，化作一池春水，便更替了养分，增生了更蓬勃的土壤。所以每一朵春花烂漫的背后，都有雪花护道，迎往光鲜繁华的地带。

日暮诗成天又雪，我徜徉在清人屈大均的诗里——

> 穷阴天外积，寒绝逼春来。
> 尚苦连朝雾，南风湿不开。
> 已新长至柳，重吐小年梅。
> 腊酒谁家早，莺知为我催。

愿大寒再生，再鼓一把劲儿，为春气勃发站好最后一班岗。

贰 ——— 春风出场，少年千山响

春信如潮，愿步步丰饶

光落眉间妍，雁字凌空飘舞。
继而半窗枝白忽褪，点点斑影浮翠，
又有夹着雨雾的风翩翩，在湿答答的枝头合唱温暖的旋律。
这才知：道道早晴昼，人间春徐厚。

既已万物盎然待发，那就盛别隆冬，紧握春的流沙吧。
人人都知春计短，敌不过风迢迢雨阵阵，
一晌明妍后便又岁半，日子最经不起长吁短叹地蹉跎。
砥砺的话或许太过严肃，但谁都是各不相同地悄悄旺盛。

所以赏花归赏花，还是要躬耕，要做春的花农。
先在荆途种开路的玫瑰，再拓荒野，种四时不息的迎春，
春为夏冬秋作序，春是不灭的光，春如少年不颓的眉眼。

便以春题词，就写必征必誓的气血，至岁末定恢宏，
便以春为田，就耕披星戴月的朝暮，至岁末必丰登。
莫踌躇，且赴春信如潮，愿新岁步步丰饶，日日斑斓。

且以春为戈

正如海棠不只是海棠,更代表凌晨四点未眠的峥嵘与惊鸣,
春天不仅仅是岁序之首和时令更替,更是年复一年背后的花开与勇往。

春如星火,燎原四时,
譬如雪为春天悄悄增色,秋的归途是落叶藏花,
春的生命力纵横捭阖,让万物盛衰有光,让人成败皆王。

春如铁马,纵驰山海,
譬如岭南的花香溢长安,西北的东风漫梯田,
春的生命力经纬交错,让花开一路旺盛,让人也力敌千钧。

春天不只是春天,
是永悬不落的月,是岁岁丰茂的山,是气势磅礴的海。
喻激流勇进风正劲的人生,赞颂奋楫扬帆定争先的明朝。

别让春天仅仅是春天,且以春为戈,为纸笔,为不灭的光。

少年初尝人间

高挑落寞的十七岁男孩子,出了校门直奔荒谷。
敞开校服,躁乱的心在触到冷气的刹那,鼓鼓胀胀。

早已生根发芽的不羁幼苗,
此时疯长成一望无际的森林,
庇护着乌天黑地里舔舐伤口的独生小兽。
直到疮痕合愈,少年拢起衣裳,森林也拢起枝叶。

侵蚀血液的寒气散去,离群孤索的心脏重新归位,
十七岁的男孩子从拐角的暗处,重回白日刺刺的人间。

犹闻年少笑问尘世悲欢,却不知早已踉跄跌进灯火万家。
那就该挺起不折的初生脊梁,惶惶亦莽莽,
拂尽十二街人声鼎沸,生咽八百里荆途至味,将山河踏遍。

少年休畏生死场

差一天立春,湖边死了一个老人。倚着的柱上留下褐红的血字:我的死与他们无关。
惨白人间,春也无力。

向死而生,无人逃过,
无数脆生少年呼啸着林立起来,轰然倒下,再循环。

少年,我们选不得生,亦避不过死,
生命是一场宏大的献祭:悲欢作陪,祭主是你。
这一生或热烈,或平庸、或黯淡,最怕告别时未尽的执念。
那就活得肆意一点,
玫瑰黄的月亮跳进墨色沉夜,反倒生出绝色的浪漫,
你大可以用尽心思表演未来,死前有无数次开端重启。

日出与豪情赠你孤勇,去人间荆途。
看客叫嚣,你只管起舞。

爱在月升潮起时

带着未散的空寂在街上摇晃,就这么撞进一树橙粉。
日光并不热烈,可这花枝实在招摇。
被晃了眼乱了心,像初次遇见时眼睛笑弯了的你,
花动一山春,定定仰望许久,钟表反向转动,回放爱你的分秒。

可远山长、云山乱,情不知所起,
你从月影沉沦的西海走来,裹挟一身玫瑰黄的潮雾。
你从绿光杳杳的寒山走来,反生出扰人情思的暗香来。

后来爱不知所终,我也仍记得每一场月升潮起。
告别时,你祝我往后行得春风,望得夏浓,不负芭蕉雨。
后来有天暑后,茫茫郁郁,
突然想起你曾着长衫,浅笑着过桥来牵我的手,
而我眉间又一次明媚。

或许这就是爱的最好走位,
欢喜余韵长,一点落日,山山斜晖。
我见青山多妩媚,纵使陌上离花,长安渭水。

山与海不共潮,宁作我

列车摇晃,窗外春麦弥望。
我在日光将隐没的下个站点处折返,随意又任性,
可也是真的失望。单向奔赴的前方不会有花开,我早该明白的。

朝日借山海东升,回赠万里晴空朗朗,
春风送人间得意,花动万山以谢春红,
柔情百里也守约,诗酒趁年华,你又怎会不知?
只是每一程来路和去路,
想月色正好溪头画晓,披一身山雨赠你烟露,
我冲锋在前,可空谷传音,无一回响。

这一生,能遇多少人,又有几多情?
在你这儿燃尽了光也得不来一点月色,那就到此为止吧。

山与海不共潮,宁作我。

粉色如火，黑色溢彩

  这世界陷入失了序的境况。篱笆下的海棠忽生出凌空的枝蔓，一颗小山楂果吞噬了太阳，白云坠地成了墨色的海，风筝在林间飞舞成鹤，纸上的墨垂虹天地，这人间癫狂。

  可千年古寺敲钟，说这本就是人间常态。

我行舟渡故往，去寻疯癫常态，
去万年史前，她挂帅他列阵，原来分工并非传承，
去千年大唐，女可尊胖可美，果然纲常并非天定，
又去百年后，再无她亦无他，世界重演无差无矩。

所以万物背后的暗喻和象征，
不过是人们自己的画地为牢。
你说柳红花绿便红绿，你说花不在枝在山海，
正如粉色可燃火，黑色暗涌七彩，世界唯物可人生唯心，
而你是唯一的自我主宰，序和局由你定，何畏人言旧俗。

为自己描彩，粉为底色，黑为锦章，你是自己的历史。

没法过江去爱你

"你明明深爱,又为何不敢上前?"
人间的爱太多了,明恋的、暗谋的,江海本就广博。
可我桎梏在暗礁,没法百无禁忌地过江去爱你。

木兰候清明,木槿一日荣。
对赌的爱胜率仅三成,我怕东风起,崖谷葬花,
更怕云雨乍来,鼓起了勇气也只能避让。
夏望的前夜太过明朗,月太皎皎,
玫瑰疯长,江这边潮满涨,我却止步于山寺檐下。

加码的爱春信不明,裹挟的缱绻和你或许是泾渭分明,
青苔随冷锋入境,海棠它便只敢在凉夏零时里瑟瑟绽放。
就当我是江崖下的鸥鹭和爱里的胆小鬼吧。

只要更着春色的山海偏爱我

一个人爱另一个人，总不是完全对等的，
于我而言，更爱你是因为：你是我从未涉足的山海。
可我并非就此停步，
看过西楼花开，往东是江月往，西是琉璃海，
我是人间野渡客，从不只渡一行舟，春也不只江南有。

人间近百春秋，
我和你，不过亭亭十里。
这一程，你占尽月光，下一程，日和月全归我。

好景暮暮又朝朝，我只要更着春色的山海偏爱我。

为爱揭竿,独占春山

你常说,我爱得太疯。
可我想,在爱里就是要霸道,就是要背水一战的,
够浓烈才不枉爱一场。

你瞧流星转瞬即逝,却耀眼,却永久定格,
还有山茶大朵坠地,槿花一日枯荣,却叫人长久惦念。
而优柔寡断的小溪啊,怎么也奔不到大海,称不上汹涌。

所以我爱人,常常带着些疯和狂,
在暧昧的末尾迅速发出为爱冲锋的号角,
在相拥的故事里极尽所能地为你,为你千万遍,
至于白头偕老,初见已是一生难忘,随它最后如何落幕。

爱的第一主语是我,所以我不求你同等的回首,
爱的挂旗主帅是我,所以无论情长情短,我恣意便足够。

我为爱揭竿,独占春山,只要一生屹然。

叁 —————————— 少年这阕春山词

少年没有底色,自成热烈

千姿万彩的少年色,郁郁葱葱最盎然。

譬如少年如山,不是山的筋骨,
而是一抹岫青里的旺盛,是四野溢黛的昂扬。
以峰峦为墨,以恢宏入画,夺得千峰翠色来。

又如少年若海,不是海的无边,
而是一抹湛碧里的汹涌,是四海麾下的壮观。
以潮浪为彩,以澎湃勾笔,水浸碧天天似水。

少年是岫青,是海碧,是流光浮翠,
少年写苍郁,写莽莽,写昭昭萋萋的未来。

少年没有底色,自成热烈。

月色从不纯粹

春风在夜里游荡,越来越燥热。明明夜空干净又敞阔,月亮正在自娱自乐,可整片天却是写满了情绪的留白。窗下长叹声不休,每颗星星都不简单。

月亮和月色是两个概念,月只升落,月色却从不纯粹。

谁的玉兰影动,斑驳了一墙的沉默,
又是哪个江岸芦枝乱颤,叫小花自此迷失在寒塘。

此恨不关风与月,确是如此,
月无辜,可月色是人为,写满了长爱短恨百般情,
我不诋毁月色,只写客观事实,它招摇,可也狡猾魅惑。

别中了月色的蛊,管它染醉一江水,我是春山独醒人。

你要成为春天,先要靠近山

你要成为春天,先要靠近山,
不惧料峭的风,无畏雨雾的登攀,
让野草燎原,让每一朵花为你归安,
万紫千红只是底色,无限春山才是华章。

你要成为春天,也要靠近月,
不惧孤索的夜,无畏风雨的坠落,
让林梢清绝,让每一只鸟为你飞越,
流光溢彩只是虚表,万般风流才是绝色。

你要成为春天,还要靠近风,
不惧远行的梦,无畏独身的孤勇,
让赤红遍野,让每一抹绿为你惊鸣,
日东月西只是过程,横扫千军才是峥嵘。

别和月光背道而驰

世上从无公允可谈,就连月色都参差。
所以无论身处青山或沟渠,别和月光背道而驰。

人常说,花与春齐频,山与海共振。
可于我而言,世间美好总和我东趋西步,唯苦难伴身。
所以我格外珍惜太阳升起的每个明天,纵它不为我而升。

山不转水转,花不开草绿,日光躲我月光来,
我用城府、筹谋、反骨对抗荒唐、潮湿、疯癫的方寸人间。
我借月光、春天、希望祛除慌张、可怖、痛苦的只悲不欢,
这是明月大赦天下的庆幸,是我用春自渡的精神胜利法。

这一生大抵无能做飞鸟,便做断线的风筝,
我逐春风,逐山海,逐明月,让断了的线被夜光照亮,
也算和明月意气相投,就当明月助我奔赴热爱吧。
太阳不为我而升,便和春月意气相投。

有些爱恰不逢时

晚两年再相遇或许会更好吧。
像海棠错在二月萧瑟，我们的爱也恰不逢时。
只可惜初见太早，爱从此被定义，再无过客，
也可惜当年兵荒马乱，诀别后又回望，却再无相逢。

接近春天很简单，不过是拜访一朵花的事。
重逢年岁里的少年却很难，连想念都克制，生怕荒唐。

最叫人难过的恐怕是听闻故人新事吧。
我兜兜转转的是珍藏的你，你的人潮里却再无我边角。
多少次想着算了，又多少次迷茫：爱的到底是爱还是你？

还是爱你吧。
在我的故事里，你是春枝上不落花。

春日好酿，应趁新火

去了趟蜀中，正赶上山桃花开，婆婆要酿花酒。谁质疑了句她手艺，婆婆就豪气一指：这片山都要得！我听了笑笑。再看向山谷时，突然明白这话。

四合的山野外，老林吹箫，云峰尽沾春光，
而这浅谷，从崖下蔓至原上，花染长空，酿一山绝色。

似乎听到这山中，悄悄热烈，
正是东风来相和，春波作春酌，遍野万物沉醉，
一半堪煎茶，一半成十亩暗香，俱为夏日繁盛沽新酒。
这春日好酿夏，青山坐看满川潮。

问一江花酿何日熟？少年莫等闲，应趁新火，
想来夏望秋得冬藏时，当是三杯新酒长精神，敬春朝。

夏可稍迟，再泛春一饷

最是一年好景，春日热烈。倒起寒，春日迟迟更惹人。
先南望。我怎么这么喜欢江南啊，温柔得不像话。
一切都轻轻悄悄，就连花色生冷都委委屈屈。
明明正是春浓，
透寒的碎雨却没完，裹挟着花树的冷雾，
桃杏春桂们瑟瑟，可也就生挨着，任它锁风光。

北方雪色衬月色是一绝，可雪白挂红更是春赏的绝色。
一身壮烈的筋骨，对望天地莽苍。
花日短，春才起，
偶有海棠贪春日，云树染青碧，雨雾里突逢雪，
林花上凝着冷露，可不愁也不惨烈，任它相映成浪漫。

独行晚，实在醉这春色，悄想：
夏可稍迟，再泛春一饷。

大可活得张扬

碎雨后天正好,极清爽,看万物都可爱。

斜径上,扎着双马尾的幼童蹲在地上,捧着脸望天,像在等云落。偶有人笑笑,她的母亲便踩着滑板也笑。

好一个闲看儿童闹春去。
我想人生应亦是:大可学春色热烈,活得张扬。

花能动山色,月能起潮色,你亦能共天色,
惊春绿便去惹春,趁江阔且去行江,八千里路该恣意。

一亭更望一亭少,
别到路将近,最爱的成最悔,满是未完的偏执。

就今日下江南吧,去跃青纵马,去山上惊鹧鸪,
不就活一个尽兴?

肆 —————— 春风半羞

春风长，便花期年年

门外有株海棠年迈了，只开出几朵花。少女抬头仰望，花色仍泛着轻红，只有她一脸颓丧。不知谁在院里尖嚷，她的泪沾湿一片海棠。少女被要求着，在盛放时多去讨人喜欢。

"女孩的花期很短，别让自己活得可惜又后悔。"这是人们常说的话，刻薄又不讲道理。

这潜台词是，没有趁早依附上繁茂的大树非常可惜，没有趁花期最好时爬上山巅总会后悔。

可海棠败了仍是海棠，山过了仍有山。

若花萎了，那就自己成为繁茂的树，成为托起日月的山，

从这朵云走到另一片天，管它路长短，不停便有千万山色。

层云从不遮眼，只论你高低，

正如春风长，便花期年年。

春天不只是春天，还是全部的你

  缺月又圆，日落渐晚。风轻轻晃动星星的时候，我像看到许多花在摇荡。太阳褪去冬衣，春天就要来了。走过很多座冬天的山，还是一样总为春天惊喜到失态。

  海棠惹雨风无声，谁人窗下动春情。

  春风一起，每一秒都想你，我的爱意淋落整个春天。

  忘了动心的具体时刻，或许是你迎着光的某个对视，或许是哪场雨里的逐渐靠近。就走走看吧，你这么说着，比春风还骄矜可爱。以至于后来，我沦陷了很多个年岁。

  为何豪赌这份爱呢？因为像春天的万物更新，而你是我深渊里的重见天日，意义非凡，所以我拼命爱你。

  此后于我而言，春天不只是春天，还是全部的你。

  很多时候我是不信爱的，但只信你。哪有那么多情深情长，可在你这儿，我只把你比作春。再怎么兜兜转转，春总会来，你还是会在我身边。

  明月别枝，海棠要开了，我愿我们山山逢春，岁岁如新。

贩售春日

又到春雾时节了。一切景色自动调染,山青稍黛,楼市微茫,海棠也收敛。悄悄伫立亭下,便像定格在这春画。

春太好赏。要我说,春日绝色有两:
花艳长空招摇色,再温婉也热烈,再乱舞也明媚;
醉染青旗朦胧色,黄昏细雨同浅雾,恨赊一身拂不尽。

霞色泼云晚,江北正好,
落日半隐,橙赤橘月极尽缱绻,廊下谁人卖黄昏;
雨色总沾裳,姑苏极好,
曲苑半明,寒碧清洌着以缠绵,雨巷薄衫卖杏枝;
雾气醉香泻,定是西湖,
泛泛烟霭绕,远山叠叠透江来,亭上鸥鹭卖少年。

莫迟迟,春日贩售只一晌。带月来,春色可赊无限期。

祝我只是我,我仍是我

好像才写了几首冬天的诗,春天就要来了。再没有一夜雪忙,天气半寒半暖,掺杂着雾气。路过一座山,有些像旧相识,可明明从没有来过。

黄昏将起,山披上月色,我忽然想起好些年前的梦。

只是后来,山河空念,兜兜转转,那梦也只是个梦了。

年少时的梦总是有关怎样去过这一生的。说得抽象点,是春日宴,是满庭芳。讲得具体点,不过是意气风发地走过一山又一山。而我曾经的山,如今只剩下依稀的影子。

海棠年年依旧,我却人不如故。

这些年,认真起来,也平庸起来,丢了梦,也丢了一些自己。某个瞬间的灵魂对望,我好像不再是我了。

可直到今天,在这个春天的黄昏,我在廊桥找到了旧梦。

最深处的血液悄悄沸腾,我借用一枝春花,代替月亮送给自己。有些山不易攀登,可总有上山的路。有些山稍有荒芜,只是春天未曾光顾。

那就祝我这久不逢春的山重振士气:

管它八千里路云和月,荆途踏遍后,祝我只是我;

管它万尺高台风和雾,竹木凌云时,祝我仍是我。

春风半羞

立了春,北方的春天也蹒跚而来。尤其晌午日头好,窗里的什么花微开着,风斜斜吹过,晃动杨柳枝条,大有点江南的意思。

只是春风总半羞,几番招花还料峭。

北方的春像骄矜的少年,想要热烈,却碍于身段欲说还休,把握不好情绪。所以春天在北方时而盛放得迅猛,时而半途不见踪迹,时而又索性躲回冬天的身后。

北方的春天在二三月就开始有意思起来,但若江南春作比,四月后才算是呼啦啦奔来。

记得有年是早春,才三月就有矮山桃开了花。许是风极暖,招来一片春花。那时正和家人计划来一场早踏春,却不出两日,春风忽狂,吹落片片暮冬的雪。我有些不甘心,还是不等雪停就出了门。那片矮山桃已经全白了头,只是雪软,漏了大半朵在皑皑天色里。一眼瞧过去,很有《红楼梦》里"琉璃世界白雪红梅"的意境。天地明暄,白雪皑皑,缀以粉桃,像冰封了玫瑰,委实浪漫。

春风起,碎雨落,这是春天最缱绻的景象,但在二三月很少有雨。可北方的春风,惯有手段。太阳刚起,风便细细吹着,直吹得枝上雪洒落。不多时阳光温暖起来,落了的雪大片融化,整条路上湿漉漉的,上浮起一层水汽,落在矮灌木上,恍然间像是"春风拂槛露华浓"。

真正到了四月,便要听风听雨过清明,北方也不例外。哪天早起,突然发现树枝已然青绿,才知道盼望许久的春悄无声地来了。这时春风轻轻细细地吹着,吹来雨,吹来花开,吹来一整个春的盛放。桃杏大朵大朵开着,再也不惧倒春寒;月色朦胧,风悄悄弥漫山谷,整个山头很快郁郁葱葱起来。且将冬衣归拢,往后薄衫轻装就可尽情享受春天。

四五月的春风也热烈,却也短暂。没等放够风筝呢,春风就半羞着退场,像是大方惊艳众人后又忙躲人后,不好意思听雷动的掌声。

海棠含雨花正春,一霎春风羞入夏。

到时再说夏天的故事。

一枝春雨半江花

比起春风总含羞,春雨要热烈多了。雨一来,花一定要开,鸟儿们也要在雨里换新衣,春天大大方方地绿了一山又一山。

一枝春雨半江花,一曲长歌半山春。

那年二月末在苏州,切实感受了一回江南春的曼妙。

江南春最好,只有苏杭。那年我流连在曲巷河岸上,看雨落青树、水波微兴,看一树花摇、小桥流水,真是久久不舍离去。江南就是江南,云雾朦胧也是婉约姿态,古檐黛瓦上时时淋落着雨,在春日更添一份清绝。

最绝的还是一场雨满城花,可谓是"春路雨添花,花动一山春色"。有天晨起,正在哪个巷子里走着,丝丝的雨就落下来。我倒也不慌,春雨很是温柔。河岸边是什么树,尚未开花,但大多已结了花骨朵,个别花将开未开着。不出三五日应该就都开完了,那时的我想着过几日一定要再来赏花。谁知次日下午恰好路过此地,竟远远看见了半江岸的花!雨又落着,轻轻拂动着的娇艳的小花们姿态缱绻,努力探向树梢,好一个桃红柳绿的春雨江南。

我赶忙下车,跑到对岸的茶楼,又见一番风景:几桩较大的花树摇晃着,笼住一片屋檐;褐瓦青雨红花,像画轴里最招摇的绝色,像落笔形容不尽的诗,吟诵着整条街的春天。

后来往北去，春色大有不同。北方春天向来晚，天气反反复复，总要在四月才真正等来花的盛放。

一枝春雨倘若落在北方，那该是半庭花、半山花了。北方的小城里很少有江河，爱花的人们就种花，种满整个窗子或者小院。三四月，春雨也慢慢来了。这时的雨还有些凉意，但花儿们不怕，就等着雨来，然后努力盛放。

过了清明，山上的花开满了，这时也大有江南意思了。桃杏烟雨，满山鲜繁，春风一起，浩浩荡荡地红遍一片山野。站在群花近处，望不尽的天和花海，此时分不清是云下花，还是花上云了。天地昭昭，放声高歌，若再来一杯花酿的酒，真想酣醉在这春天。

江南春美在骄矜，北方春胜在放恣，都因雨而惊艳世人。生活得闲时，一定要去认真看看春天。

若在江南赶上春，千万和春住。

若往朔北去寻花，那我聊赠一枝春，愿你春春如许。

喜出望外的黄昏

夕阳渐西，云朵时而遮掩，落窗的光影影绰绰。等一室半昏，一缕光升温，晚霞在夕照里热烈又温柔，黄昏徐徐而至。这二字光呢喃就缱绻，悸动到十分欢喜。

无论冬春与山河，黄昏永远是潮汐迭起的浪漫。

在庭院，卸去一身烦忧的生计，煎盏茶，捧一卷书。放空灵魂追逐虚无的日落，徜徉在另一个时空的经纬，唤回枯涸的风骨，一点点找回年少的自己，这场景永远让我沉溺和动容。原来下坠也有新生的力量，黄昏落幕是另一种盛放。

在溪桥，允许一时的沉沦，沉沦在寂寥的天与地。孤独在夕阳触碰天际的一瞬，情绪鼓胀到极致，却有放纵享受的快感。周国平说，孤独是人的宿命，没有任何人任何事情能够改变我们的这个命运。多美妙啊，在日月交接的间隙，晚霞随着溪水西去，归去来兮皆有去处，你被黄昏点悟人生。

在山腰，飞鸟的尾翅划过林梢，划过连绵的山头，最后把一串光阴留予半跌的晚阳。长风一起，豪情和温柔共同涤荡山林，抚慰因尘俗起皱的心灵。上山或下山都不重要了，在此刻，橙黄橘绿的林与叶、巍峨的山和葳蕤的光，还有逐渐攀顶的星月，用迭起的好景作别平庸生活里的失意。我在黄昏的山腰反复修补自己，直到心中装满无数座山。

春

在长街，乡下经年缭绕的炊烟，被晚风裹挟着落满每一棵梧桐的枝头，不等明月升起，它率先点亮巷尾的灯火，把年少而今的乡愁变作另一种牵念。我惯会寻找街巷里的每一处不寻常，无论是野草的蓬勃，还是花的招摇，总能让人透过黄昏的雨雾望见故人，旧年岁的影子在朝暮往来中被拉长，而我的思念被黄昏写满不息的诗篇。

早冬的傍晚，落日迷蒙地睁大双眼，在辨不清霜雾还是冰雪的帘幕里被哄骗着多停留了片刻。它斜斜挂在檐角，和晚霞一起尽力释放着最后的光芒，就连路过的北风都暂收冷意。忽然故夏的一朵花落在肩头，碎雪也缠绵起来，夕阳终落月灯起，我在黄昏下无人的街头心花怒放。

独坐黄昏谁是伴，世间万物与情欢。黄昏仿若永不褪色的爱意，让冬风化雨、枯木逢春，让你永远在生活里起舞。

愿我永远蓬勃

注意到楼下的这棵小山楂树,已经是去年秋天了。去年是个冷秋,一场场裹着冷风的雨落下,叫好多花树都提前败落。唯有它,在一个晴天里盛放了满枝的小红山楂。

自那以后,我路过时总要抬头看它。密不透风的枝叶小果里,唯有光漏得进来。一树枝黛山楂红,让云下月色看起来也逊色许多,我那时觉得这是秋日最好的景象了,便生怕冬天来得太早,一场雪叫它落寞。然而令人惊奇的是,在这个漫长的冬日里,山楂掉了几层,枝上仍有落不完的果。每每见了,皑白的天地里,只有它如红梅映雪。

直到春四月里,我偶然望见它,依然如冬也如秋,像是永远地留在了旧年岁。唯一不同的是,春生新叶发,它的枝尖上长满了嫩芽,簇着旧年的小果,彼此生长着。

我知道,它的果子合该在春日里落尽了。当然,或许依旧有那么几颗与众不同的,宁愿干瘪透了也要去见见夏天。

它就这么蓬勃了整个四季,叫我一次又一次地惊叹。

突然觉得,若是像小山楂树那样热爱每一个明天,我便永远仰望下一座山,人生似乎就多了许多纯粹的快乐。

旭日只在山巅,那就愿我也永远蓬勃,勇往向上吧。

云下皆少年

种满石榴树的一段路上。日光刚来,几个老人拖着将枯的躯体,背微有些佝偻,头却高昂,迈向旭阳东升。而在不远处,两个十来岁男孩也大跨步迎着光。

这景致令我惊叹,似乎云下皆是少年。

春雏吟于高崖,鸣鸠栖于暮谷,便构成天地人间。

可长安三千白发客,从不惧桑榆!

歌楼起舞至清明,青黛人却总惧黄昏,以占山方为狂,然苦于桎梏。

且看岭上长亭十二载寒处生春。

野渡人亦当:不梦南柯,不忌花期,方少年意气长。

纵使冷风过境,青松落色,可远山江上千峰,十万花路。

正如榴红一树映天时:东隅西海尽少年,参差也绝色。

伍 ——————— 花不止长在枝头

春天的早市

露天早市寂寞了一个冷冬,终于在三月中旬重新热闹了起来。

早上太阳尚未露头,空气里还沁着凉意,小贩们便早早守在自己的摊位上了。

鸟叫了起来,太阳焕发精神。第一批涌入早市的人们还打着哈欠,却转瞬便被早市上琳琅满目的物品吸引住目光。有喷香的热馕、酱香饼、凉皮子等吃食,也有花花绿绿的大棚蔬菜、南方来的新鲜水果等;有赶早才宰下的猪牛羊、鸡鸭鱼等肉类,还有各种各样的生活百货。这些小玩意儿价格便宜,种类又多,挑挑拣拣总能选到如意的。

早市上,我最爱的就是各味野菜。只有见了这摊上的野菜,我才能感受到北疆的春天来了。沙葱是春天的早市上最常见的野菜。它们长在戈壁里,故而身材比种植的小葱更苗条,味道也更香浓。沙葱的吃法很多，用它炒鸡蛋是既家常又美味的一道春季佳肴，和皮牙子（圆葱）一起凉拌也很爽口，再或者配上木耳、粉条包饺子蒸包子，同样很馋人。

除了沙葱，蒲公英和马齿苋也都深得我心。蒲公英在别处很少用来吃，可在我们这儿，它是一味清热解毒、利尿散结的补菜。初春，带上孩子们去挖蒲公英。孩子们只顾着吹散一朵一朵的蒲公英绒毛；大人们则一边忙着挖蒲公英，一边在想着回去做什么菜。回到家中，要先熬上大锅冰糖蒲公英水，让老人和孩子喝了，消去春天的干燥火气；接着把剩余的蒲公英全用水清洗了，一部分趁着太阳好晾起来，留至夏秋食用，另外的就都拌上葱姜蒜和辣酱食用。想着想着，唇齿间似乎都是蒲公英清香悠长的味道了。马齿苋叶片肥美多汁，口感鲜嫩微酸，剁碎了用来煎菜盒子是最合适的；或者直接拌上面粉和淀粉上锅蒸，出锅后淋上辣油和调味料，直叫人吃得意犹未尽。

早市上卖野菜的多是老年人，我也很爱去老年人跟前蹲着挑选，就像回到幼时依偎在姥姥膝头。爷爷奶奶们不只是卖野菜，也卖自己做的小鞋子、编的竹篓竹筐等手工制品，还有早起煮了很久的茶叶蛋、腌制的酸菜、咸鸭蛋等等，都叫人能轻易回想起小时候的快乐。他们也并不都是为了挣钱，有的人只是找个热闹的地方消磨时光，感受感受春天。

春天的早市是充满了烟火气的，汇聚着各家餐桌上的美味，也叫互不相识的人们在此有了交集。春天的早市是充满了生命力的，花草万物在此展示蓬勃的生机，人们则在这蓬勃的生机里寻到春天的意趣。

春分饭

春分这天,母亲破天荒地提起"春分饭"。

春分饭也叫"菜饭",是我老家里极少几个村子才有的习俗。它的做法很简单,蒸一锅大白米,半熟时,把预备好的菜像插秧一样码在饭上,再淋上适量的调味品,盖上锅盖焖上一刻钟也就好了。

有句农谚是"吃了春分饭,一天长一线"。这里的"春分饭"要广泛一些,有春菜、春笋、春面等,各地习俗不一,也并非一定要在春分这天吃,但寓意都是相同的。在春天,吃上一碗春分饭,不过是希求四阳盛长、雨水丰盈,希望一年下来能有所收获。

对春分饭的记忆多是在少年时代。十几岁的少年壮如牛犊,正是长身体的时候,但北方的春天蔬菜匮乏,于是母亲便常做这春分饭,饭多菜少,饱腹感强。整个三四月,母亲隔三岔五就炖上一大锅。那时饭上的码菜多为野菜、土豆和胡萝卜,全部切成粗条,各样菜码在一起,很像一小块菜圃。母亲常笑着说,吃下一块田,今年挣大钱。再后来,家里条件好了,春分饭便不常吃,一年下来顶多做一两次。这时春分饭上的菜码也丰富起来,甚至多了豆类和肉类,吃起来油滋滋的。而近两年,我们工作忙,母亲也忙于照顾小外孙,竟都忘了这春分饭。

许是最近我请假回了家，又或者是因为天气好，母亲心情畅快，又要做这道充满美好寓意的春分饭。

如今生活更好，物资充盈，我们一时不知这碗菜选什么好。我和母亲在早市上挑得眼花缭乱，最后买了两大袋菜果回家。母亲征求了我们的意见，最终选定了野菜、香椿、春笋、香菇、韭菜和香肠。母亲说，野菜寓意身体安康，春笋代表节节高升，春韭菜是长长久久的意思，而香菇和香肠则代表春暖花香，也叫这饭更加口齿生香。一锅春分饭，硬是让母亲做出了满汉全席的意思。在做法上，母亲也有了改进。米一下锅，便先放入香菇和香肠一同焖煮，叫它们的香味更好地被蒸煮出来。这时等饭半熟，再齐齐码上野菜、春笋、春韭和香椿，淋上各味调制品，甫一出锅，满面喷香。母亲最后撒上些黑芝麻，叫这一锅春饭更添了些雅趣。一大锅豪华的春分饭，不多时就叫我们席卷一空。小外甥们吃了一碗，又都各添了一勺。

"这米啊，是土地。春笋啊，韭菜啊，是农民伯伯种的庄稼。咱们现在吃到嘴里的饭，就是代表丰收的饭。"席间，母亲不忘教导孙辈，她用一锅饭生动地讲述了春耕秋收的意义。

熬月亮

时钟催了又催,夜灯开始有些疲倦,就连早春的铃兰花都放下矜娇,忍不住打起盹儿来。可我强忍着不睡,心想月亮真能熬啊。

按理说,日落月起,昼白夜魅,本就是谁也奈何不得的事情。然而我偏偏觉得,月亮像周身满怀故事的人间野渡客。譬如有天拂晓未落的月白,还有凌晨悄悄趴在老枝上歇息的月弯,怎么看都叫人着迷。你看日出日落,总是坦坦荡荡的,月亮则不同,有阴晴圆缺,也有不肯露面的时候,时而招人又时而落寞。所以我常爱探窗去瞧月亮,看看今夜的月色又有何不同。

月亮总是出人意料的,尤其是月光的浓淡。月光有时被熬得缱绻,似乎融着化不开的情长情短,有时又被熬得寡淡,恨不能让夜色凉透。我最喜欢一夜月光长明了,月亮圆圆大大的,从谁的屋檐蹦到谁的窗下,又从一片池里跃到哪个枝头。澄朗的光引着星星们散步,叫这个夜晚忙碌又美好,最后把皎皎留在深夜,昭昭赠予旭日。心情不畅快或者诸事不如意的时候,最爱瞧这样的月亮,心脏跟着月光不断鼓动,不多时就一扫边边角角的阴霾,情绪也跟着月光明亮起来。

人们常说太阳照常升起的哲理,我却总期待"今晚又是月圆"的恣意。大抵是白日里总有些不可把控的细节吧,漫漫月色里就不一样了,我和星星绕着月亮可劲儿撒野,不必在意任何目光。

月悬不落,这熬来的满满当当的欢喜,此时只属于我与人间。

列车是一截截人生组成的

每一次踏上远行或归家的列车,心底情绪便不断升温,浓烈得犹如烟花接连盛放。有拂不去的浓重哀伤,有莫名的落寞慌张,还有寻常时甚少思及的人生哲学,在汽笛声中发酵,如打通七窍般看透尘俗悲欢。

列车在旷野飞驰,落日便在虚无中追逐,好像寡欲无忧的渡客忽生妄念,却最终只得被黑夜吞噬。如此看来,这段或百十公里或千余公里的旅程,却仿若浓缩的悠长一生。你是拂晓奔至黄昏的太阳,从高高悬挂到不舍地退后,十二时辰从不止步,推着你直到彻底作别人间。而这过程里,你看似强于万物却又有诸多无奈,要经风雪,要躲浮云遮,浑身绚烂的光芒并非亘古不变,尤其在黄昏中的最后绽放和奔跑,看起来慌张又沉痛。白发终非年少时,只好被遗忘在世界的边角,从此人生落幕。

还有南北方向的一路花开,假如冬日从依旧盛放花朵的岭南出发,途经的山悄悄匿下青翠,路过的江河不再翻滚碧波,橙黄的秋山渐少,浮白的屋檐渐多。原来从春到冬用不了一年,放在惶惶一生只有一瞬。花在北地枯萎,却又在寒气中化作雪花冰花,还有迫不及待早开的傲骨寒梅在悄悄酝酿,随时准备着迎接新的春日。于是再从北往南,花一朵一朵开,春天浓郁成盛夏,秋冬又在南地不悲不喜地等待,等待时光的云烟翻转,不经意间就又是谁的一生。

是不是只有白云称得上永恒？当坐在列车上不眨眼地瞧着窗外天边，你会发现云朵来来散散，更是聚散无时，正如万物生死接踵，根本不由人哀叹死亡，新生已是绚烂登场。也无暇顾及别离，一生邂逅的悲欢太多，零碎情绪只是一个翻转，便被新的故事推揉着向前。在列车上坐得久了，总把云朵和车厢中的人混为一谈。这一切多么相似，一方寸的云与一隅的人，都在目之可及处同时出发，再同时抵达。等到下一拨人塞满车厢，云色忽转，生命已悄悄更新。列车好似巨大的人生牢笼，人们在视线可达的方寸之地生长，待悲欢咽尽，终于看透云烟沉浮，人生终点便到了。

所以说，谁和谁遇见，谁和谁在同一片天地，谁又该如何度过这一生以及走怎样的路，这一切早有定数。所谓贫富与贵贱，在你踏上人生之旅的时候就已注定，人虽能胜天，但大部分人只有寻常的勇气，能在兜兜转转的苦旅里觅得安稳就已不易，又哪来的绝处逢生？只是盼望这一生，能让枯木逢春、苦难开花就已心满意足。于是在这趟不长不短的列车上，走过年少的风发，忍耐中年的麻木，最后带着遗憾和慌张飞速坠落。车轮滚滚，便是潦草一生。

平庸也好，繁华也罢，人生毕竟短暂，列车从不后退，所以偶尔彷徨思索就好，不必将身心桎梏于毫无意义的设想里。列车是一截又一截人生组成的，谁都是有始有终的渡客，既然无法决定出发和抵达，那就看看沿途风景，至少会有一朵花独为你绽放。

雅也围炉，俗也煮茶

四月半，西北边陲的阿勒泰三牧场村刚刚有些春意，山桃花鼓着苞，榆柳也装扮起翠色，谁知一场半裹着冰碴的碎雪纷扬而至，瞬时冰封了天地。红苞翠柳半莹白，这意境美是美，就是人耐不住寒，不得不再生起炉火，继续猫冬。

一户人家心血来潮，学起城里"围炉煮茶"的雅事。父亲从花苞上扫下来一桶雪，村东头的丘上布着十来株山桃树，个儿不大，果也不好吃，唯独花鲜艳。那是西北春日最早盛放的花，只是被倒春寒伤了筋骨，蜷缩的花朵挂不住多少雪，所以费了父亲许多功夫。母亲和女儿早早准备好茶叶、橘子和点心，就等着这桶春雪。别人是"春水煎茶"，他们是"春雪煮茶"，比雅更雅呢。泛着桃花香气的茶咕嘟嘟响着，烤橘子的滋味又酸又甜，叫人在西北辽远的戈壁上顿时成了婉约文士，确实惬意。

只是事情的结尾不好，一家人险些煤气中毒。三个人都嚷嚷着，俗人登不得大雅之堂，还是老老实实地烧朴实无华的奶茶喝吧。

在西北，烧奶茶是家家早餐必备的饮品。此奶茶并非市面上的甜奶茶，而是新疆地道的咸奶茶。这里的人并不介意什么"咸甜之争"，只是祖祖辈辈习惯了这味道。奶是鲜羊奶或牛奶，牧场上的人日日都有盈余，乡镇里住着的人也不缺，每个早晚，到处都有拉长嗓子喊"鲜奶子——"的人，听到后只管拎着茶桶去就行了。茶是新疆特有的茯砖茶，茶味被压得紧实，唯有在沸腾的鲜奶子中才会徐徐释放出浓郁的香气。除了这两样，还得添加盐和酥油，这是使奶茶咸香的法宝。烧奶茶的步骤不能错，先是茶，茯砖茶被敲碎后丢进壶底，加水大火煮沸，再依次是鲜奶子、酥油和盐，继续大火猛烧，直到茶汤呈浅褐色，便可滤掉茶叶啜饮了。

喝之前，人们总要等等，等奶茶上面凝起一层厚厚的奶皮子，这才拿筷子快速挑起。奶皮子入口即化，却又唇齿留香，汇聚了茶的醇厚和奶的浓香。喝奶茶时也得等，酥脆的馕在奶茶里蘸过几秒钟，半软的滋味比什么都香甜。无论严寒还是酷暑，来这么一碗后，浑身便充满了力气。

如此看来，围炉煮茶倒不如大火烧奶茶烦琐。可正是这份烦琐，让人们在枯燥的农耕放牧之余，瞧着炊烟徐徐升起，嗅着茶香奶味一点点变浓，将被荒野之风放逐的灵魂重新归位。或许是这里太过荒凉，人们总爱那些付诸万物的浓烈情感，正如李娟所言："这里毕竟是荒野啊，单调、空旷、沉寂、艰辛，再微小的装饰物出现在这里，都忍不住用心浓烈，大放光彩。"火是如此，人更是，无论是红红的大火、鲜鲜的奶子，还是跑得快快的羊羔子、长得壮壮的向日葵……人们像猛汉拈起绣花针般，将每一件小事做到极致，这才心满意足。仿佛唯有如此，才能让俗不可耐的生活在太过旷远的天地里搅起些波澜，增添几分情味。

这份小小波澜中的满足不是围炉煮茶可以取代的，这份总需人等待的悠长烟火也不是城里的繁华灯火可比拟的。或许一杯添满芋圆、椰果等小料的网红奶茶能让人瞬间快乐,但这快乐不能无限期延续。它没有日日沸腾,又哪来的时时浓烈呢?或许围炉煮茶能让人在一隅天地里放松身心,可这一隅毕竟只是方寸,它没有常年积蓄的感染力,又哪来的处处治愈呢?

这一壶奶茶对西北人来说,犹如雨露之于春花,阳光之于土壤,有了它,生活便充满了平淡恬适的熨帖滋味。无所谓冬有多长,春是否倒寒,都无惧四时风雪和人生悲欢,只要日日奶茶香四溢,冰河之下终将涌动春水,苦难也总会开出花朵。日子一天天过,奶茶一壶壶烧,这人生路似乎也同远方戈壁一般没有尽头了。你看白杨千年不朽的缘故,可不就是最能忍耐时间和生活?

此时再看俗雅之堂,正所谓雅也围炉,俗也煮茶。其实雅也生活,俗也生活,只是对这片空寂的大地来说,日子还是经得起烧煮和等待才好。

雨落茶山

大三开学后生了场病，出院时已是四月间。陪护的母亲临走前说去看看临市的亲戚，顺便带我散散心。可我哪有这雅兴，不过最后还是一同去了。

寒暄用餐后，我们母女被热心的亲戚带到一个茶村，后来我才知道那是当地著名的茶园。茶有什么好看？亲戚说不是看茶，是要采些新茶给母亲带回去做礼。母亲听了就要下车回去，一直说着不能破费的话。我怠于听这二人客套，头抵着窗看路上风景，忽然外面开始下雨，滴滴答答的，扰得心更焦。

被母亲推醒后，我才发现到地方了，雨也停了。原来茶山是这般景象，似中原上的小江南，满眼的绿和婉约，让心脏不断沉软。

站在洼底，环绕的绿不断向我涌来，像迎风的青浅丝绸，也像母亲秋夜里替我不断盖起的被，温软舒适。走到近处瞧，那一崩一崩的茶圆润，仿若外婆绣针下的绒叶，紧实小巧，又似浮翠的大朵西兰花，竟有些诱人。近晌午时的天极明朗，蓝得纯粹，只有几丝云悠悠荡荡着，时而招惹山围里的茶，将这绿牵连起，和天空的蓝交融着，很是清新怡人。"但远山长，云山乱，晓山青"，说得大概就是如此景致。茶覆满山，山山浮黛，叫人不忍走进其间，生怕破坏了它。

但采茶的女人们就不一样了，她们与茶山早已合二为一，不管穿什么衣裳，行走在茶间，都被染得青绿。采茶人的手极快，茶叶还没反应过来，便被掐了尖，余下枝条还乐呵着摇头晃脑，等待下一波生长。那景象像古老的无声电影：女人们在茶中起舞，而茶波摇荡着做陪衬，丝丝缕缕的茶香从银幕里溢出来，到每个观影人的鼻尖。采茶女们偶尔喊两嗓子，大概是和干活相关的事情，却像唱了句山歌，让人不住沉醉。

母亲和亲戚也跟着采茶去了，我随意在梁上走着，时而揪片茶叶吃，那味道清香而隽永。谷雨后的天气还有些凉，但这茶山却有暖意，或许是绿带来的，又或许是远处的炊烟吹来的。山间略有些风，叫又下起来的雨丝歪斜着，给茶山笼了一层迷蒙的雾气。水雾半掩着明朗的茶绿，消解了一半的纯度，却升腾起莫名的绿烟，仿若天宫里的仙气，让这田园风光变得越发梦幻。

忽然远处的人家传来二胡声，声若骏马疾驰，节奏快如箭在弦上。我不知哪来的精神，往梁上跑了一阵，踮起脚尖朝那边张望。即便什么也看不见，我仍是想象了一幅主人摇头晃脑拉弦的景象。这雨这茶山，这雨声二胡声，搅乱了我忧郁的心波，让心底变得激昂。我想起大一时学的腰鼓，也是这般节奏，激如雨点，荡如茶波，学生们腰里系着红绸红鼓，脚步随着鼓点起承转合，在绿草和蓝天里洋溢着青春和江湖的快意。彼时恰如此时，只是主角换成了随风雨摇摆的茶，红绸是那山梁密密的翠柏，鼓点是炊烟下的二胡弦声。虽不在一处，却遥遥相合，共舞着"雨落茶山"的豪壮诗乐。

乡陌漫野雨落山，岑岭翠柏舞茶欢。

倏闻弦上炊烟急，原上飞鸟胜江南。

见雨实在不停，我们便拎着亲戚送的茶下了山。回镇上吃饭时，亲戚定要我们尝尝新采的茶，谓之"粗口茶"但非常甘冽。没有高级的茶具，亲戚便用敞口的长柱玻璃杯灌入开水，再放进一小撮新茶。起先平平无奇，几秒后茶尖倒浮在水上，像铃兰花轻轻浮动。我从杯壁往下看，茶的绿意正好跌进深处，杯底是带青的空明蓝色，仿佛倒置的茶山雨天，美极。

"茶味怎么样？"母亲问我。

"嗯，好茶六十载，美味带回家。"我恢复了往日的开朗。

篱落疏疏最婉约

篱笆是十年前扎下的,杨木枝间错着沙枣枝,中间以红柳缠绕,都是西北戈壁顶耐用的韧木,不说千年无朽,数十年绝对够用。老屋后头是片空地,四户人家皆以篱笆辟出一片小菜园,形成前院——两屋四室——后菜园的格局。尤其是后院的篱笆,自成一道有别于西北粗犷砖房的婉约风景。

"野桃篱落鹊双鸣,春晓微寒放嫩嫩晴。"方寸篱笆里的春色最蓬勃。三月半,雪还未消融,鸟雀已知春意到,日日拂晓落在篱栅上,一声接着一声啾鸣,生怕人们错过春耕佳时。直鸣到四月间,极远的千百亩地里传来音乐的机器轰鸣声,这方篱笆也要"梳妆"了。不过经母亲多年伺候,篱笆园一到早春便自生葳蕤,憋闷了一冬的野草如野火燎原,凭借旧年记忆长出野葱、蒲公英等野菜,角落的葡萄藤、海棠、小山楂树也悄悄漫上绿意,远处深林里的野兔时不时到访,逗弄着篱落上歇懒的麻雀。更为热闹的是,母亲总在春日买些鸡、鸭饲养,小鸡崽们在东南角的细铁丝网中,鸭们就在西南处的小木笼里。幼崽时期的鸡鸭着实可爱,细声细气的叽叽、嘎嘎声惹人怜爱,偶得机会出笼散步,很有"园林满芝术,鸡犬傍篱栅"的趣境。

清明、谷雨间,篱笆园里的海棠鼓起花苞,园外野桃、青榆接连挂果,母亲便开始拾掇着种菜。不过二三十平方米的小园,母亲像几何切割般把它分成大小不一的几份。青菜很快郁郁葱葱，辣椒、番茄、豆角等夏菜在塑料薄膜中发芽，各类瓜菜也已经开始攀藤。篱根下成串的牵牛花、太阳花开得正旺，就连被编作篱笆的枣木枝都抽出嫩芽，一年好景不过如此。

"犬吠柴门枫叶下，一篱黄昏蔓丝瓜。"盛夏时节的篱院最唯美。仲夏黄昏，我和小妹常搬着桌凳在后院写作业，此时瓜菜藤蔓遮出大片阴凉，影影绰绰的光落在纸上。我一边将斑驳的光点涂成喜欢的颜色，一边时而摘个番茄，时而扯根黄瓜，肚子填到半饱，作业却没写多少。记得有天语文老师布置了一篇"日落"的作文，后院西门正对西山，我咬着笔尖等太阳落下，思索间被漫天漫地的赤色晚霞惊艳，闪着橘光的夕阳在红海里游荡，一点点陷落、消弭，最终被吞噬在暮色里。我趴在篱笆上湿了眼眶，年少不知愁滋味，此刻的零碎情绪或许是初探人生的哲思。后来的许多年，我都忘不了此番景象：藤蔓翠牵篱，黄昏日渐西。

秋天的篱院是丰收的盛宴。鸡鸭被一只只卖了出去，小院好不容易清净些，我偏闹着讨来邻居家新生的小狗。于是每天放学后，小狗随我巡视菜园。帮着母亲摘瓜择豆，吃不完的葫芦、冬瓜、豆角被切片晾在篱落上，萝卜、土豆被藏于地窖，我在这边搭架，小狗在篱下转来转去，静谧的傍晚平添许多惬意。晚秋，西北风一日强过一日，干果菜们好似风铃般在篱栅上摇晃，看这黄澄澄的玉米、苍绿的菜干、橘红的小山楂，不必进山林也能远瞻"人烟橘柚"，只在这篱笆方寸就能拥有绚烂秋色。风一起，炊烟飘过篱笆，我便知此岁殷实。

"水冻横桥雪满池，新排石笋绕巴篱。"西北凛冬极寒，入了冬月雪就不停，厚厚一层铺满院里院外，扫都来不及。咔嚓声迭起，并非篱枝被雪压断，而是后窗檐子上的冰溜坠落。好在后院无人，只有篱笆与它对峙。冬天赶集不易，母亲总会一次性买回许多面、肉，篱笆小院是天然的冰箱。父亲在角落用青石板搭起几个石窟，一窟放秋日里腌好的腊肉，一窟存放新割来的牛羊腿，剩下的就放母亲蒸好的豆包、花馍、饺子，别说大小年食和除夕宴，这些食物吃到开春都足够。

冬夜长白昼短，人便有理由赖床。旭日东升，我定要先扒在后窗赏一赏冰花，看它忽而映出篱笆的形状，忽而又变化成我的小狗。等冰迹在升温的暖气里消弭，我又瞧见一只麻雀落在篱栅，它也歪着脑袋瞧我，不知谁是谁的风景。漫漫冬夜，我躲在被窝看武侠小说，游走在刀光剑影的江湖里，却丝毫不觉惊险，因我知道，一墙之隔的篱院犹如仗剑孤侠客，护我年岁平安。

"搔首故园归未得，荒篱寒菊为谁香。"前年举家搬迁，小院所在房区悉数被拆，疏疏篱落就这么匿于尘烟，再也不见踪迹。有关粗犷并兼婉约的塞北江南风景，从此只能存于脑海，唯有笔墨再感怀一二。

春雨也有情绪

春雨也有情绪,诗人们是最早发现的。

春雨里有欢喜。譬如杨万里的《喜雨》:"欲知一雨慰群情,听取溪流动地声。"不信你听,那河水欢呼的声音震天响,道出了春天万物复苏的喜悦景象。"风乱万畴青锦褥,云摩千嶂翠瑶屏",春风吹过,万亩禾苗如绿浪般翻滚;云峰叠翠,群山像千座玉屏一样壮观。"岁岁只愁炊与酿,今愁无甑更无瓶",诗的最后两句写人,今年春雨骀荡,庄稼收成一定好,人们要愁的不再是无米煮饭,而是没有更多的酒瓶酿酒庆贺了。

春雨里有体贴。莫不如杜甫笔下的《春夜喜雨》:"好雨知时节,当春乃发生。"在雨的浸润里,春气蓬发以滋万物茁壮。庄稼人都知道,春有及时雨,秋才有好收成。记得有年开春雨水少,那时人工灌溉还比较落后,母亲天天叹气,父亲也在田间反复查看秧苗的长势,都生怕是个旱春。好在没几日,迟到的雨一场接一场飞奔而来,父母的心情才跟着好转起来。

春雨里有闲适。这要看欧阳修的《田家》:"林外鸣鸠春雨歇,屋头初日杏花繁。"山脚下的春天常常下夜雨。拂晓时分,斑鸠在林外轻声叫着,叫雨得以稍做歇息,这时太阳升起来,墙头的杏花经过一夜雨水的浸润,盛开得更加灿烂。一个"歇"字,一个"繁"字,可见乡村因不知疲的春雨而充满了野趣和诗意。

春雨里还有豪气，如王维诗里的"云里帝城双凤阙，雨中春树万人家"，一派恢宏盎然之景跃然纸上。春雨有时也苦闷，像韦应物的《滁州西涧》："春潮带雨晚来急，野渡无人舟自横。"将春雨的缠绵落寞和自己的忧愁结合起来，堪称一绝。

春正好，出去走走吧，看看今天的雨是什么心情。

千峰浩荡，踌躇不见

山最长人志气，以嶙嶙巍峨的风骨，引人生出凌云而上的豪情。天下再大的事，心间再复杂汹涌的情绪，在高山面前都变得乏善可陈。暂搁下工作中的失意，我和母亲同游泰山，想在诗仙笔下的千峰万壑里寻到精神源泉。

在泰山脚下买好登山杖，我们在天外村坐大巴去往中天门。"长松入霄汉，远望不盈尺。山花异人间，五月雪中白。"我看着窗外越发朗秀的风景，听着呼啸不绝的风声。远望山谷延绵，看那山被气势各异的林木增染春色，近看峡谷深幽，陡峭覆雪的岩壁上却开出几朵花，一派春意盎然的气象。我逐渐在李太白的《游泰山六首》里一扫连日来的阴郁情绪。

"天门一长啸，万里清风来"，二十分钟后来到中天门，视野更加开阔，寥廓的山色瞬时激发起人的征服欲。站在长长的石梯下面，我露出久违的笑脸，向母亲保证，一定带着她成为这一车人里最先征服泰山的人。母女二人摩拳擦掌，连登山杖都很少用，噌噌噌往上爬，原本担心母亲年纪大了，不承想她老人家爬得比我还快。"闺女，快看！"随着母亲手指的方向，我望见一只如大鹏飞天般的巨鹰不断盘旋。它展翅向东，扑腾起缭绕的云雾，又回旋向西，在山林空谷间鸣音不绝，最后单脚落在几乎垂直的陡壁上，睥睨众生的气势令人震撼。人们生怕"为山九仞，功亏一篑"，可这鹰看起来无所畏惧，犹如利刃出鞘般所向披靡。我悄悄握紧拳头，几步快追上母亲，心中关于未来的决定忽然又坚定了几分。

近南天门前有段极难攀登的山路，就是被称为"泰山之雄伟，尽在十八盘"的泰山十八盘，它以陡峻、阶长著称，一千六百余级的山阶令人望而生畏，如置万丈深渊的高度让人恍觉身处半空。"凭崖览八极，目尽长空闲"，心生畏惧之余，我大着胆子远看鬼斧神工的自然造化，向上望去，是层云叠翠、远山如黛；往下瞥瞰，飞鸟盘旋而过，尾尖划过的地方绿波似雾。原来达到一定高度后，纵使面对千峰万壑都有种被掌控的归属感。"海水落眼前，天光遥空碧"，我在太白的感叹里，早把所有愁绪抛之脑后，恣情享受泰山赠予我的绝美风光。

正遐思着，一阵荡气回肠的号子声响起，震得山谷簌簌。我探身往下瞧，远远地，一队光脊梁的汉子徐徐攀阶而上，他们在山和树的翠烟里闪着些光。肩上是长长的管道，不知是做什么用的，比人的腰身粗，仿若蛰伏的巨龙，叫人驯服得乖巧。

原来是挑山工！

挑山队愈来愈近，游山的人给挑山的人让道。这才瞧见，男人们许多头发已半白，队伍里还有面容憔悴的女人，满脸热汗，眼睛却有神。他们半跪在阶上歇息时，有人递水，五十岁模样的女人操着浓重的家乡话拒绝了，说喝了水容易小解。

"千峰争攒聚，万壑绝凌历"，整座泰山都为他们鼓劲加油，又一声齐齐的号子，挑山工们站起来，半佝偻着身子，缓慢却坚定地朝山顶攀去。这时再仰望山巅，山还是那山，此时却多了条如月白的脊骨,凛凛风生。队伍行一阵,再停下歇息,我欲从他们的脸上寻一丝悲戚,却见几个人指点着远处,嘴里惊呼着什么,而后笑了。我随着他们的目光望向远方,哦!是如火的骄阳挂在不远的林梢,山景如画。

  过了南天门,山路好走得多了。母亲有点体力不支,我一手拄着登山杖,一手紧紧搀着她,虽然累,心情却明媚万分。

  "平明登日观,举手开云关",到达玉皇顶后,我和母亲击掌欢呼,海拔1545米的泰山尽收脚下,似仰头可得日月,伸手可触风云,原来征服一座山是如此骄傲自豪的事!我带着异常激动的心情来到日观峰,对着万丈深渊吹了声长长的口哨。听风声哨声回荡山谷,看昨日葬于山谷,今日同山新生,更加理解诗仙"旷然小宇宙,弃世何悠哉"一句里的心境。

  "踌躇忽不见,浩荡难追攀",随着太白游泰山的足迹,感悟着一路以来的心迹变化,我终于在这山里寻到了精神源泉——一半是我自己,一半是年过半百仍陪我登山散心的母亲。尘世繁杂,山长海阔,唯有信念和爱可迎万难!

祝你自成春天

  春光只在俯仰间,春风只吹一遍山,绵绵的雨会落尽,艳绮的花会开败。
  花红柳绿之后是花遮柳隐,鲜翠欲滴的梦总要变得老态龙钟,所以别再奋不顾身地投靠春天了。

  祝你自成春天,祝你自为仰仗。
  风雨缠着条条大道与殊途,
  谁并肩谁错身,是意料之外也在意料之中。
  惊鸿的花衰败时会坠地,逐水龙门的鱼在终生洄游,
  所以只争朝夕的人间赤条条,最能护你一生率性的只有你自己。

  就栖守春隅,不烟不茗自清芳,
  或临崖饮露,要比霁海旷远,要胜群山博览,
  后来独树一帜,仍为永不落幕的春威风凛凛。
  为恣意举杯,为远方涉险,为如愿以偿冲锋。
  江舟不岸永春风,祝你春潮拓尽,一生都壮阔。

陆 —— 春夏争渡

春风宴我

夏风太炽燥,秋风过悲,冬风又酸凉,唯有春风知意,它如细羽轻拂身,给人无限的慰藉与温柔。所有往事悲欢、琐事繁难,只需一场春风便可消弭大半。犹如夜宴升温。我与春风对坐,酣醉解千忧。

若春风宴我,定先挥别苦难。年少的那场雨淋漓不尽,裹挟着朦胧的雾气,总让人望不见山那边可有花开。长久以来,我拭去黑夜中的泪水,又悲叹着睡去,日复一日,便觉得一生就是如此了。这并非少年强说愁滋味,只不过这人世参差,总有人出生在甩不去的泥沼,后来难言的苦楚和委屈化作对命运不公的咆哮。可世事大抵如此,转机太少,便是挣扎也颓唐。直到成年后一点点爬出泥泞的故土,向山那边,向诗和远方,向梦想的一角,终于攀上半山腰。此刻满眼新绿,野花如火漫山,原来山的另一边真的万紫千红,原来风落在身上如此暖心。我迎着风迎着光，再也不回头，再也不受制于往事，唤来春风大宴我一回，此后苦难如旧疮痊愈。

若春风宴我，还要交流爱与被爱的心得。诚如我向来甘做不被爱的悲惨配角，总是为你、为他人反复内耗自己，终于连自我都无法偏爱，成了因爱失控的傀儡。可瞧春风多坦荡，它于众生最爱自己，翻不过去的山便停步，定不叫自己千疮百孔；越不过去的海便回身，总不叫自己溺于深海。它也最会爱人，若怜小花便多次驻足，非叫花骨长傲才好；若喜飞鸟便去林梢，送它长旋碧空之力，助它快快长大。无论爱人还是爱己，春风最是清醒通透，它不必人喜也无惧人怨，自由来去，热烈张扬，用不拘形迹的风骨为自己积蓄力量。宴罢杯停，我闭眼轻触春风，忽然热血沸腾，终于听懂自己暗藏心底的声音，那是不被爱所桎梏，而我最最重要。

虽说岁岁有春来，却鲜少得遇春风宴我。年少不知春风好，总在自怨自艾中低头悲泣；成年后却甚少需要慰藉，或许坚冷以久，或许故作坚强，生怕委屈公之于世，再惹来无端的冷泪。而这二次宴饮，一次渡我不念往事哀，一次助我学会爱自己，这就足够。此后人间值得，便已是最大的意义。但我仍年年祝春风，愿它步伐稍慢，再渡经苦人，愿它永不落幕，时刻驻我心田。如那年在孤村独自愁，我常于拂晓逐春风，看它吹散来去的云，听它同飞鸟密语。又在黄昏扑进春风怀抱，终于寻到孤苦的出路，它引我在山间找到明灯，找到绽放自己的方向。

"春风拂槛露华浓"，在李白的诗里，春风最明妍，骀荡如海，斑斓如画，它无须盛装登场，只是潇洒路过，便足叫万物倾心。或许成就不了如此魅力,但我爱我,就是最好的结局。

"料峭春风吹酒醒",在苏轼的词里,春风最清醒,不拘于尘俗,不溺于人事;更如渡者来去西东,教人洞彻悲欢;更能自洽而内求,通透且坚定。万别浊绪,从后只我主宰自我。

盼春回,春风归,今朝由我来宴,明朝好景无限。

山中孤舟

  青燕生在早春,正是寒梅徐颓、野花未燃的荒时。它离巢的那天,更是冷雨缠绵,风也绊住前飞的道途,恼人得紧。它一圈圈低旋着,又试探着触碰春枝,却愣是像无脚鸟,找不到搁浅之地。山桃含苞欲放,却仗着春风照拂生出小姐脾气,叫它不敢靠近。杏花沐着春雨,却惶惶惹来几片碎雪,被这突来的变故摧残得可怜。青燕不会慰藉也不好打扰,只好又悄悄离去。昼匿昏来,它最后来到一座山脚,却瞧见远处大雾四浮,于是到底不敢攻山,无奈地栖于石隙,潦草过夜。

  那一整个春天,青燕占据山的一隅,小心翼翼地观望,观望,终究没有孤行青山的勇气。人间四月天,这里迎来一场经年不遇的春雪,是倒春寒带来的,凛冽席卷着春山,刹那间天地归冬。其实若于高处看风雪,也挺可爱的,轻盈似花的雪片落满枝头,晶莹剔透又不失风骨,将花朵装点成清冷矜贵的美少年。可青燕在石隙山脚,顶多低低地旋舞,它眼下便只有落不尽的寒意。人都说"高处不胜寒",到此刻它才知道,所谓山路高低并非人人有资格去感悟。好比它,光是树隙赊给的,食是青山馈赠的,它自己拥有的东西不多,更没什么可回礼的,只好甘于坠在这低处。

  转眼夏天来了,青燕依然固守这能让它活着的角落,也依然没有同类。好在它无师自通地学会种花，它见暮春中枯了许多花，正心生怜悯，忽瞧一朵山茶花坠落雨洼，好像壮烈赴死的战将。青燕不愿它死，便将山茶花衔进一片泥土，它立在旁边默默祈福，愿花来年再盛放，愿它岁岁长久些。许久之后，青燕才知自己的"种花"多么荒唐，可它那时过于凄楚，更不愿见花也如此萧瑟，倒在其间获得许多乐趣。

说到夏天，还发生了一件大事。那是八月燥热的黄昏，山雨一阵接着一阵，张狂又凶残，终于断了它的一只翅。青燕早就不恼这乱七八糟的命运了，它用石砾和断枝在山脚高处给自己搭起一个小帐篷，日日守着风雨，认命地养伤。它近来又爱看山，放长目光远远地望着，想探探山腰的风，嗅嗅山顶的花，再寻寻这山雨到底打哪儿落下来，它也想有这势如破竹的力量。忽有鸟群在空中凌厉地飞过，大军压境般舞进山林，有气魄极了。青燕愣住，几个月间它从未见过如此阵仗，但也倏地心潮澎湃，原来飞进一座山如此简单？它捂住自己的翅膀，幽黑的眸子闪现出不同往日的光。

那个深秋，它终于得偿所愿。准确地说，是它以为的白日梦想并非大雾包裹的空梦一场，它可以做梦，更可以实现梦想。它是一只鸟，更是一只可以占领任何一座山的鸟。青燕已是成鸟，修长俊逸的身姿犹如戎装出征的少将，它旋过一片片花林，划破一朵朵厚重的云朵，趁秋雨季来临之前成功登顶。不算是云巅，但对它而言已是旗开得胜。它也能在高处看人间，也有本事拥有自由了。青燕终于能好好观赏这座山，同它想象的一样，远山浮黛，近山如火，树树皆晖，云霞橙赤，目之所及处美不胜收。陡然间深林一阵鹤鸣,青燕应邀前往,有力的羽翼掀起一阵阵山风,像是海上浪潮,不断迭起着,随它的力量奔向远方。

青燕发出有生以来的第一次鸣啸,终于在这人间得意。它如孤舟,在山中停摆整个春夏,好在秋仍斑斓,待它一探繁华。

孤舟也拥青山,孤舟也渡人间。

虚无的向日葵地

自古以来,人们最爱葵花向日倾的品格。但说实话,每每走进向日葵地,我最不在意的就是它与太阳是否有联络。

一百亩地连着二百亩,二百亩外是五百亩,千百亩的向日葵在望不到头的戈壁同时盛放或者枯萎,这气势早已超过天上那一轮红日。再者说,这片广袤的大地仍遗留着远古的风骨,你所站之处便是天地,你抬手却是辨不清的方向,东西南北漂浮在红日晕起的光圈里。人都寻不到来处和归途,谁又在意向日葵是否随着太阳东升西落?

连野绿却空荡荡,漫天黄却光秃秃,浓烈却虚无。

这就是阿勒泰的向日葵地给人的真实感受。

它们总让人觉着,天地仿若楚门的世界,一旦登台便再也不能停下,只有赤裸裸地生长,直至死去。每一处层层叠叠的枝叶都是进口,等你慌张地往外走时,眼前又是拨不开的浓雾,怎么也寻不到来时的出口,仿佛巨大的梦魇,让人在虚无万物的空气中一遍遍奔跑,一遍遍历经生死。

记得那是十八岁的盛夏,正是怀揣诗和远方的好年岁。我却如饥贫的小蛇般四处游荡,游荡在没有出口的向日葵地。既无法成为飞天的巨龙,也不甘于永远沉睡在泥土里,明明太阳就在触手可及的缝隙,可我只能和向日葵骇人的庞大根叶缠绕。也是到那一刻我才明白，有些生命连参差都无法定义，只能犹如生产线上的残次品般黯淡一生。所以很长一段时间里我十分痛恨太阳，它不该逗引我去盲目追逐，那种永远都得不到的滋味实在不好受。

但这是向日葵的宿命，不该是我的。

它朝奔暮逐，春生秋死，被太阳一次次哄着出发，又一次次绝望地被黑夜吞噬。我不愿做太阳的傀儡，只是利用它，借它的光，在更多的地方开花，纵使无法生生不息，也要自由如风。

真是可惜，向日葵永远学不会反骨。

其实我不该总和这一株株半是热烈半是哀伤的植物比较人生。有同类之感也仅仅是十八岁那年。秋天正迎丰收，我举着镰刀穿行在向日葵地，它们坠着头颅掉落着斑驳的血，我仰着脖颈流着热辣辣的汗。

手起刀落，秋风凉入骨髓。

我忽发现自己和向日葵没有什么不同，只不过时间早晚，总会消弭于人间。假如这片土地再宽广一些，甚至不会有人察觉向日葵和人的区别。我站在茂密的向日葵中间，也同它们一般久久伫立，竟然真在朦胧的视线之外看见另一个自己。那是一个全新的自己，似乎正等着这边的死亡和那边的新生。

荒谬又可怖，恢宏又渺小，浓墨重彩却又无人在意。

我终于逃出这片无垠的向日葵地。

黄昏正好，赤红的晚阳遥遥坠落，荒野的风不断吹起天边的晚霞涟漪，连带着向日葵地同时呼啸，风起云涌，气势汹汹。那是我第一次在向日葵地之外观赏它们,原来和人们说的一样,葵花向日倾,真是迷人又诡谲呢。

可我大步攀向一座座山,从此只是路过向日葵地的探客。

春天是多情的

春最具有通感,譬如挂着雨珠的老槐树犹如垂泪,迎着西风的野草好不落寞,淋着月光的海棠过分倨傲。叫人也在各色参差的春景里学做多情客,徘徊着感悟生命的更序。

村庄里的春最是欣欣向荣,一草一木皆郁郁葱葱,都乐得喜笑颜开呢,所以人说喜耕春。曾在乡下许多年,常作儿童笑逐花与蝶。大人们在垄上播种匀苗,小孩子便飞奔在桥边寻柳编花环,在满是野草的沟渠里逗蜻蜓,在一派盎然的山坡上挖野菜,实在欢喜。每至黄昏,一家人围坐小院里,暖黄的明月与夜灯照着彼此尽是祈盼的脸,也落一身满怀希望的好春景。

城里的春月忧郁了些,枝头的花草也沉重了些,就连楼宇檐下的黄昏也悲凉了些,这与人们为生计奔波的凝重心绪有关。每次离乡背井,我总有几日迷醉在城市繁华的灯红酒绿里,倒不是沉醉,而是悲切地思索自己未来可有方寸容身之地。于是眼下的野草成了我同病相怜的病友,早夭的花朵成了我悲春伤秋的同伴,于是越发强说愁,身心俱疲尽是沧桑。

但到底是春计朗朗,让人见了花便盼望盛放,得了雨的滋润便渴望更加茁壮,既已逆水行舟,何不背水一战?谷底的风是山巅长青的伏笔,苍凉的落日是拂晓日出的序篇。我沉溺低迷时的自我放逐,却也更加坚信放逐之后的斑斓爆发。就像江南悠长又寂寥的雨巷，它的终点是长风浩荡的大江大海，又如北地荒芜且寥廓的无人大漠，它的终点是山花烂漫的春雨江南。四时年岁皆有轮转，人也都会逆风翻盘。

我最喜在春日外出，或近看城郊内外的百花徐徐盛开，或远游别地的山河渐渐青翠，总能在所有代表春天的万物里寻得自渡。无论沛然或郁色，向上向下皆是多情又无边的好景。

尺树寸泓，我栖春隙。

许鸟悲啼，允花欢落

　　世上的绝对事太多了，如春必暄和明媚，秋须丰盈静美，又如三十而立，四十不可惑，似乎生老病死皆有定路。殊不知，春亦有飞雪，秋也仍炽燥。至于人，或快或慢都是一生，哪来的步步皆守旧章？所谓悲欢枯荣的界定，更是人们囿于自我的定词。

　　就说一只鸟。人常说，鹊喜鸦悲，前者祈丰兆，人们对后者似乎"哑哑"两声就眼不见心不烦了。然而人之命途千变万化，下一秒是花还是雨，怎由鸟定？自古黑土养育众生，更有黑夜愈沉愈显得耿耿星河明亮，何以嫌鸦的黑闷？所以说，黑白不过是人自个儿顺不顺的托词，若道途顺遂，鸦便也是吉祥物，反之看喜鹊都觉得扎眼。

　　曾在西北边陲的村庄里支教，总忘不掉那条十八公里的乡道上落满的乌鸦。那些鸦不怕人，也不怕春冬或风雪，它们拂晓而出，像巡视疆土般绕村一圈圈飞去，继而漫步在道旁，直至黄昏。鸦似是村庄的守护神，送孩子们上学、下学，伴他们玩耍、念书，亦护着一片片麦田和一条条沟渠，陪人耕耘，四时不休。鸦与人之间极为和美和乐。于是我每每见到鸦也欢喜，任它掠过我肩头，留下一爪灿白的日月星辰，悠然至极。纵然鸦声呕哑啁唽，也不必细品其中凄凉，只当那是寥廓天地间的悲壮伴奏便好。如此一想，悲啼之音亦有滋味，它更厚重，更能谱写西北无边的旷远和浓烈。

再说一朵花。有关"花开花落喻悲欢"的陈词滥调实在让我厌烦，似乎世间只这两种生命之景。若当真如此，多索然无味啊。花落不止发生在秋天，也不只是悲伤的代名词。看春景，"雨打梨花深闭门"，这是唐寅写花落之凄美；瞧夏景，"雨打芭蕉闲听雨"，这是李清照写花落之闲逸清思；观冬景，"坠似骚人去赴湘"，这是刘克庄写梅落之慷慨豪迈。所以世间万悲，从来不是一句"花落花亡"便能概括的。

成年后总会遗憾外婆的故去，总觉她走得太早，而我尚未尽过一天孝，因此一想起外婆便泪水直流。直到那年早春，我随母亲去拜她的十年祭，瞧过破败失修的故院，又沿村道去麦田寻坟冢，一路念一路哀咽。谁知坟冢青青，在朝气勃发的麦田中煞是精神，已然如春草般岁岁更新，充满了鲜活的生命气象，这才让我转悲为喜。原来喜生悲死，只是逝者后人凭空的想象，怎不料生命早已有了新的归途。外婆犹如我最爱的海棠花，永久地落在春天，也永久地盛放在另一方寸天地。

从此，我再不罔论鸟的凶吉之兆和花的开落之态，更知道了两个道理。

眼界要宽，便是在暗昧处也能得见光明。凡表象之下必有另一番道理，若只盯着浮华虚景，就望不见山那边的海，看不破刺透黑夜的到底是日还是月。站得高些，看得远些，走的路长些，终会发现黑云压城之后也有垂虹，摧枯拉朽的一段路后定有春暖花开。以黑为镜，去寻流光溢彩的另一面，相信你会找到生活的许多趣味。

心胸要阔，意为高旷而不疏狂。凡事物极必反，方而不割、光而不耀才是中庸之道。切莫追寻极悲极乐之情，此般只会伤人伤己。悲喜装在心间，糅合成淡泊之态，这世间便少了许多庸人自扰之事。如东坡一生流离于"黄州惠州儋州"，可谓是惨之又惨，他却能在悲戚外看见花开，在狂喜外守住内心宁静，因此虽然悲凉却不失激昂，是高旷的最高境界。

　　以此为道，况味人生更丰茂。

　　许鸟悲啼，允花欢落，我再也不随意为谁哭泣。

重逢的那一天，才知破镜原不圆

月起月没朝朝，花开花落年年。漫长又孤索的时钟脚步不停，终于寒风不再噬骨，春风不再叫人眼红，消磨尽所有关于你的期待。我终究成了爱里的胆小鬼。

但其实想过许多次重逢的，可场景大多不够好看，充斥着无法言说的退缩。比如夜深忽梦少年事，你仍若惊鸿翩翩舞人间，我却已一身荒土，就连目光都不敢相接，便慌张落败而逃。又比如人在旅途的偶遇，一声"好久不见"，一场淡淡寒暄，此后你是你，我是我。这种毫无波澜的重逢更加令人惊慌，原来爱是会消失殆尽的。无论哪种重逢，我潜意识中预定的结果似乎从无圆满，或许颓败太久，也或许再无年少的热烈，我终究没有勇气扮演天真，再去好好爱一场。

真正重逢的那天是一场浓郁的春雨后，缠绵不尽的细雨仍萦绕心底，扰得人莫名慌张。后来我才知道，人生充满了不可测的下一秒。就在站台焦躁等车的下一秒，你如一缕温软的风落在我身畔，也如久未璀璨的日光撞进我的眼里。刹那天地大有不同，雨不再悱恻，冷春不再漫长，而时钟倏地止步，大戏等我登台。只是事与愿违，你淡漠的眼里哪还有过往，瞥过再看回来，只留下一个礼貌带笑的嘴角，却如天裂般让人阵痛。悲鸣袭来，我终于可以释怀。

人都说，重逢有两种结果，破镜重圆和不圆。可直到今日，我如七窍忽通的愚人，陡然发现在这二者之外，还有破镜碎前原本就不圆的秘密。破镜原不圆，所以哪来的"好久不见"和寒暄，哪来的心跳失律和尴尬，更没有所谓的重逢后再同行。不是年岁太久没有爱了，而是原本就不够爱。

过往的许多桥段忽然浮现，比如那天大雪纷飞，你从窗外经过却始终没有接起我的电话，而我巴巴望着你的眼睛逐渐失去光彩；又好像是一场愤怒的争吵中，你脱口而出的一句无端指责，而我愣了愣再也没法继续表明立场。或许你的爱里掺杂许多不自知的怜悯，我以为的救赎不过是场游戏，关机后再也不能重启。想起后来很长的一段时间，我放任自己重回尘埃，试图挽留你的回身，如今看来多么荒唐可笑，还好你没有继续假装十分爱我，否则我早就面目全非。

但时至今日，这段爱里究竟掺杂多少心动和忍耐，我已不想计较，更不愿心生怨怼。那一段日子毕竟存在，你也毕竟给予过我前行的光，就像是救我于深井之下的一双手，如此温暖和充满力量。纵时间回转，我依然毫不犹豫地随你出寒山，去暖人间。所以你于我而言，是漫长黑夜里第一颗到访的星，是冰河之上第一朵为我盛放的花，意义深重，便惦念余生。到此刻，这惦念已非眷恋，而是感念和释怀。

多谢你曾繁华照荒芜，让我学会寻找盎然；

也谢你曾坦荡爱一场，让我从此敢诉悲欢。

花开一山春诗浓

春天的繁茂、多彩与明艳,被开了一山的花写成情态万般的诗,既美又纵情,让人在如诗的春日流连忘返。

譬如桃花烂漫,婉约诗成。无论苏轼的"竹外桃花三两枝",还是崔护的"人面桃花相映红",山外桃花无畏春光短,只尽情绽放蕴了一冬的风采,成就粉妍欲滴的鲜翠春色。人们最喜在三月踏青,踏的是山青,也是万紫千红,就像这绽在人心上的桃花朵朵。它迎风更出彩,淋雨更多情,遇光更多姿,流转的万般风流与情味,叫人心旌荡漾,让人眉间汹涌,只盼紧握这一晌春光,也同桃花肆意盛放人生。

又如梅花傲骨,书情豪放。从高适的"借问梅花何处落,风吹一夜满关山",到赵长卿的"角声吹彻小梅花"和陆游的"闻道梅花坼晓风"。梅花仿若出山拓土的铮铮老将,凌霜御春寒,让关山长越,让春光长燃;也如穿越唐宋千年的长风,一身凛凛傲骨不折,万般昭昭壮志不息,叫人也去寻壮志与未来。若有朝一日走得更远些,我定去大漠折枝红梅,只愿此生步履不停、躬耕不止。

再如杨花沧桑,郁道别离。无论是李白的"杨花落尽子规啼",还是李益的"风起杨花愁杀人",杨花漫天点点就像离人泪,飞舞着漫诉不舍的衷情,一派戚戚之态。这场景在西北常见，杨花起时，留守乡村的人们开始春耕，远行的游子也踏上天涯。两拨人交错转身作别，谁的泪匿在霜鬓，谁的情又糅在乱人心绪的杨花里。到了各自决绝分错，只在心底盼着秋收丰盈、岁末丰饶，大家好团圆在下一个春日。

亦如野花齐首，一派田园。从欧阳修的"野花向客开如笑"，到陆游的"野花经雨自开落"，还有陈抟的"野花鸣鸟一般春"，原来无名的花也有绚烂的春天。它们长在山桥下，长在野路边，长在寂静的村墟里，用别有风采的绽放为人们带来"返璞归自然"的惬意。最喜在村庄后山寻野花，一面簪戴春色，一面品味春意，馥郁的芬芳是野花带来的，醉人的心灵放逐是山野之春带来的，而我也是春之风景。

此外，还有忧郁的杏花烟雨、风雅的松花酿酒。花儿们赋诗一首首，让春天更加浓郁热烈，叫人也更昂扬多态。

花开一山春诗浓，愿你不负韶光梦终成。

春夏争渡

最爱沾雨的春日清晨，浅云中弥漫着水汽，满地也都是雾气，走在这样的风光里，像浑身浸着春野。

有年二月，我从苏南一路往北。江南的细雨真要命，潮也带雨，月也带雨，然而我着实喜欢。拂着柳风，挑着杏花，惹得草色连作天色，放眼茫茫绿意。

略北上，天就干燥些，也稍寒冷。巧的是遇见片海。晌午时，正对着高阳，蒸腾起满长空的潮雾，又斜映出两道峰，惜惜绿林恰染出一山海的新绿。

行至最北时应是惊蛰，又赶上长河烟雨。可到底少了几分江南姿色。桥头望去，真可谓"一舟海棠正枕河，偶有含苞欲悄放，又垂藤探潜，正似行舟眷红偎翠"！

我忙用画笔记录这瞬间，惊道："雨生百谷，此行舟绿，原是春夏争渡。"

在参差中守望春天

人常说，江南的春温婉多情，漠北的春豪放恣意。然而纵使花有千姿百态，春又怎能用两言八字概括？要我说，最难叫人拿捏和琢磨的，便是这一日繁盛过一日、一辰妙似一辰的春了。

月落参横时，春已明鲜万彩。瞧那林下，小花儿们抖落晶晶的雪，尤以山桃最赤白，矜傲可人。南方是回南的晶晶的雾，又掺着雨丝一起，叫早已尽情绽放的林花楚楚动人。又往乡村小院里走一走，一院便有一院的精彩，东头爱海棠，早海棠正娇艳，晚海棠也迫不及待地鼓了苞；西院最喜古朴风，老槐青苍，老榆如谪仙，老梧桐问道，倒把各路神仙一路请来守宅了呢。这景致最便宜孩子们，一阵从东蹿到西，须臾就是满怀的姹紫嫣红。又一阵南北相邀，野菜落了筐，野花也簪了头。

夕照碧水时，春又染苍染黄。原本冷清的山，早起带着朦胧雾感的清冷。因着晚阳西坠，刹那间"娇娘若儿郎"了，仿若久征沙场后的休养生息，悲壮之余透着一丝淡然，赤红之后瞬时成就五彩斑斓的黑。原本孤单的江河，如青碧练带般自成一派，因为夕阳斜照，浓烈如火烧云，叫任何一片扬起的波都热血起来，澎湃如暗夜里鼓劲不歇的歌，叫人在夜幕低垂时斗志昂扬，开始期盼起明天。

任何一抹彩在春天都有名号，每种颜色的春天都能在历史云烟中寻到身影。"草色青青柳色黄"里的柳色黄，如沁着水珠儿的发梢，一阵风迎面，惬意又温软。"海棠不惜胭脂色"里的海棠红，绚烂至极却不媚俗，娇柔至极却不轻浮，如春风最爱的明妍少女。花一开，浓妆淡抹总相宜，叫百花都失了颜色。"谩染鸦青袭旧书"里的鸦青色，是晨晓间冷冽的湖光山色，是黎明来临前的深林冷调，够雅致也够清贵，叫人只想用春水煎茶，才能配得上"鸦青"的品格。"山桃红花满上头"里的桃红，最抢眼最张扬，恨不能收春之百色于麾下，却不躁不狂，只认真绽放，绽放好景无限。

任何一朵花在春天都有排面，任何一株草在春天都能燎原。万万不可瞧不上路边的小野花，正是野花的生生不息，补全被春遗忘了的边角，才叫人人眼里都是花开，都是许许如春的未来。漫山的野花就更不能小觑了，它们在野谷上齐齐飞舞，叫春风更骀荡，叫春雨更迷蒙，叫春光更蓬勃，叫来往过客更满怀希望。野花如此，人生又何惧。林间草岑蔚，隙中草劲拔，都是春的最佳执笔。春如野火燎原般迅速蔓延，在世间每个阳光洒落的地界生长，让黑暗流光昭昭，让生活春意盎然。

由此，拂晓也好，黄昏也罢，花也好，草也罢，任何一抹彩也好，一句诗也罢，共同描绘出绚丽多彩的春，谱写峨峨洋洋的曲，直书春繁至夏。

便在参差中守望春天，祝你步步皆景，人生丰盈；
便在参差中永葆热爱，祝你韬光韫玉，速得惊名。

夏

夏——自由，沛然
责攸花山的风
到了夏天，最是天马行空
无拘无缚

壹 —————— 花开和人生都不必设限

花开和人生都不必设限

有两年春夏,仗着年少任性,时不时趁着天亮出发,见了好些小城和花。

记得哪个江北小镇的花巷,好像贩卖浪漫的一处人间。巷尾偏僻处,堆放着成山的花枝残叶,一旁是一整树的合欢!偶有人驻足,说着开在这儿可惜了,也就走开了。

花枝残叶旁的合欢,人人都道可惜。
可为什么可惜,又凭什么替花决定该开在哪里?
或在深谷或于废墟,你该惊叹花开,而非怜悯命运。

花尚如此,人亦何哉?
并非春天无主,一山明灭一巷空,
人间生死同途,流光本该异彩纷呈。

可多少人走着走着,终不似少年风流和一腔孤勇,
爱和梦日渐力不从心,在玫瑰园里匆匆安身,便是此生了。

要我说,不必怜幽草,
你且看,或满阶青红或一野新绿,
长安日日是绝色,夜幕不来,便可有千种风情。

少年名狂，驰夏戎花

北方春短，夏呼驰而来。

晨起偶抬眼，一院的桃杏突然烂漫。楼市小巷但凡有花树，必然热烈，遮不住的得意。原是夏花狂时节至。

夏花名绚烂，一身争奇斗艳的本事，
纵使路边的角槿矮牵牛也不甘，偏要乍泄入云染。
无弦也能歌，招徕万物的鼎沸和狂欢，
一花鸣莺，群芳鸣空，朝日汹涌，晚昏澎湃，最是蓬勃。

夏花向来张扬，用尽良辰，
少年亦谓疏狂，更应驰夏戎花，赢这年少的战场。

任平生，越长大越不狂，该趁一晌大放流光。
管它月坠花折，宿行宵征极尽，自有高台乾坤验证。

少年惊名的未来先是认定目标，再是孤勇奋战，方能迎八千里路的盛放。

春山赴宴，和夏无界限

四五月里，远处的山比往日更苍黛，我知道这是春日受了邀约，要带着山和花去往夏天了。

人人都说，春山隐隐，夏日繁繁，
好像春日里蓬勃着的万物，总也不如盛夏浓郁。
可要我说，春山赴宴和夏无界限，它们互为惊绝。

春有海棠葳蕤，夏便有合欢覆地，
夏有绿树荫浓胜花时，可春也有江波绿照一山花。
哪有分别啊，春夏生长，便有云下好景，从万谷在望。

四季里最爱春夏，它们无可分论。
春夏承载着一山野的心愿，向上，再向上，直到盛极满泻，
十里春夏景，本就如小楼上望月，今日复明日。

不必立即定义人生

夕阳半明不落,晚霞下少年们呼驰而过。微鼓的脊梁上有一身的光和坚毅。突然想起与我错落时空的你们,在怎样的云下各自繁茂。

我向来信奉缘分的泾渭分明,于是斟酌出漂亮的词汇极尽所能地展露人间绝色,模棱两可的词句尽量不去定义花与海。

夕阳不落,谁也无法谈论这一生,
在这之前,转身或结束,舟上少年凌云去,行路万千。
行江河遍,纵长情短情,
抛却无可奈何的花落,理直气壮地高飞和爱自己。
烟不笼月,云无笼光,这人间比你想象的风情万种,
你也比你想象的风光。

不被招安的一生

天将晚,倚在桥上,突然慌张。人间似画卷铺陈,熙攘纷呈皆有着色,旧人黯淡,新色再添上。可满目屏彩,却无我着墨处,像行舟误入的怪客。

生不由天定,来这世上一遭,便是长渡。
可在某个渡口,人潮分流,山行共攀缘,余各曲径上。
不与人同就不同,
生死同途,但活路本就大不相同,
花能生于檐上,也可生于原上。

不同的定义太多,怪异的词性并非贬义,
君看我轻舟,偏恋礁岛,坐画风景,也鸣江上。
烟薄花谢,色涸而除,这一生,不被既定命主招安。

杯酒敬敢不寻常,琉璃月终照人人。

自由的要义是自己

凡写自由,总有人状写万物自省。殊不知万物也哀愁,如海的尽头仍是海,风的归途是轮回,花的盛放期太短,所以世间的自由都不尽意,尽意的只有自己。

自由的课题是相对的。
若羡青山长,便让理想高远些,便能齐临山巅;
若羡深海阔,便让脚步恢宏些,便能共振海潮。

自由的要义是自己。
比不得风的恣意,就垒土九层台,总能看见风的世界;
比不得鸟的自如,就小流成江河,总能听见鸟的夏鸣。

不执不馁,不骄不躁,不卑不亢,
自由并非难抵的彼岸,你若达观,风声就在脚下;
要争要逐,要进要稳,要勃要发,
自由是一点就透的风,你若旷远,山海近在眼前。

一生逐明月

月亮卧在橘子海里，温软的光缱绻万里，却并不独占整个夜空。留白的大片故事里，一半给屋檐，一半给远山，她的心意恰到好处，细腻又磊落。

人世间有许多荒诞，可她一贯不在意过多的郁懑。
山脚长满野草，她带伤顽强蹚过，还能撒把小花；
小舟摇摇晃晃，她稳住恶劣的风，还能挂上旌帆。

她也想坐拥山河，拥众人欢呼的开端，
可她爬过半生才明了，岸的两边没有公平可言。

用力奔跑，逆风也加速，像蠢笨的愚公，
但她不移山，她并山行，她壮大山，送明月予山，
像懂事的脏小孩，只会拿出最温热的诚赤，抹去尘埃。

她其实不如月亮，却东施效颦甚于月。

学花的经络，做连绵的山

我不想你此生只为一朵花驻足。
外婆说，等你见识了山，才知道这朵花的守与不守。

花可以赏，不必囿绕着，更不必将悲欢皆付之于此。
要学它人后的熬、人前的光、盛时的傲、颓时的自洽。
然后携它一身经络朝前，去寻一座山，再耕繁花万千。

任何细微皆铺垫功名，人的脊梁只此薄厚，若事事都担着，
何以翻出一座山，何以历经千帆可回头。
所以花是苦难的勋章，而非凯旋的华章。

成为风雨不惧的山、连绵的山，
纵陡崖断、一峰荒，尚有起伏的留白等待波澜。
而矜傲的花遍野，如火燎原，如星千河，与山互为表里，
此后你这山巍峨，花朵前赴后继，热爱有退路更有未来。

别为一朵花大费周章，它是山的前奏，引你锦绣扬名。

别再妄论花的风骨

一声雷,雨说下就下,花败也就败了,青枝摇摇欲坠。正午烈阳悯视,黄昏没法救场,未散的沉云旁观,有的窃喜,有的蓄势待发。

层云山下花繁,明日月光昏黄。
这本不该是一场压制和战斗,孤城无春夏。

可没法视而不见的现实是,
谁在沾沾自喜,谁在一生苦求,谁在麻木,谁又在惊惶。

阳光均匀洒落,未能直射的角落里愿望简单。
汀州之上呼喊着的不过是另一半月光和岁岁平安。

别再妄论花的风骨。山渡万里月护舟,方人间昭昭久。

贰 —————— 愿今夏光长，月悬不落

或许这就是爱的意义

有年夏天极热。尤其是晌午的阳光直直地照下来，汗水滴落融在脚下的影里，好像每走一步生命就耗尽一分。

我们时常在这样的午后外出，偶尔大吵，偶尔浪漫。

有天晚归，暮色四合，夜光一点点取代日光。坐在石阶上，你缓缓低语，像陌上花开。你说我们过去的一千多个日夜，说我们光与影的失衡，说春夏熠熠也说秋冬茕茕。后来说到祝我往后能逢山开路、遇水搭桥的时候，我清楚地记得，你闪着光的眼里，映着夜空的六颗星星。

有五颗攒聚在一起，剩下一颗闪着巨大的光，渐渐飘远。

后来想想，那些炙热的午后是这段爱的高潮和终点了。燃尽了光，也没能等来圆满的第七颗星星。

曾偏执地以为，你是明我是暗，我扑灭了你的光和爱。

可逐渐发现,从角落里被牵出的古怪小孩也能在阳光下跳舞了,我才知道光影的意义。

继续向着未来延伸,而你,却在我人生某个时点撤离了。
可你留下的光,像宇宙爆炸原子重聚,赠我一身孤勇。
后来我手握星星,逢山开路遇水搭桥见雨种花,就像你。

芒种诗成,夏鸣秋颂

时雨尽收,四野极静。青云红墙影动,微光点点,像酝酿着什么。奔跑着的月亮悄然悬起,正播种一场日出。

三载七十二候,太长也太短。
黄昏经久,定格的月色总是无处落征鸿。
无尽夏无,声势浩大的行舟未及作别便不问西东。

忽而芒种碧云天,满汀少年花,
一声令下掀起潮浪万尺,一滴墨落尽染青山万峰。

谁人能挡少年光,哪愿盛秋如愿?
青林深谷露正浓,孤月久立忽乘风。
少年翅振跃弦上,芒种诗成秋来颂。

芒种诗成,愿少年盛秋依旧如愿。

你是我蓬勃的荣耀

又翻出那个葳蕤生光的盛夏,莺雀啾鸣,招徕最漂亮的霞谷。人间惊鸿宴,杯歌醉遍。

高台上三面含妆,一敞绝色。
你如兽王般孤战还巢,谦卑又桀骜,鸣尽血染的勋。
青崖下百里吟啸,甘愿臣服,
恨掀万丈潮月,以衬青峰眩耀,这一席同频的风骨。

一夏透一夏,你廊上早已是满枝情。
可情长情不喧,情深情不显,于是最盛的荏席不复。

顶峰就是顶峰,无人能超越,
纵是极尽热烈的年少清平乐,往后亦不复峥嵘。
但不必少年,于你我而言,荣耀已蓬勃长度无数个浓夏。

再无回南天,夏可高悬

北方花期着实短,才开便委顿。见到楼下谁家捋榆钱,方觉谷雨后夏渐望。雨生百谷,南吃椿北食榆。

前些时日春尚赖着,又是倒寒又是潮雾。
想是余些明鲜予夏酝酿,可日日浓染,夏已悄然高悬。

再不用试探着争风光,
春花夏繁,春休夏始,四分之一年光过,人间换了颜色。
盈盈翠满屏彩,着最饱和色,行最广的山,至热烈夏方浓。

青鸟翀青云,红荷沐红雨,牡丹飞尽。
再不用迟疑收敛,夏天就该如青山嵯峨,如江海壮观。
春日愿该有丝络,照着步子继续铆足力气,为岁暮欢喜。

夏以明月悬高台,我登云折枝,攀楼折月,要定这风光。

我的笔下一片虚繁

窗外略无趣,光也稍白,云下无澜。可我目之所及的一片天里,渐生潮汐。少年舟行,春夏川行,一片热烈。

我想每个人都有自己的窗后人间,
一斤月色一盏诗篇,
晚风吹不动泛黄书页,我躲在窗后,笔下却一片虚繁。

窗前盛露浓,窗后分寥落。
人间在前,情散生别,场高席散,百种桎梏。
于是我藏了一个我,假想春鸣夏望、秋长冬颂,少年明鲜,爱也漂亮。
寸草不生的窗下,借月色重新进行光合作用。

枕月晚云迟,我酿诗醉酒后破窗,明日的太阳又照常升起。

夏天惯会恃宠而骄

许是清晨才下了雨,地上连着云日都湿漉漉的。太阳尚不肯大方悬挂,到处都弥漫着骄矜和清凉。

由云下行至树下,先听得"哗啦"声,下意识抬头看。眼睛闭之不及,恰好接住了星星点点的雨水。哪来的水呢?原是顽皮的树攒了一挂雨,不由得气笑。

夏天就是这样,惯会恃宠而骄,
像是园里最明鲜的花,偏有傲的资本。
满架黄昏舞到极致,或炽热或突来山雨,
人们颂夏赤诚,大增它的脾气,更不懂得见好就收。

可谁又能拒绝夏天的持靓讨宠呢?
九十二昼长葳蕤,人间鲜亮,树会下雨,阳光恪尽职守。
于是夕阳下喧闹,碎冰作响,蒸腾起快乐和酒醉的气泡。

或许这才是人们总惦念夏天的缘故,不放肆不成夏。

从前云烟暖,此后光不落

今晚黄昏清凉,云层中和了晚霞的余热。一盏夜灯亮起,暂时替岗迟到的月亮。斜光的楼角影影绰绰,一时间像等故人归。

可故人已成谁的新人。你啊你们啊,早已在怎样的黄昏里演绎新的故事。月色很美,我始终坚信从那往后的你们,江上清风花百繁。

谁也奈何不得缘分。无论是哪段爱里的谁,还是一路挺久的星光。我并不遗憾和埋怨那时的相别,定格巅峰的告别何尝不足惜。

从前百般,云烟日暖东风曲;
此后种种,琵琶悠长光不落。

至此别后无逢,并无偏执,只是偶记起,便默祝前路无限江山,愿往岁是新岁的欢喜。

少年群峭，铮铮独世

寒峭生枝，十年青绿，百年凌云，触极远的日月星辰，望无尽无涯的山海野风，这才是世间独一的豪情。

少年当如望春的群峭，在热烈的夏风里不可一世。

少年路只此一程，
若无破天的胸骨、立山的壮志，何以谓年少嚣狂。
管它年少无知的梦想，
让脊梁随山，一身棱角破云，天地里偏要和日月争辉。

以潮起为谋，独占月的一方姿色；
以夏雨为约，就赌雨只为我倾盆一场。

不骁勇无山长，少年入野群峭生，本就该铮铮独世。

云破不乖，乍泄黄昏

夏天的太阳热烈也有好处，譬如这几日，云朵动不动裹满水汽酣畅地淋落。可不多时又被太阳晒得松软，摇摇晃晃去找积酿下一处阴凉。

夏天的云比以往都瞩目，像是被夏日激发了本性，变得张扬又恣意。它时而聚散，时而阴晴，并因此也让夏天多了些野性。

尤其在太阳西沉的两个钟头里，大片的云漫不经心的，在天色的衬托里更显清绝，仿若一朵高岭之花，骄矜着俯视人间。
而夕阳渐生赤色，漫天的云也瞬间破碎，勾人得很。
像棱角分明的少年陡然沾上层层的爱意，悸动整个天际。

夏天好野啊，
谁轻叹着，殊不知这是夏云作乱。
云破不乖，乍泄黄昏。

月为离别提序

明月从山那边远渡而来,掠过最骄矜的海棠,攀上我的屋檐,继而哗啦啦落了一地。明晃晃的,像断而受惊的溪流,也像枕上情深不寿的泪。

明月费尽周章,终为离别戚戚作序。

好像情长情短都有明月喻征,
正如花开花落皆是江南,还有那脱口而出的地久天长。
都做不得认死理,否则或桎于疯癫的爱,或再无婉约为你抒情。

状写离别有万物,我却单爱明月,
它寂静,长夜无星最好,肯匿于白昼,陪人悲欢酣畅。
它多情,世上谁都偏爱,愿远赴你方寸,夜话荣辱征涯。
它亦坚决,管你作别时徘徊或愤恨,转身就是旭阳东升。

人生世事离别难逃,所以莫纠缠,莫慌张,莫凄凉。
若有月循你而出,便大步跟上,来日芳草荣,又是萋萋情。

叁 —— 无尽夏，无尽年少霎

永远爱你的狂与脆弱

"世代的狂，音乐的王，万物臣服在我乐章。

我的乐器在环绕，时代无法淘汰我霸气的皇朝。"

夏风忽狂，席卷一片青云。另一个时空倒数呐喊，心脏像拉满的弓。前奏起舞，好像望见地平线的云下一瞬花开。

一峰雾见一峰雨，层叠的山巅处满目嚣张。

没错，是你，是藐视万物的你，是坦荡着张狂的你，是孤城入世以来明明白白恃才傲物的你。

我，万千的我们，最爱你这坦荡的狂，最爱你目光不屑里一纸挥就的日月相合。

你的弦上是不落的旭阳和隐秘的月色，我恐怕永远不能逃离爱你的时空。那就此长醉，愿岁岁少年狂。

"这世上的热闹出自孤单，荣耀的背后刻着一道孤独。"

你唱狂，从来坦荡又张扬，不管谁服不服。你唱孤独，也同样大方又赤诚，不管谁爱不爱。

好像一株寒山入云的青竹，受过喧嚣后，委屈地向花草表白，讨要更多的爱和呵护。

你理直气壮又赤诚地示弱和索爱，我恨不能为你种一园春夏，为你摇晃夕阳月色，为你种满星球的玫瑰，好让你安安心心地做一个永远被爱的小王子，好让你守着你的音乐王国永远浪漫放歌。

你可以更狂，更脆弱，只是别停下吟诵人间。
你不必悄悄孤独，这山下的爱早已万千鼎沸。
我永远爱你坦荡的狂和赤诚的脆弱。

至死仍少年,她却止于十七岁

皑皑长松,岁岁常青。她的心底翻滚过歆羡、怨念和怀念,而后趋于僵死的麻木。那年如何,少年意气大江河,今又待如何,新伤叠落成沉疴,却只有忍耐。

十七八岁的夏天啊,
她也和他一般明鲜,
被宠被期待,被寄予璀璨无比的未来。

分途只在一刹,命格被定高下。
若论理想,她愿远方愿搏一搏,却被道孝不远游。
若论平庸,她愿出阁愿争一争,却被道相夫教子。
她本高山,却囿于世道限于怀腹,堪被风削平峰棱。
她道同为年少,却为何殊途?她道同为生计,却为何迥貌。
她问到底何以羁身,叫她再不如他至死仍年少。

风无言雨无哀,少年无愁,唯她在十七岁后一生褴褛。

夏梦郁浓,黄昏为功

夏天用炽燥、狂执和热浪杀死了倨傲、阴晦和张狂,没有什么好与不好。人履半生,总要在心安处歇歇脚。黄昏便用千缕风和万丈光,编织了一个悠长的梦。

黄昏是人们在夏天放逐的捕梦网。

于是晚霞如瑰,日月同辉,招徕渡客。
有人秋千架下绿荫浓,梦里是故人归期,
有人长街尽头晚风凉,半醒间黄粱一梦,
有人枕河偎柳听鱼跃,愣怔里忽见鲜衣怒马,
而我在窗下看藤蔓缠绕,一醉情长又是许多年。

黄昏不醒,无缝衔接明月,
无尽长的夏天啊,暮暮酾冽,岁岁刻骨,错过许多美好。

夏梦郁浓,黄昏为功,你与晚风无穷尽。

夏立于参差暮色

　　白昼长于夜色已有些时日，再透过窗子看黄昏大有不同。地平线分天色为二，通红的日落晕染云霞，就连新绿的大地都是毛茸茸的橙赤。这才后知后觉，这是夏天来了。
　　夏日风光独到主要在暮色参差，坦荡又魅惑。

　　最喜欢夏日黄昏将来时，
　　大块的阳光洒满街角，倏地暧昧起来。
　　抬眼去瞧，光被调成橘调，可并不小气，冗长而浪漫。

　　不同于其他时节傍晚的转瞬即来，
　　夏日暮色晃晃悠悠，直叫烟火鼎沸，叫山山皆景，
　　它才合上热烈的潮热，此时灯落月红，另一段故事启幕。

　　从此夕阳落山花，烟雨尽人家，这暮色将轮番上演百余场。

暮雨陡落，爱意逡巡

　　这时节的雨说落就落，"呼"的一声风响，再一道闪电划过，雨就连成串地随着雷声泼下，叫人措手不及，只好跑过巷尾的屋檐，或者躲进谁的臂弯。

　　半赤的夕阳尽数褪去，天色也瞬间变暗。
雨打着枝叶，伴着风又打屋檐，直把夜色提前惹了出来。
月亮恰好躲个懒，雨便替代月光在地上，在窗下积了成片。

　　至此黄昏乍去，暮雨陡落，你又陡然逡巡我的心头。
原不想提起你，可夏夜实在缱绻，你也实在藏不住，
若时钟倒转，故事从头开始，我想那个雨夜依旧魅惑。

　　爱过也别过，我一向不遮掩心意，正如此刻大方地想你，
你曾在我眉间心上，多谢。

夏至云高，正纵驰行行

六月尾，岁入下半，却是夏最浓的时候。窗外炽燥，庭内清凉对峙，我竟闻出一股浅秋气息。

盛夏呼驰过后便是凉秋天气，
原来我很怕夏天的离去，胜于春日告别和凛冬新岁。

夏日的独特在于，
像弦舞到高潮，月圆至无缺，少年趁云高行尽诗酒。
可秋日款款，满目翠减红衰，
像年少一季，青鸟自山巅坠落，在情绪拉满的下一秒破碎。

也罢，不必远秋来扰，用尽夏时便是。
且看一室夏堂堂，千万云下客，少年也拢夏，纵驰行行。

从此夏日多了层意义

刚过去的这个夏天，想来就很可爱。我们一起看了十二晚黄昏，等来了两次月亮，喝掉半瓶啤酒，直到秋风起还氤氲着又醉又甜的气泡。

好像相遇的时间不长，也没什么特别记录的事情。可就连你在巷尾随意地摆手，都让我觉得日落多了层意义。

你是我落寞很久的城堡里，得认真招待的朋友。

这一生擦身而过的万千人里，或许有很多人值得回头，却只有个别人能在人潮里接住回望的目光。

物理学里讲场论，化学里讲相互作用，可同你的友情什么也不消讲，就值得想念很久。像年少奔跑的麦田、等不回的风筝，你从此就是我漂亮又难忘的过往了。

秋天着急赶来，你也去往某个黄叶正落的小城。

往后我一个人揪不住早落的太阳，连咬住裤脚的小狗都没法甩掉。非常遗憾，但也释怀，谁让这个夏天超乎意料的快乐。

不说再见了，就祝你所往皆盛夏，岁岁月久悬。

在浓淡中争夺夏日

盛夏，烈日和微风展开了一场争夺，争夺夏的主宰。

似火的骄阳自不消说，所到处每一寸光都气势足，叫万物都憋着一口气。树叶闷得打了卷儿，溪流燥得如死水，小巷也没了力气喧闹鼎沸，所有精气神像是都被骄阳吞了去。有人评判它毒辣，有人怨它火气大，几乎要将它定性成十恶不赦的大反派。

可夏阳也冤呢，它不过是劲头足了些，若没它一鼓作气地催着万物奋发，那云彩怎么会用心征伐雨水，那雨水怎会日日降临大地解饥渴，还有那娇嫩的春苗又怎会拼劲儿向上生长？它太过勤奋，最早起最晚睡，不叫一株野草黯淡无光，也不叫一朵花面黄肌瘦。骄阳广纳天地之精华，像日夜操劳的母亲，生怕嗷嗷待哺的万物弱不禁风。

夏天的风其实才算柔弱，常被骄阳欺得无力委屈，带着热辣辣的火气四处游荡。可就是这微风，又最懂谋略。若骄阳是果敢的猛将，它便是运筹帷幄的军师，比不得烈日的杀伐决断，微风能屈能伸、能文能武的计谋最是花样百出。就说拂晓，微风趁着太阳还有一口气没提上来，先撒了野般奔向田野，带着夜的凉给庄稼们提神，又摆出一派鼓舞的姿态叫庄稼们虎虎生风，像振奋人心的晨会，叫万物劲头十足地迎战这一日的炽燥。再说黄昏，骄阳的余热依旧鞭笞着人间，但似是有了疲态。躲了一昼暑热的晚风趁机而上，轻轻走出浓荫的山林，拂过水汽渐凉的河流，落在困顿烦躁的一草一木上。丝丝凉意重振起精神，万物在可贵的光阴中奋力生长一时。

如此看来，夏风倒能险胜骄阳，但还要从万物的风采来评判一番两者的功力。夏日最赤，在赤光万里的照耀下，万物也都红光满面。譬如后山的果园，桃娇粉、海棠朱紫、杏李红到发黑，就连篱笆上攀着的花茎也透着红润。斑斓的底色是红色。夏阳将红的色彩发挥到了极致，便处处浓墨重彩，犹如一身粼粼重甲的少将，奏响浓烈的凯旋之歌。

微风此时身着一袭薄如蝉翼的白衫徐徐登场，它似摇着蒲扇的高山隐士，骨子里矜傲，一副"可远观而不可亵玩焉"的姿态，叫麾下万物也都随之清冷。说黄昏时分的一池莲，不惧余热的肆虐，只是恣意地随风摇摆。那谁也不看进眼里的小模样真叫人心痒，却也令人只敢远远眷恋。清晨时分的春飞花，夏落雨，梧桐树叶密枝繁，任炽阳凌身也不伤分毫，一派悠然地在微风里晃动，给人十足的惬意。心若静则坦然，则凉意裹身，说的便是如此。风教导万物时刻保持平和、淡泊的心态，还怕什么赫赫炎炎？随你云蒸海天，我自岿然便是。

烈日对微风，浓妆对淡抹，似乎少了谁都不对滋味。若无骄阳，风就骄纵太过，叫万物生惧，冷得不肯认真生长；若无风，夏阳便会无敌，那人间天地何以岑蔚？所以我最喜坐山观好戏，看两者用尽阳谋阴谋，彼此较着劲儿，才有最大限度的鼓舞，才能促使花草树木奔着丰盈的秋而去。

浓妆淡抹总相宜，夏日微风同砥砺。

无尽夏,无尽年少霎

立夏后无春,花枝再不收着,尽展鲜繁。定格任意一处时,喧嚣沸响,像少年莽狂。至夏总忆年少霎。

年少风光是浓荫的黄昏架,
绕廊的藤、一身的光,在云下相拥。
那时少年如小鸟惊弦,
小鸟是浓夏的最尽兴,入江入长空,永远高昂和无畏。

可再从前忆,年少也如春夏一季无回,
好在落景余清晖,明鲜偕逝,舞象长夏,大梦夏回甘。
似暑热蒸腾,渐沉的血脉都鼎沸,重拾风发,清荣峻茂。

不似少年便不似。只愿往后无尽夏,无尽年少惊琵琶。

肆 ———————— 做不囿于方寸的夏风

夏天是流动的

夏天是四季里最具有流动性的。

单看这一座山，浓郁的黛翠由山顶倾泻，直泼得天边都染了一层青绿。繁枝密叶里，阳光穿过缝隙，洒在每一只小鸟的身上。小鸟头顶着太阳，蹦跳着把欢快的啾鸣声留在四处角落，让整座山都随着交响乐起舞。这时风也起来了，算不得凉，却轻轻浅浅地拂动了漫山的小花。夏天就这样悄无声息地光顾了座座山，让山也像着了新衣的少女一般灵动起来。

再看这一池绿波，鱼儿跃起，搅动朵朵水花。云色突变，丝丝缕缕的雨落下，浇碎了半池莲花。不多时，调皮的碎雨退场，黄昏来了，斜阳铺天盖地，又叫这池水调出一层橙赤，显得颇为绚丽。太阳一点点落下，池上的晚霞也逐渐被撤去。最后月亮升起，星星也渐渐点缀满夜空。一时间，月色星光照拂整个人间，也让这池中斑驳起来。池月渐东上，夏天也跃然池上，叫处处晚风凉。

走到哪个榴花深巷，一树榴花映日红，一巷绿柳垂杨岸。燥热又寂静的午后，鸡啊狗啊的也都恹恹的，就连云朵都躲起来，这天地看来像是凝固了。谁知一个时辰后，不知是谁家小孩悄悄出来玩耍，这才发现整条巷里已是浓荫覆地了。鸡开始时不时鸣叫，风偶然吹来一阵，门前的野草摇动，繁茂的花树们探着每个院墙，终于叫这家家门巷尽成夏。

最后来到谁的窗后，薄衫轻短，蒲扇摇摇。小扇引微凉，也引来了远处的野花野草香。漫长的午后在昏昏欲睡里走过，不远处屋檐上已腾起袅袅的炊烟，农家的饭香瞬间氤氲了整个大地。夕阳开始落幕，这百里十村却欢闹起来，像是庆贺着盛夏庇佑。接着饭菜上桌，原来这一米一菜里酿的正是夏日光长。

我后来又拜访了许多地方，到处是山山增色、树树影绰，原来夏天喧哗而出，便再也无法收敛了。

爱你像走过长安千万遍

或许我的爱太过沉重,
才得了如今独身反复徘徊在此的结果。

夏日晚风鼓胀起衣角,我在非你不可的时候遇上你。我未能阻止你来,也未阻止自己奋不顾身。明月和沟渠,童话和半遮的诗,这是命中的开始。

落日的碎片挂满屋檐,花的枝头长着潮。
风的尾巴是垂虹一弯弯,山的那边是化不去的雾。
即使后来没有后来,可我想到你,就只有迭起的欢喜。

兵荒马乱的年岁,我永远为你缝补天真,
永远留着纯粹又热烈的犄角,盛满为你流泻的诗篇。
长安一片月,太白的诗里尚有归期,可我只有甘之如饴。

爱你像走过长安千万遍,又是千千万万遍。

长夏一别,山海余生

漫不经心的云来来去去,梧桐树影斑驳破碎。檐角的黄昏逐渐降温,夏天要去了,桂花很快要随着秋雨湿了满地。原来哪里的城和巷都相似,总叫人触景念旧人。

那年长夏一别,花各逐流,山和海至此剧终。

浮世芜杂,谁都有固执的一角装满了执念。很抱歉拿山海比拟你,这太沉重,但过往于我如是。只好悄悄珍重,不叫风去打搅你。说到底是我在意,也是我不够磊落。

所以遗憾既定,没有未完待续。
所以年岁罚我,余生奔寻山海也囿于山海。

倒也挺好。是谁说的,后来的相爱都是第一次心动的重复。
我深沉的心海里,永远为你盛放悸动。

西窗日落,正好封信,然后扎口今晚的情绪外溢。
依旧愿你岁岁丰实,朝朝有乐事。
愿你所爱如意。

夏

做不囿于方寸的夏风

夏日晚风一向随心所欲。

黄昏将来，橘赤色的晚霞正裹挟着落日，驰骋山河万里，天地间浪漫又绚烂。可一阵风陡然拂过，见没人在意，声势又浩大了许多，吹得山林呼呼作响，也吹得屋檐和窗棂不断摇摆。哗的一阵雨飘泼而落，倏地浇灭了毛茸茸的夕阳，也赶走了巷尾的喧闹烟火。晚风这才调皮又满足地收手，还天地重回安逸美好的暮色。无人怪罪它，人们忙着听雨歌楼上，忙着听雨画船，忙着写诗篇，甚至还要理直气壮地替它美言两句"谁人敢议清风价，无乐能过百日闲"。夏天的风多可爱啊，没有任何快乐能比得上它带来的长夏悠闲。

想做一缕夏风，天真又自得其乐。在躁烦的暑气里闷累了一天，那就招招雨，逗逗落日晚霞，像小孩一样浅浅玩闹一下，把快乐传染给云朵下的每个人。天真纯粹，爱笑会闹，能给自己制造快乐，谁不喜欢这样的人呢？人这一生，从牙牙学语到白发苍苍，从朝气少年到疲惫中年，要走的路说长不长，说短也不短，却逐渐丢了天真和快乐的本事。学学夏风的自乐自得吧，要快乐向内棱角向外，要对生活永远保有热爱，要永远积极面对一切，就终有山长水阔的未来。

想做一缕夏风，洒脱又无所顾忌。午后太炽热，蝉鸣太聒噪,那就找个地方躲懒好了。反正到处都溽热,没人在意一缕风的来去。尘世漫漫,谁都挂着一身沉重又杂乱的生计,负重前行太累了,那就学学风的自在如。要懂得在半山腰里歇歇脚,要学着抬头看看风景找找快乐,别总在意他人的目光,只管走好自己的路,总会收获独属自己的美好。

"清风明月无人管,并作南楼一味凉",擅听风声,会赏月明,能找到让自己快乐的方向,那人生的大半烦恼就都消散了。

"竹深树密虫鸣处,时有微凉不是风",纵使夏风不凉,快乐不来,心静也能生凉,也能在繁杂的荆途里看到美好的竹林花开。

做随心所欲的夏风吧,纵行八千里迢迢路,也自吟欢歌来做伴。

做无所顾忌的夏风吧,不被定义不被困囿,让人生苦旅变成快乐之旅。

做自在自得的夏风吧,就从今夜开始。

端午的团扇

在端午互赠团扇表达情谊，是宋代传下来的习俗。

从五月初一到初五，宋人的十里街肆全是叫卖"端午节物"的，如桃枝、葵花、榴花、艾叶、头饰、团扇等。一家子人由头逛到尾，吃饱了粽子和糯米团，妇人们头上别着艾叶和榴花，小孩子腕子上挂着几串五色百索，男人们手里拎着雄黄酒和菖蒲、桃枝等，而姑娘们则不断挑选着团扇，准备送亲朋好友。

送团扇寓意着避瘟祈福，送邪求平安。农历五月，正是"葵榴斗艳，栀艾争香"的时节，故而端午团扇的主要题材便是"花"，《东京梦华录》里就把团扇称作"花花巧画扇"。蜀葵也叫"端午花"，有梦想成真和温柔美丽的象征，端午时节，给挚友送一把蜀葵团扇再合适不过了。榴花似火，花色艳丽，多由男子们送给心爱的女子，借端午表达隐晦的爱慕之情。端午插艾，瘟邪散去，拿一把艾花团扇送老人亲人或是朋友贵客，都代表着赠者最诚挚的祈福心愿。还有一种五色团扇，"皆青、黄、赤、白、黑，或绣成画，或镂金，或合色，制亦不同"，类似绑在手腕上的五色彩索和捆在鸡蛋上的五色丝线，也是驱邪祈福之意。端午这天阳气盛，人们便以这五色来协调阴阳，最终达到避邪消灾的目的。

无论是"花花扇"还是"五色扇"，宋人都在用淳朴的祈福方式，向相熟之人表达着美好的祝愿，让平日里不好宣之于口的感谢、祝福和情意，在这一天大方表露。也正因此，到今天还有不少地方仍有端午赠团扇的习俗。

在我家乡，人们的端午团扇不是画的，而是手工缝绣的。记得童年时，外婆每到端午，就开始在素布上绣着不同的花。临近端午的前一日，她便把这一朵朵的花全裁剪到团扇上。次日一大早，外婆就领着我，带着不同花色的团扇和鸡蛋、粽子，挨家送礼。绣着艾花和菖蒲花的，是送给爷爷奶奶的；绣着榴花和栀子的，则是送给孝敬她的两个小辈；最后给我的，总是绕满了蝴蝶或者鸟雀的蜀葵花，外婆希望我未来梦想成真。

"我好像没有梦想啊。"有一年，我是这么说的。

外婆抚着我的头说："长大就有了，不管你将来做什么，外婆都提前祝你心想事成。就算没有梦想，外婆也祝你平安健康。"

如今我长大了，既梦想成真也平安健康，外婆却不在了。而我时常后悔，后悔那天没好意思说出来——我的梦想里有外婆，我想她长命百岁，陪着我走出大山，享点人间富贵。

那年的梦想就这么缺了一角，而那把绣着蜀葵的花花团扇，则成了我此生难忘的端午情思。

夏日的主题是沦陷

鸣拂晓。

月光陡地退去,枝头的鸟儿们叽喳,直把远处的朝云一点点喊得浮起来,挂满整个天际。

倏听钟声,旭阳东起。鸭蛋红的日头来势汹汹,纵驰碧海青天,叫朝云傍新衣,山林也承红生翠,惊绝人间。

如沐出深泉,如鹤鸣深谷,叫嚣着在日光里酣畅一场。

醉黄昏。

疯舞了一天的向阳花终于乖了,披着彻红的落日晚霞静静沉思;呼啸了整日的热分子终于偃旗息鼓,随着姑娘的小扇降低温度;大块的绿和白终于不再刺眼,乖巧着在绯红的天边做配色;小巷终于不再干巴地沉默,腾起喧闹的烟火。

冰甜的梅子酒叮咚长夏,谁的悸动终于斩获黄昏。

贪月夜。

夜风太忙,扯出洒满星星的帘幕,安顿好每个檐下的枝丫,接着又是轻合窗后的诗篇,又是哼起悠长的安睡曲。

谁知月光乍泄,全都失控。月弯里,琴瑟交错夏逢春。

十七岁的夏天

  夏天,十七岁,晚自习教室。这几个词不用成句就已十分夺目,若再添上"黄昏"和"星月",记忆里的那场夏天便耀眼得过分。后来我想,耀眼的或许不是夏天,而是十七岁,还有十七岁背后的一身傲骨。

  十七岁,高二,正是作别年少的分岔口,眼里的矜傲藏不住,脊梁上的光也不坠地,恨不得一步就迈入成年,只想立即向世界宣战,向遥远的山海证明自己,向理想的彼岸加速奔跑。也徘徊着不舍长大,多想夏日无尽头,独属少年的风再烈一些,只应年少的黄昏再郁一些。

  许多个黄昏,我半伏在桌上描摹落日,任西沉的光落满我肩上,也任窗外干热忽凉的风不停敲窗,就着馥郁的花香和鼎沸的喧嚣沉浸着作别这一天,作别徐徐出框的落日和又一个昨天。那时我常想不远后的未来,譬如一年后的今天是何种形态,十年后的夏天又该如何醉人,却总也思索不出最叫人满意的结果,许是我祈愿得太多,却实在太过沧海一粟吧。后来解我束缚的,还是这夏日黄昏,它从窗外渡来一缕风,时而翻动书卷,时而轻拂我发梢,静静说着人定胜天的自由——我之来去,合该如风自由。

  正顿悟自由真谛,耳边传来齐声呼鸣,我也随人潮望窗外,哇!天边忽然泼墨晚霞,装点方寸长空的炫燃,美得不可方物。

哗啦啦，大抵是夕阳作祟，又在天际遥泼长霞，叫它一路拖曳长裙至窗下，招徕万人情动。正有一只飞鸟经过，我终于明白"落霞与孤鹜齐飞"的绝美，却再也没有可比拟的词汇。原本以为夏天被炽热的太阳照射得干枯和寡淡，我才知寡淡的是自己，只消看一眼窗外，便能发现浓郁的天地。大概埋头苦读得久了，憨了，总在方寸课桌上勾勒理想，幸得夏日泉思，我在橙赤如海的长空看见许多希望，也在目不可及处望见更多未来的影。

夏日黄昏让十七岁更加浓郁，夜空又带来别番璀璨。每至夜自习的课间，少年们三三两两奔至操场夜跑，清一清满脑的天文地理，静一静燥热难安的心神。十七岁的少年肩并着肩，摇晃着奔行在夜空下，犹如跌跌撞撞地触碰人生，脚下是志气，眼中是希望，肩上是责任，躁动却又坚定着向前，再向前。而墨黑的夜啊，一轮明月一天星，耿耿星河皎皎光，为理想点灯，为未来喝彩，引着少年们昼行夜继，徐徐靠近心中的梦之彼岸。

待重回夜自习教室，晚风已凉，星月更明，心中热火更沸腾，我再次拿起沉甸甸的笔，它越来越轻，写下的文字越来越多彩，勾勒的未来也越来越清晰。教室的灯映着窗外的月，谁也不肯熄灭，苦读的少年们挤在夜空的群星下，谁也不肯收敛光芒，都等着来年的盛夏盛放呢，等着十年后的夏天云巅再相逢呢。

十七岁不落幕，为那场无尽的夏举杯，写成亘古的意气风发。

愿一部分的我永不被雕琢

夜色成好,大半个月亮赖在枝头,同夜风吹嘘着过往。陡然惊雷起,闪电惊得好多窗子半合。月亮也再不耍酷,早躲到哪个山头后面啦。

夜风羞它,它说不羞,说这也是我。

夜灯被月色衬得昏黄,正好供我想着七零八落的故事。有眼泪悄悄涌出,替我巴望着什么,例如做坦诚率性的半月,做来去自如的风,做最最厉害的山海,可就是不想做我自己。我挂了满身生计,早就虚伪得面目全非。

然而直到有天,我固执的坚持有了小结果,不合时宜的天真终于看起来没那么可笑。原来世间月色广袤,永远都允许参差,允许天真的执着。长大了就没人喜欢和需要天真,但我想,它和梦想并存,永远都有必要被保留。

它就是最纯粹的自我,是不被尘俗调染的那部分自我。

那就愿满身尘埃里,有一部分的我永不被雕琢。

愿我满身行囊里,有一部分是永不消失的天真无畏。

再见了，图书馆里的夏天

盛夏光景张扬得过分，就连图书馆里都是浓郁的夏意。

向阳临窗的位置是我最爱的，因为在这里可以直接和夏天对话。尤其是晨起时，太阳肆意地照亮每一处边角。与此同时，它请来啾鸣不断的鸟雀，邀来尚且清凉的风，奏起旭阳东升的豪情壮曲，叫树都起舞，更叫学子们顿生壮志。我常在读书的间隙透过窗去看极远的朦胧的山，仰望来来散散的悠闲的云朵，想象着下一个年岁的自己，或者渴望着寡淡的日子能有些精彩的波澜。有时我又觉得一切都挺好，尚能在此安然听夏风，过寻常日子，就是很美好的事情了。但我也不阻拦夏日幻想的继续流淌，或许有一天，我的笔下慢慢出现了其他漂亮的颜色呢？

图书馆三楼有个鲜少人去的地方。在最靠后的拐角藏书室里，是间二层小阁楼一样的屋子，里面的楼梯是吱扭作响的木梯。或许是这里的藏书枯燥，又或者是这里光线阴暗，很少见人来。但我很爱坐在木梯上捧着书读，在昏黄的灯光里，总觉得自己穿越了时空和书中人物对话。其实在木梯的背后有一扇小窗户，一半被遮挡一半尚且透光。只有近黄昏时，这扇背阳的小窗户才能迎来自然光。

太阳慢慢西斜，那穿窗而过的一缕光就越来越长，直照满我的全身。我圈起拳头，虚虚握着它，再随着它的位置移动，就像掌管了半个夏日。最后黄昏忽至，手里的光陡然有了颜色，像极天边火烧的云彩。这时我伸开手掌，截断这一缕日光，不肯让它消失。不过最后它还是离开了，好在很快又赠我以暖暖的月色。

有人厌烦图书馆里人太多，但我偏偏喜欢座无虚席。鲜活得不像话的青年人、少年人们齐齐坐着，有的端坐着写个不停，有的靠在椅子上默背，有的半趴在桌子上记笔记，还有的和邻座同学悄声讨论。这场面不令人觉得吵闹，反而有一种极致的心安。若是毕业离开学校后，就再也没有这样的时光和环境，能让人心无旁骛地读书写字了。偶然有一阵风吹过，天色突然暗下来，雨也滴答滴答的，不少人抬起头向窗外张望，伴着轻轻的欢喜低语。这一瞬间，似乎大家像一个整体，共同等待着一场热烈的夏雨。而我的心颤了又颤，没来由地为这夏日悸动起来。

多想让这图书馆里的夏日长存，可我知道，夏天总会过去，校园里的图书馆也终将成为回忆。但回忆在，故事就没完，不是吗？那就希望我的每个夏天，都带着图书馆里盛夏的蓬勃气息。

过桥

平生最喜过桥。桥，是水与岸的渡头，是朝前和后退的刍议，是昨与今的相连，是日升和月起的交接，是碌碌苦旅短暂的歇脚地，是况味人生的灵魂放逐地。

每次过桥，我都觉得是一次舍得之行。上桥时，渐渐抛去繁重的忧思，叫满溢悲欢的愁绪落在身后，坠入水流里，匿在无底的深河。直到无事一身轻，我浩然地走向由我做主的巅峰。站在桥上的那刻，舟逆流向我，群花随波逐我，粼粼的日月扑向我的眼里，原来我依旧光风霁月。待下了桥，身后是驰荡的风、臣服的花开和浸润心魂的雨，还有悄然生长的光，一道随我去往下一截人生和下一座桥。舍了懦弱、重负和虚痛，得了力量、希望和新的志气，我过桥的第一个主题才算达成。

过桥，也是乡愁细嚼之旅。我的第一故土在中原，第二故乡在西北边陲。二者都有桥，但前者永远停留在记忆里。西北的桥太过原始和粗犷，一块石板或一截木就能渡人，几乎都与水面齐平，便无上桥、下桥之说，就少了许多关于人生的哲思，不过正好供我牵念和外婆有关的乡愁。

外婆的逝去如同石坠激流般遽然，所以我总站在西北石板桥的正中，思念外婆突兀的别离。儿时的回忆中，外婆常一手挎筐一手牵我，春时过了桥去那后山挖野菜，夏时过了桥去那二亩地拔草除虫，秋时过了桥去那深林捡柴火，冬时过了桥去那亲友家闲话猫冬。出了外婆家是条短巷，过了短巷就是那连接着春夏秋冬和乡村烟火的桥。它也是石板桥，但被层层垒起，上下共九阶，恰好是我和外婆同行的所有年岁。关于这座桥的故事渐渐被遗忘，正如外婆在我脑海里日日模糊的面庞，可那连结着的乡愁不减，正如所到处皆有桥。

过桥，也是一次别离的暗喻。桥之实，在江海湖河，桥之喻，为羁旅天涯。自古而今，桥因着水与岸的相反义，总被视为远行的代表。若道谁登船、谁过桥，留下的人便先流一行不舍的热泪。我曾在海上工作过两年，每过了春节，母亲就要一遍遍问我"几时的船，几时到那边"，她口里的"那边"就是桥那边，就是我距家近万里的远方。那两年的桥，成了母亲条件反射的牵肠挂肚，也是我再也不愿与她提及的远别字词。

想起乘机要坐的摆渡车，也和桥有着同样的寓意。那几年，我无论离家还是归乡，第二道必经路是桥，第一道关卡便是登机前的摆渡车。每上了摆渡车，我总要拍张照片留念，只因下一秒就要告别大地，就要加速度航向远方。这摆渡车如桥一般是我离乡的关卡，它们一层又一层，让我的牵绊愈深。

过桥是一次刻骨的浪漫体验。每一次外出游历，我常路过有桥的风景，并非次次思悟人生，大多时候只是赏看山水。桥属平地之高，却无山的突出，所以眼观处刚刚好，既不傲视也不渺望。譬如桥上瞻春山，平看它被风拂起翠浪，被雨润得多情，所有滋味尽在眼前。又如冬雪拥山，铺天盖地的雪落得满山翠白，也落出石板的青白。五颜六色的白勾勒余韵悠长的冬味，再看桥上人，衣冠清绝，可不正像才出山的隐士高侠客？

再说说和桥有关的情爱。两人各上青桥是双向奔赴，交错转身是久别无重逢。不管是牛郎织女鹊桥的美好，还是谁的故事里的彻骨沉疴，桥都因为沉沦爱意而被世人皆知长短。情长的九九八十一阶，步步登上白首的高梯；情短的一眼不说万年，一个对视就知转身的结果。我曾数次在桥的这头待你，而你言笑晏晏地靠近，却目不斜视，再无我这方风景。从此桥不再乍泄爱的风流，只是各自的渡口。

说到底，桥是因着一个"渡"字，或长或短，或高或低，都承载着人们饱满的情与思。劝君无事可过桥，且看风景，且悟生活，且向未来。悲欢你来我往，都被桥写成意蕴隽永的诗行。

伍　　晚风收暑

告别的这一天

非常期待的那场盛大离别，在极其普通的一天结束了，说不出的颓败。像木棉和山茶花，在最盛大时整朵掉落，情绪被渲染到极致浓郁，而后再陡然苍白地跌落。

早起的天气延续了前一日的温暾，云朵像往常一样来来散散，并不因此而产生什么暗喻。

谁在强颜装欢，谁又在悲悲戚戚。谁在到处怀念过往，谁又在某个角落不愿面对。这一截故事不断被定格，最终太阳疲倦地落下，换上清凉的月色。百般难言的情绪互相压制，后来什么也没有留下，随着星星一颗颗全都消失了。

忘了在哪里看来的一句话，此刻的种种早在过去轮番上演过无数次了，当下的故事就没有什么特别的了。即使我有些失落有些不甘心，可看来似乎确是如此。纵使再拼命不舍，过往从容离场，情绪归于平静，便都结束了。

日子照旧，下一场故事继续。

没有人再驻足，告别被赋予的浓重色彩瞬间散去。然而此时雨却落下了，我却不再寻求独特，只把这场雨当作淋漓的诗，笔下落尽了离别，那就继续往前走吧。

管它前路山海明灭，我的盛夏日日繁华，月月是好景。

靠近海，成为海

所有关于水的载体，江河湖海、溪涧潭渊里我最愿触碰海。许多个无所事事的早秋午后，我常漫步在栈桥上，在海的怀抱里反复出走，从它的视野去看黄昏夕落，去听潮随风起，去等一片云的聚散。

有人说海最无情，一声长啸便是一场消弭。可我以为，深蓝广纳万物，壮阔执笔天地，大海最是有情有义。暮夏缱绻，连带着脚下的礁石也变得温软，引着人在潮浪卷起的方寸尽情释放悲欢。海水如绸，在人的悲欢里一阵阵轻轻拂身，冲洗故往与今朝，刹那间便纯粹如碧空。大海每起一次波澜，就是一场交心的同频。它知你愁绪，所以在你泪流满面时起劲地呼啸，等风裹挟着海水扑面，咸湿的是泪还是海水，早已分辨不清了，只会在这场谁也不知的无声对峙里痛快一场。它知你喜乐，所以在你如海鸟旋舞跳跃时欢呼，它耸动肩膀，伸出双拳，一次次奔涌而来亲吻你的足尖，共享不为人理解或不愿人知的盛放瞬间。

人胜在情长也恨情长，一身布满触角，偏对这尘俗充满无奈。甚至连无奈都羞于剖白，惶惶一生，谁又甘成平庸的凡俗？可只有面对海，长风一起，云天茫茫，每朵浪都能生杀夺予，凭借凌人间、傲生死的气势足退千军万马。所以愿为海下客、潮中弱者，不管不顾地道道苦难生计，好像就能脱胎换骨。也唯有大

夏

海不惧尘烟不笑苦，更无畏亘古刹那。沧海桑田也好，白云苍狗也罢，它犹如静寂天地的万年青山、不知云归处的千年老树，一双眼默看年岁更迭，咽尽悲欢与爱恨。它早成铮铮铁骨，所以愿嗅海风，乐染海潮，等脊梁上也波光粼粼，便有所向披靡的风骨。

海的另一个迷人之处，是舟在江海，循道远航，而灯塔在彼方，微光如炬。行舟犹如年少时那蜿蜒渐远的荆途，行路虽难却终有浪花盛放在肩头。在那目不可及的未来里，成长虽慌慌张张却充满希望；那时而模糊沉沦的前路上，虽交错着征服与臣服的惊惶，却总有心灯伴月生，等少年重整旗鼓，再扬帆便是潮平两岸阔。所以我说少年尽可乘风破浪去，管它深海腹地是冰河还是春天，随它彼岸是花开花落还是云卷云舒，快意逐波，鲜衣怒马，纵驰天地，有何不可？海的尽头是屹立不倒的灯塔，少年如诗的明朝永远蓬勃。

在大海面前，我从不自视渺小，甘拜于潮裙下，更苦于学大海澄清坦荡的风骨。任人间多愁，风雪交叠，我自岿然，更要御风闯出千万里，把万物尽收在心足下。跬步不休气吞海，哪还悲秋与伤春？

与大海同行，我在荒谷种满花朵；在枯崖反复奔走，我用旭日拂晓灌溉汪洋；用霞光万丈点亮远航灯塔，我循心途向征途，以海阔狂书人生壮阔。

鹏北海，凤朝阳，愿海成你年少的执笔，写尽璀璨与光长；
靠近海，成为海，愿你终成大海的主宰，岁岁得意春满堂。

不爱了的这一天

今天的我们也和往常一样。

早起后在楼下的小路碰面,牵着手走向几百米远的食堂,中途你的手挣了一下,接着立即转头笑着说"有些热",余下的路两只手没有再靠近。我想天气确实一天天炎热起来,就连吹来的一阵风都未散去你颈上的汗珠。二教楼旁的槐花落尽了,相邻的合欢倒是盛放起来。我看着像粉绒扇子似的合欢花,扯着你的袖子要合影。你眼睫下的眸子依然带着笑意,拿走我的手机拍了张照片。至大食堂前,谁同你打了声招呼,问起毕业的事情,你这时倒不怕热了,饶有兴致地侃侃而谈。我站在两层台阶上,终于能平视你的双眼,可顺着你的视线看,只看到一大片白得闪眼睛的楼墙。

晌午时,我们早晨分开前说好了的,要去学校对面的面馆吃饭。我们都最爱那家的肉丝面。下课铃已经过去了一刻钟,我等在一棵树后。这个时间的阳光是最辣人眼睛的,树底下也没有我的浓荫。我给你打了个电话,你笑着说"这就来",然后依旧没有出现。我走到你的教学楼前,正要拾级而上,却又硬生生止步,固执地等在炽热的日头底下。许多人都三三两两地回宿舍了,你才从楼里飞奔向我,带着歉意和笑意。面馆里只剩下最后一份肉丝面,你不由分说地让给我,酣畅地吃起一份从没吃过的面。

　　临近毕业，我们都准备着自己的未来事宜，所以很早就取消了夜晚散步的活动。但今天，你说走走吧。我们又来到熟悉的操场，绕着月亮一圈圈地转。影子逐渐被拉得好长，你唱起我最爱的歌手的歌，一首接着一首，像是不知疲惫。后来我们坐在石阶上，我倚在你的肩上，突然想起一幕幕的往事。你在第一个深秋对我笑着的样子，那是我第一次在你的眼睛里看见我；你在暴雨的深夜背着我跑向医院的样子，那是我真正爱上你的时候；你在人潮汹涌的斑马线上轻轻把我拉到身侧的样子，那时我才决定相信这段爱。

　　然而此刻，在这样平常的一天里的深夜，我看着你的款款深情，陡然发觉我们没法再继续相爱了。我不想当什么爱情侦探，小心防着感情的变质。可你突然松开了手，眼睛里未到底地笑着，关于未来的谈论也总是忽然变了方向。其实我并不很爱吃肉丝面，唱着许久未曾唱起的歌时，话到嘴边的欲言又止——有关你的无声告别，我不想假装看不见。

　　那就告别好了，爱不爱都要体面不是吗？不过你算是很会挑选时候，在这个处处充满着离别气氛的六月，把不爱了的这一天伪装成即将殊途的无奈之举。

夏天的赤诚，晒干了好多的爱

离最火热的七月半还尚早，夏已活跃得不像话。茂叶、虫鸣、潮气蒸腾，浓赤的光悬于天地无处消弭，跌撞进眼里又直达血液深处，燥热不断鼓胀。

大多人家的门窗都开着，尖鸣、哭喊、争吵，随热度不断拔高的分贝更增夏日本色：躁烦。

谁家的炊灶怒骂连连，谁家的幼童连声高鸣，似乎无处挥散的热气逼着人们大喊才能发泄出来。

很远的某扇窗子里，一对母女争执不休。母亲逼问女儿，自己的爱为何得不来回报；女儿控诉母亲，爱是放手不是控制。

楼上的爱侣互相指责，无外乎是谁的在意多或少，几乎要由爱生恨了。可后来又哭着表白，恨不能掏出自己的心给予对方。

夏天就是这样，是极致的浓郁和爱。

夏天自以为是的赤诚，却晒干了好多的爱。

夏天的一切风光都明朗，赤红青翠，日白月黄，万物都无滤镜，饱和度调至最高。可光合作用下本貌也尽现，油腻的绿叶上沾满无名的生物，无处藏身的烈日下飘摇着汗渍。

夏天的一切情绪都被无限放大，月色失控，爱也满溢，鼓噪的心脏需要相拥才心安。可释放到极致的感官也扭曲，压制不住的爱意与桎梏共存，两败俱伤。

夏

我笔下曾有无数热烈的夏天和蓬勃的爱，赞扬炽热的夏天让一切爱意无法隐藏形迹。可我今日突想，极致就是最美好吗？并不是。毫无收敛的释放是爱的腐蚀剂，捆绑的尽头是共亡。

像光的背面是一夏清，带火的云下永远一团焦灼。

过分的爱是束缚，是谁也不能大方和好过。

夏时欢喜在晚来云霞，在黄昏落雨，在梅子冰凉，在庭深满院风摇摇。我想爱也应如是：

迢迢星月各流光，彼此让渡才是最爱。

莲中夏日长

天桥底下，一小堆茵绿色的莲蓬枝很是惹眼。明明无风，却委实带来了一丝溽夏的清凉。不时有人驻足拣选，有的拎一小袋走，有的单买一枝，边走边剥着吃，莲味幽香撒了一路。

仲夏七月也叫荷月，是莲的世界。荷风送香气，竹露滴清响，时夏意悠长；莲叶何田田，莲下生脆藕，莲上也成趣。黄昏漫霞，天上云边是橘调的浪漫；池上睡莲，十里人家是绿染的烟火。此时夏味是清欢，是由莲带来的沁人心脾、钻人肚腹的惬意。

童年夏日，外公总拄着我的大脑壳儿，到他半里开外的荷塘采莲。要说炽热云下有凉风的，就单剩荷塘这一个地儿了。我扒着外公的腿，外公把着长长的桨，一叶舟悠悠划出，不一会儿就进了莲叶间。藏在莲下的暗香馥郁起来，同这池新绿一起，紧紧攀上我的小船，送上丝丝缕缕的清凉。斗大的莲叶遮在头顶，碗大的莲蓬挂满肩头，我总笑着喊外公变成"老渔翁"了。绿莹莹的莲子从莲蓬里剥下来，丢进外婆正熬着的新米粥里，很有白香绿玉的氛围感。脆生生的莲叶沾满了井水气，裹起外公才碾好的米糕，又糯又清香，我说这是古时候皇帝们才能吃的。好多个傍晚，绿蛙卧在莲上，我伏在外公背上，一边打着哈欠，一边学着太白的诗，日子舒坦得不像话。

走过天桥，又转了一个巷弯，我来到后街公园的观赏荷塘，悄悄思念了一会儿家乡和家亲。毫无预兆的雨落下来，扑打得莲叶颤颤。深嗅一口空气，"数点飞来荷叶雨，暮香分得小江天"，雨中绿荷的滋味真是盛夏难忘之味。雨也就热烈一阵，但那一片莲还不舍似的，逗弄着雨滴不叫它滚落。那滴雨一定裹满了莲的清香吧！躲雨的人们又返来，城中无避暑地，只有这一池莲能消夏。几个学生临起了画，一个大姨拉起了弦，她的老先生扯着嗓子唱着曲儿。人们停停坐坐，听莲上微妙的风声，听莲中夏日的悠长岁月，生怕一霎荷塘过雨后，明朝便是秋声。

　　夏有莲，再长一季也清欢。

藤蔓里的快慢人生

窗外，邻居家的无名藤蔓来拜访。第一天，它攀上了我的窗沿，嫩爪跃跃欲试，见无人阻挡，于是在夜里悄悄生长。第二天，它占据了我的半扇窗，阳光下带来丝丝凉意，也就随它遮挡。谁知第三天，它直附上了窗上的屋檐，密叶透着斑驳的碎影，终于圈下了新的地盘。

外婆，它怎么长得这样快？

野草藤就是这样的咯。

可你的葡萄藤长了三年还不如它？

葡萄藤要挂果的咯。

童年在乡下，幼时的我跟在外婆身后问个没完，实在诧异怎会有如此惊人的生长速度。后来外婆烦了，甩下一句："小猫崽一个月就会跑，你两岁还不敢蹦，总有快慢嘛。"

之后的很长一段时间，我都在认真观察不同物种的生长。随着外公去采莲，鱼苗几天长大，小蝌蚪却要两个月才变青蛙；挽着外婆去后院摘菜，豆角都要过季了，南瓜还在酝酿成熟；和小伙伴们同入学堂，有的能抄写整首的诗，有的小小个子写着歪歪扭扭的字；拂晓的太阳晃悠一整天，却在黄昏倏地落下，不给人一点玩乐的时间；月亮在冬春早早挂起，又总在溽夏躲懒，等星星亮了才渐渐浮现。原来世间万物并不一齐生长，人和它们一样，在悠悠的蓝天下，或快或慢的，都有自己的步子。

童年的这些碎片再度被想起，是因为多年后看了部电影，叫《家有杰克》。故事的主人公叫杰克，他的出生和哪吒的传奇经历恰恰相反，母亲怀孕两个月后就将他带到了人世。杰克的身心健康，只是体内的细胞生长速度比常人快四倍。十岁的他却如同四十岁大叔，比自己父母看来还沧桑，甚至没法正常入学。后来在家教和父母的鼓励下，杰克终于进入了校园，收获了友谊，经历了病痛和退学坎坷后，他最终在十七岁也就是近古稀之年迎来了毕业，也迎来了自己人生未知余年的最后时光。十年，同伴从少年到正青春，而他却如梭般走完一生。影片的最后，杰克说："十年之后，我们会变成什么样子呢？不要忧虑这些，不妨仰望一下星空，看一颗流星将黑夜照成白昼，这时，许一个愿：让你的生命无比璀璨！"

十年有多长，或漫长如沧海桑田，也或如光阴一瞬掠过。让生命璀璨，或许十年，或许百年也未能。少年时代的我只嫌日子慢，期待早点长大，可如今走过两个十年的我却总愿时光慢些，梦想还未实现。

大学毕业后的那两三年，人最迷惘和焦虑，偏偏时钟滴答滴答，转瞬就是一个又一个的三百六十五天。情绪爆发在第三年的同学聚会，明明往日还稚气未退，见面时却惊觉大家已经迅速变得世俗，一面谈着车子、房子和票子，一面不停地接着电话，游刃有余得如久经商场的精英。也有没来的人，不是继续读书就是在家带娃。似乎只有平庸的自己还停在原地，被迫放慢了成长的速度，甚至找不清继续前进的方向。

直到后来，走进了文学的世界。孟郊四十六岁才及第，从此名成"春风得意马蹄疾，一日看尽长安花"；少年才子柳永屡试屡败，年至中年才明白"浮名利，拟拚休"，此后更致力于慢词创作，终成北宋慢词鼻祖；"笨小孩"文徵明失意大半生，七十岁才有名垂青史的《草堂十志》。看来生命从不在乎快慢，慢一点又何妨，终有鲜衣怒马的那一天；晚一点也无碍，总有生命灿如夏花的那一瞬。

做迅猛生长的野草藤，还是三年挂果的葡萄藤，似乎都不重要了。人生如藤蔓，找准自己的节奏就好。在或长或短的有限年华里，尽可能让生命盛放一场，这就足够有意义。

翠叶满枝皆成趣

盛夏光景最好处，便是郁郁浓荫下。午后门前的长巷里，满枝翠叶轻轻摇摆，既是盛夏里独有的清凉，也是童年里无尽的欢乐。

"拔根儿"也叫拉叶茎、拔牛筋、勾筋，是我小时最爱玩的树叶游戏。顾名思义，拔根是两人用叶子的茎秆互相叠交，各自使力往后拽，茎秆断的一方为输家，未断则赢。古有"两小儿辩日"，且看今有两女孩拔根儿。大人们午歇还未起来，我常和小邻居一齐溜出家门，躲到杨树或者大柳树下，拽几片肥厚的翠叶，用指尖把多汁的叶子掐掉，单留下较粗的茎秆，然后半握成拳头，捏紧茎秆铆足力气拉扯，为了输赢叽叽喳喳的，非把大人们都吵醒才算完。

"吹树哨儿"是把小的、嫩的叶子略卷一下，或者轻轻压出一点弧度，再把叶子的边缘放在唇边，靠气流的大小轻重发出不同的声音。然而我天生乐感迟钝，至今都学不会用树叶吹曲儿。还记得小学时报名校军乐队时，被好友嘲笑说，连树叶都吹不响还要吹笛子？后来我在参选时果然落败，一时有些沮丧。母亲却不断安慰我"人哪有样样都会的"，才叫我逐渐走出郁闷。是啊，纵使是多如繁星的翠叶，也不是片片都吹得响的，何以自缚。

"折树叶"在我看来是最有意思的。把椭圆形的叶子折成小汤匙，细长的竹叶折成小船，扇形的银杏叶做成一把大扇子，比盆大的莲叶干脆当成伞……在一年又一年的悠长夏日里，用树叶小勺玩着"过家家"的游戏，把竹叶小舟放进水流里许愿，再执一把"叶扇"引微凉。我从童年走过少年时代，再到而今的将赴中年，纯粹的童心早已不再，但岁月里的童趣始终如一。

"叶雕"又叫作剪叶，是项高级艺术游戏，经手工把落叶的经脉剔除、雕琢，制成各样精美图案。早在西周时，人们就会制作简单的叶雕，《吕氏春秋》里有"剪桐封虞"的典故——成王把一片桐叶剪成类似玉娃娃的形状送给胞弟，这"剪桐"便是叶雕的最早雏形和记载。当今的叶雕已是我国非物质文化遗产，吸引无数青年学艺传承。但在我小时，对叶雕的认知尚浅，仅有的见识来自一位拾荒大爷。老人常在拂晓和黄昏走街串巷捡拾垃圾废品，余下时间便是坐在自己的破屋前，拿刀刻着一片又一片的树叶。他的作品在今天看来，左不过是一些简单的小动物、花草之类，却吸引了许多孩子的注意。可父母们常常阻拦孩子去亲近他，生恐沾了他的脏臭。后来老人不见了，谁也不知他去了哪里。我每翻到书里夹着的"叶雕小兔"，就总想起他垂头凝神的样子，一老一少无声对话，彼时夏日无忧，小小少年尚不知人间有参差。

寒暑往复，叶叶成忆。

回想起年少的夏天，无不和茂枝翠叶有关。我从"拔根儿"里知输赢，从"吹树哨儿"里懂自洽，从"折树叶"中拾童心，从"叶雕"老人那儿悟人生，旧时光一去不返，但夏趣意味悠长。

夏天的气味儿

夏天最让我着迷的，除了大块的绿，就是各种气味儿了。

童年的小暑后，路边巷里的瓜农们多起来，随着午后蝉鸣悠长地喊着"卖西瓜咯，又香又甜的大西瓜"，这时不少院门就开了，三五妇人们围在瓜车前，一边谈笑一边挑拣。热情的瓜农总会切开一个，又红又沙的西瓜瓤儿馋得人分泌出口水，香甜味道瞬时扩散到整个巷子，吸引更多家长领着孩子来了。家家户户都要趁便宜买一袋子西瓜，存在阴凉的储物房里，能放半个夏天。

午歇后去邻里串门，老远就闻见淡淡的清甜味道。一推门，果然是主人正切瓜呢，不消多谦让就捧着吃起来，别有一番滋味。现如今都有冰箱，人们买西瓜都按个儿买了，但不妨碍西瓜的味道依旧氤氲在街巷中。打眼看去，盛景更比从前，除各样品种的西瓜外，还有清冽冰甜的西瓜沙冰刨冰、奶香瓜香混合的啵啵西瓜奶茶、甜丝丝的西瓜小甜品等。各种西瓜小食的气味儿共同汇聚成如今夏天独有的味道。

夏天热气恼人，很容易叫人食欲不振，这时唯有浓郁扑鼻的烧烤香味能直击胃底。尤其是临近黄昏，街上人群鼎沸，寻着一处烧烤摊。和三五好友点上一桌荤素，再开上几瓶冰啤冰饮，好不畅快。在烟熏火燎的滋滋香气里，配上辣椒粉、孜然的焦黄油香肉串，光看一眼都叫人直咽口水；鲜嫩多汁的韭菜、茄子一经炭火灼烤，瞬间变得浓郁够味；烤得冒油的肉串裹满蘸料，然后和小葱一起卷进烤饼里，一口下去，肉香饼香和葱香被炉火激发出来，滋味更合心意。在这样的烟火气里吃着烧烤，把夏火全部燃至肚腹，最后猛灌一杯冰饮，炽热的火气瞬间熄灭，这才叫"人间至味"。

夏雨的气味儿也是一道风景。词人李重元曾写出"过雨荷花满院香"，夏天的雨犹如调香师，一场暴雨洗刷过后，叫远处池塘里的荷香随着清风飘来，沁人心脾。唐代诗人施肩吾也曾用"初经一雨洗诸尘"写出了雨后万物清新之感。雨后的风是清凉湿润的，雨后的林间小道透着泥土的芬芳，经雨洗涤过的繁枝茂叶散着植物的清香，处处清新宜人。最喜临窗嗅雨，一时间脑清目明，极其惬意舒爽。

絮叨间，谁家的菜香溢窗而出，这又是别有味道的烟火气儿。在各种馥郁气味儿里度过悠悠长夏，这就是我尤爱夏天的缘故。

晚风收暑

三伏天又热又长，可晚风一来，万物都弥漫着烟火气。

江南曲巷的石阶上站满了人，落日的碎片挂满屋檐，小扇的褶皱里沾满蛙鸣。江南人家尽枕河，黄昏的暮色里皆是晚风的水汽。

小孩儿们嘬着半化了的冰棍，在桥上不断欢呼雀跃，往复在童年的夏日里。老太们扯着又长又慢的调子，唱着黏热的仲夏，唱着记忆里快要落色的少女往事。一声得意扬扬的"将军"，老伯们发旧发黄的大背心快速扇动，扑面的风里夹杂着老骥伏枥的骄傲和悠然。紫薇花开，像桥那头姑娘的眉间心事，只会随夏日晚风一味悸动。

最喜晚风夹着碎雨。梧桐长道的浓荫很惹人爱，落日的悠悠橘光从密叶的缝隙间掉落，砸在人脸上竟有一丝微凉。哦，那其实是突如其来的碎雨。人们仍是不急不慌，踢踏着雨珠走在黄昏里，有人挂着一身生计漫步进如巢的小屋，有人左手搀着娘右手拎着娃，走向霓彩的夜灯里，再一齐享享这夕阳西沉前的漫漫时光。后来雨说尽就尽，风的尾巴是垂虹一弯弯，人们欢喜地瞧了又瞧，不住用双眼定格这份浪漫和清绝，爱极这悠悠夏日。

莲叶何田田，莲风舞翩翩。没一处湖上是不生莲的，热闹街市正中的流水旁，长巷悠悠的古朴河道边，鳞次栉比的矮山清泉里，就连远山寂寞的池塘上，都长满了带着夏风味道的莲。莲生风或者风生莲？这大抵没人知道。只顾倾身望着浮动的莲叶，逗逗游弋的一尾鲤，嗅着清幽又泄香的荷风，翠盘滚滚，满心都是浅浅的欢喜。

晚风落进夜灯里，更显清凉。蝉鸣躁起来，却不叫人烦了；麦场就着星光做最后的忙碌，也不叫人累了；小孩滚了满身的汗泥儿，也不叫大人恼了。扯一把衣襟，风里透着惬意舒爽，告别这一日的繁忙，一步步走回专为自己留着的灯窗，溽热气在这一刻消弭尽了。

绕庭轻风消晚暑，今夜好眠。

陆 —————— 九月的最后一枝夏

十八岁流光溢彩,十九岁光而不耀

假如能重回年少,我一定选择十九岁这个年纪。

严格意义上来说,它已不算年少,顶多算是少年和青年的过渡。如风掺两半,一半不失十八岁的躁动与热烈,一半正学着稳重地长成大人。然后两股风被青山拉扯着,一点点往上攀,带着初涉人世的小心和依然莽撞的少年心性,憋着一口气也要去占下一座座属于自己的山。

十六岁望山,十八岁登顶,十九岁占山为王。

青春年少总是一腔孤勇,目光如炬,满背披光。谁也阻挡不了成长的脚步,谁也抵挡不住一往无前的野火。

十八岁最疏狂,最张扬明鲜,最有力量。可我总觉得它太"过",过则满,满则溢,溢则伤人伤己。好比弯弓搭箭,铆足力气便能百步穿杨,可这不顾一切、誓死一战的招式不能常用,纵使铮铮铁骨也会伤到筋骨。若不想战损,还是得细水长流,积蓄力量一点点释放，才能让冲劲永远持续，让热爱永远发光。

更多的是，十八岁充满太多欲和躁。前者是如少将初驰沙场，对首战的征服欲裹身，所以单枪匹马也能挥戈攻上胜利的高台。后者则为少年人摆不掉的间歇性躁动，明明前方有光，却又好像遇到一片片遮眼的云，总叫人急不可耐，不免乱了阵脚。少年愁，恨不能一步纵越未来山海。

十九岁就不一样了。它引着少年攻下高考之城进入大学后，稍稳了心性，更长了见识。再遇了他乡之多彩和人生之参差，便开始无师自通地如哲人般思考人世悲欢，探究方寸风景之外独属于自己的山海，寻找一条最适合自己的未来之路。

它仍遗留着年少风骨，却又比十八岁多了些杀伐决断的气势。就说眼下这座山，它从仰望到攀顶，如今已不满足止步于此，如大营主帅般以旌旗施号、长刀率军，誓要攻下山顶。有关年少虚无缥缈的梦想，在此刻有了清晰定义：想以笔横走天涯不再是说说而已，希望未来舌战群儒、道义天下也不再是空洞的妄想。接下来的每一步，都是对未来的靠近，所以步伐不仅要稳重，还要坚定勇敢，更须永不言弃。

十九岁的路，是循灯塔而行，纵前方光有明灭，心灯却是永明。十九岁的前行，是不破不立不征不还，是必定要一个结果的，所以要不断积蓄，还要一鼓作气。十九岁的世界，是我与我的碰面，放下年少轻狂后的初探自我，察觉自我之外还有人间百态，却也知自己是世间独一无二。十九岁的远方，是我与世界的真正会晤，再没有柔软屋檐任你退缩，也没有借口躲在屋檐下。要懂生计艰难，要经悲欢滋味，还要带着这一身淋漓的悲欢大步向前，纵心有哀戚，风骨不碎。

十八岁流光溢彩，是甲光向日金鳞开，所向披靡。

十九岁光而不耀，是无边光景一时新，余生悠长。

所以祝你十八岁与光争晖，不破楼兰终不还，尽览云巅好景。

更要祝你十九岁与光同往，远山晴昼春谁主，敢称我志必得。

村的脉息

村东头有条五米宽的沟渠,渠边生着一棵老槐树,不知长了多少年,冠如擎天伞盖,无论雨或风都难穿透它半分。最粗的枝斜伸到渠上,像座独木桥,安静又沉稳,也为这片天地增了许多乐趣。

光着屁股的孩童,排着队一个个攀上去,紧紧抱着粗皮树干,一点点蹭着挪到渠那边,也不嫌树皮磨肚子。渠里水浅,大人们也不怕,任孩子们在渠上尽情野去,直把老树皮磨得和娃的屁股一样精光。女人们从地头的菜圃里出来,总要停下来,顺着渠边的石块下去,洗去菜上的泥。长长的丝瓜、豆角顺势搭在老槐树枝干上。淋下的水滴滴答答地落进渠里,欢快得很,惹来离沟渠最近的那家女主人。黄昏的太阳温软地照来,她们的大嗓门似乎都变得柔和了,女人洗好菜篮,分去一半豆角,捡起搭在树干上的丝瓜和叶菜,哼着歌离去。渠边的女人也高兴,不知道她一夏天能得多少别家的菜,不过没人计较。

七月半,正是日头最毒的时候。沟渠里的水稍稍涨了些,被阳光晒得极暖。于是男人和女人们带着小孩来这渠里洗澡。男人和野小子们不正经地擦澡,总在水里欢腾着游一阵,再吊在树干上比试力气。女人和小姑娘们就含蓄多了,躲在那老槐树后,遮遮掩掩地除去衣裳,一件件小心地搭在树枝上。她们站在水里的时候也轻轻扶着树干，不知是怕被水冲了去，还是躲远处的几个小孩子。

那年山上发了洪水，渠里的水也涨起来，差点漫过了老槐树的横枝。大人们千叮咛万嘱咐，不可再去槐下的沟渠玩耍。后来水降了些，几个主意大的孩子趁人都在午睡，悄悄跳进渠里游泳，游了个痛快。谁知上岸时，麻子家的小孩没站稳，一个后仰就倒栽下去，其余两三个吓得失声，捂紧了脸。再睁眼时，却见老槐的枝杈恰勾住了他的白背心，摇摇晃晃。孩子们嚷起来，大人们七七八八地跑来，麻子家的小孩救下来了。那天傍晚，几个孩子除领了顿打外，都被押去跪着给老槐树磕头，感念它的好生之德。

一年年过去，光屁股的长大了，羞答答的变老了，老槐更沧桑了。这年早春，村里闹了场饥荒，头一年的秋收不好，人们都没存下粮食，日子着实难熬。好几年没动静的老槐却开了花，在早春里绚烂得瑰丽，粉的白的成片，迎着日头仿若火凤凰。野地里的葱都叫人吃尽了，这槐花着实是上品美味。人们也不论老少了，排着队上树摘花，都沾了一身的槐香。饿得紧的，摘了就往嘴里咽，能忍忍的，就回去裹着剩不多的玉米面蒸成饼。

天一点点暖了，新的野菜长起来，人们对槐花的渴望渐渐少了。这日，远嫁的女人回来，说要尝尝乡味。晚春的早晨尚有雾水，裹在余不多的槐花上，亮晶晶的，有点像泪。只听"咔嚓"一声，那横行了许多年的老枝戛然断了，几人忙从它身上下来，看它一点点沉入渠里，再不能起来。旱了多日的天终于落起雨，淋了树下的人一身，湿透衣裳。远嫁的女人抬头愣怔好久，才恍然发觉,老槐树的冠已不如往年繁茂,稀得像老头的发顶。抬眼望去,仿若天裂了个大口,空洞洞的,心也陷落了一块。

老槐树老得不中用了,孩子们不爬了,人们路过不停了,风和雨也随意穿透它。这年秋天,人们翻修沟渠,把那根粗长的朽枝抬出来扔了,可终究不忍把这老槐也掘了去。

次年春天开始,村里兴起了外出打工的热潮,年轻人一拨拨地走,老人们一个个地死。直到最后,放眼村中已只剩四五户人家。

村里最后一场热闹,是那年夏天百岁老太的喜丧。老太是村里第一个活过百岁的,平时心宽,可在去城里过好日子这事上极固执,偏要守着这荒村。听人说,那天阳光很好,坐在门前晒暖的老太嘴里念叨了句"叶落得归根啊"就睡着走了。人们敲锣打鼓地把老太葬了,离开时路过老槐树,不自主地都站住。不知谁说了句"东子,还记得你光屁股差点掉渠里不",叫东子的笑着反驳"哪年的事",就又都走了。

谁也没听见,老槐树长叹一声,也走了。

没多久,村也彻底荒了,直到后来又被人治理起来,枯槐的脚下长了新槐,村才又活了。

山海皆非自由的宿地

常有人因为羡慕"海阔凭鱼跃",便赞海的风骨是自由。但"子非鱼,安知鱼之乐",谁又能解鱼的心思,它这一跃是自由还是出逃?又有人说"山高任鸟飞",殊不知鸟的一生不囿于一处,不断飞越下一座山才是它追逐不息的自由。

其实山本无意,只是人多情。有人厌倦闹市中的岣嵝,便渴望"复得返自然",好学学五柳先生近两千年前的风雅,或赏菊南山下,或煮茶敬日月,散散心中久积的郁气。可这叫他向往的山,竟是有些人一辈子都翻不出的山。天地参差,有人生来富庶,有人生来贫苦,更伴随着山赋予的苦难,叫人怎也走不出一块块石垒成的命运。若这两拨人颠倒呢,大概叛逃灯红酒绿和向往车水马龙的情形依旧,依旧交错着演绎雷同的渴望。人是不足的,在山逃山,这该鼓舞,但奔山以满足自由欲,这就大可不必。山非自由的宿地,若厌倦了山呢,又寻何处去放逐?

看景不如听景,近山不如远山,如郑执在《生吞》里说"靠近了,都不壮观"。你所想象的,是山中四时皆好景,可"春有岑蔚夏雨凉,秋有麦香冬围炉"不过是书里的一套说辞。及至真进了山,春耕的苦、夏阳的燥、秋收的累和隆冬的寒,你可一一受住?若受得住,左不过是不在意春耕多少,秋又收多少，到头来，山仍是走不出的山，也是你抛之于脑后的自由之旅。所以若真想自由，打着"旅"字的名头即可，如飞鸟般越过座座山，不论终途，不说长宿。自由在路上，在心里，而非指某座山头。

再说无垠的海，阔得没边，深不见底，总叫人如被摄魂般迷离。我常想，待我与世作别时，定要投入大海的怀抱，坠落，再坠落，直到化作亘古的珊瑚，定格成亿万年不朽的历史。却也想，原先已度过不知多少年岁的鱼草们可有"深海恐惧症"，可倦了这日夜的黑，可恨极了这无法随波奔涌的圈禁？所以鱼儿们总要跃龙门，总要逗海鸥，只为瞧瞧光明，只为听听来往的风。或许于人而言的壮阔，只是它的方寸。

有一年，我常闲来无事时去观海。准确来说，是置身于海。冷秋凉风起，吹着各路求渡的人，乱了发，碎了心，终于看淡了往日云烟，又被不断迭涌的海潮激起精神。这倒好，便算是没白来一趟。我却日日放逐，扮作岸上棱角不复的礁，或是随海浪逐流的帆。久而久之，心空了，人也无欲无求了。不说这好还是不好，只说眼里的光在海的映照下黯淡了。离海近了，人就变得渺小；置身海久了，人就胆怯。再怎么比，人也论不上海的壮观，比不得海风的长鸣。而所谓的自由，竟是岸上不敢乱走一步，生怕被涨起的潮噬了骨。只有再走远些，再看一汪海，便如收麾下。唯有站得高了，再俯瞰大海时，见它随你而动，为你潮起潮落，这才是自由。

所以无论山或海，它本能书写自由与壮阔，可当你执着于此时，山海不过是另一座新鲜的牢笼。

以山海为渡，而非化作心锚，便得自由。

山海皆非自由的宿地，心才是。

祝你此生无拘，自由在心。

后山花事

后山，是村庄家家户户的游园，而点缀后山的花树，则是绘满无忧童年的彩色画卷。

谁家都有一方或近或远的后山。我爷家的后山上长满了青竹，春夏秋都是岑蔚之色，只在冬天因雪变成凛凛交错的琼枝。我最爱在盛夏的清晨钻进竹林里，感受丝丝未尽的凉意。那夜晚留下的凉意沁在人的肌肤上，惬意极了，弥补了"竹不开花"的遗憾。

后来听我爷说，竹子也开花，只不过花开时便是临死日。他翻出《山海经》教我念："竹六十年一易根，而根必生花，生花必结实，结实必枯死，实落又复生。"呵，如此悲壮烈性的竹。我挤在一棵竹的边上，也随它久久仰望天空，除了东升西落的太阳、西起东落的月，还有来来散散的云。它在这漫长的六十年里都静静琢磨些什么呢？或许是没有花的日子太过落寞吧。等我爷死后我才知道，青竹傲挺一生，一生都在等花开。它盼得那斑驳的日光透过叶隙聚成花影，等得那春风送来的花瓣红遍山野，直到霜发满枝头，它终于走完一个人的宿命。无瑕的花开了满地，总算是留与人间些许思念。

比青竹活得热闹、有等头的，是外婆家后山的野枣林。枣有两种，一种是人们惯常吃的红枣，味儿较酸；另一种是西北特有的沙枣树，顾名思义，结的果如那沙砾般大小，味儿也参差不齐，得看颜色来分辨甜还是不甜。黑油油的沙枣最甜，比蜜都够滋味；表面青灰色且带着麻点的，最是涩口难吃。但两种野枣树的花都差不离，似苔米，若菜花。

初夏，先绽放的是沙枣树花，密密的一层，最是招蜂引蝶。我常在午后扑进林子里寻蝴蝶和蜻蜓，冷不丁便被蜜蜂叮上一口。胳膊上疼，心里却乐呵，这蜜蜂还挺知道"英雄救美"。再过半月，便是红枣花开，却不如沙枣树花有"魅力"，连蜜蜂都不来逗引花枝了。外婆说，沙枣树花粉的滋味儿甜，蜜蜂好酿蜜。我接话，是了，母亲最爱枣花蜜。外婆又说，红枣树是果甜，故而一个果小，一个果大，都是最懂生存之道的。要搁你看，你愿做花甜的沙枣树，还是果甜的红枣树？这可难住我了，苦想几夜后，我告诉外婆想要兼得"熊掌和鱼"。外婆却说，其实哪个都好，花也好果也好，都是不同的滋味，你成就哪个都是顶好的一生。

枣花和枣果的道理，到我读中学时才彻底悟了。只是那时外婆早已离世，倒也不遗憾，我们曾一起看过许多场灿烂的花开，也共同品过许多有滋味的生活，这就是生命更替里最大的意义。

我不想总拿花开花落比喻生死，可无论是我爷的"六十花落"，还是外婆辞世前教予我的"花样人生"，似乎都和花脱不了干系。而那被我当作童年游园的后山，最后竟多了一个又一个的坟冢。几年前回乡下，重走庄子上的一个个矮山丘，倏地发现：小时候总觉得大得望不见尽头的竹林、枣林，如今似山匣子般小巧，装满了许多衰老的灵魂，也成了老村最后的归泊之地。不知是幸运还是不幸,我被后山的花林簇拥着出生,被花间四时的雨露浸润着成长,最后又被它们无情地驱逐,去往后山目不可及的繁华城落。自此牵丝线越发寡细,后山和故乡逐渐沉睡在我的记忆里,终有一天会消弭吧。

不,花、后山和村庄不会消弭。就如我在另一方水土寻到花开,这旧故里依然绽放,六十年后,又是一场有关"后山花事"的美好回忆。我心安处也永远是故乡,是那春夏轮流开花的后山,是那代代牵萦不断的乡愁。

甘在海的入口，混沌一生

《荀子·劝学》里说："不积小流，无以至江海。"这话没错，是教人用拼搏获取功名的道理。但人这一生，一定要有所成就才算活着吗？小流何以长，才能抵达江海；江海何以大，才够心中理想？这都没个定论。若时时刻刻绷着弦，小流无尽头，江海亦不足慰平生，倒不如随性些，活得参差些。有人功成，便有人平庸。

于我而言，甘在海的入口，混沌一生。

不想同谁比较，任之奔涌或回溯便好。世间最恨一个"比"字，比来比去，到了不如"上"体面，亦不如"下"磊落，只把自己折腾得妒不成活。童年里最厌听的一句话，就是"看看人家，再看看你"，有什么好看呢？若真论起来，人和人的起跑线都不一般，有人出生在象牙塔，有人二十年跑不到少年宫。比到最后的，就是各自心中的怨，老怨小没天分，小怨老没积够资本，只能说心太窄，最终落得个平庸相残。倒不如宽心些，这世间的景致还迥异呢，山巅上的云不看谷底的花，山脚的萤火也不歆羡天边的落日，都各成一派，汇成生命长河的一分子。谁壮阔，而又谁低微？要我说，低微也是好景，如灌木，如野火，可不都是生命常态？

大可一路奔流，一路欣赏他人的风光。有人"跌宕起伏"，溅起一生大大小小的水花，终在最后一秒跃进深海；有人"九曲十八弯"，怎么也无法靠近大海，便垂泪，便生恨。而你不紧不慢，倒在旁人的急于求成里琢磨出许多道理，譬如心态要稳、步子要慢，就算到底也未能成为海也不打紧，就在岸上看海潮澎湃，看鱼和海鸥相爱。既成不了风景，便欣赏风景，这一生就不亏。

此外，还须活得浑浊些。我是说，太过清醒通透未必是好事。我前些年总爱钻牛角尖，好的赖的，都一股脑揽进心底去磋磨自己，明面上是看透了世事，实则苦不堪言。只因这世上哪有这么多道理可讲，何来事事公允可谈？就论同样的路子，他奔进了大海，而你可能始终不得要领。成功毫无范本可言，最讲究"天时地利人和"，因而不必太过偏执，否则大海离人更远了，脚下的溪流也逐渐干涸了。

此外，大海之魅力，在于广阔，更在于深不可测的神秘。做人亦然，交往处世要赤诚，但不可太交底儿，若清可见底，便有鸥鸟啄你溪流里的鱼儿，惹来许多不怀好意。你自成一流，饱满些，不可估量些，就是大海也要敬你三分，谁都忌惮深浅不明的洪波。

世间最好的风景，是爬山时临近登顶的那段路，是奔向大海时附近的滩涂。只在这里，你瞧得见脚下，不至于迷了来路的方向，也盼得见希望，不至于持续委顿。在海的入口，看海的壮观，看未来的无边希望，成为无限接近风起云涌的使者，心中就永有一轮东升的明月。

光鲜亮丽最算不得好评判，海纳百川才算。

母亲的水流

又该浇地了,二十年前还是大漫灌。地旁边就是渠,水是从阿尔泰山下的水库里泄出来,顺着渠道流进地头,再沿着纵横交错的沟垄漫延整片地。五六十亩地浇下来,得将近一天一夜,人必须得不眠不休地守着,否则跑水就完了。

每一条沟垄都是地的经纬,若是乱了序、错了时、裂了口,乳汁般哺育庄稼的水流就成了汹涌失控的河流,因此需要更强的力量镇着,譬如各家孔武的男人,横刀立马般守着水流的阵法。

可在我家,气吞山河的不是父亲,而是母亲。彼时太贫寒,父亲不得不外出谋生路,家中的老小、繁难琐事和庄稼地便全由母亲操持。每项活计,都需要母亲付出无限的精力和无穷的力量。尤其浇地,就说摇发动机,渠道的水得拖拉机连轴作业才能引进地里,而拖拉机的手摇把儿极沉,只有男人才能摇起来。母亲本就个子小,且右膀拉伤后常年不愈,只好央着邻居帮忙。可几次下来母亲不愿再求人,只好忍着臂膀的剧痛一次次摇响拖拉机。轰隆隆,惊得几只雀儿飞起来,在空中好一阵盘旋,都道这家女人怪力得很呢。水奔流而来,全进了母亲的麾下。

水流疾疾,瞬时奔涌至整片田地,一错眼便阵脚大乱。母亲扛着锹,穿梭在高她近两倍的向日葵地里,巡视她的众流有条不紊。五十亩地转下来就得俩钟头,母亲压根顾不上累,只把眼睛跟着水流走，脚步跟着沟垄走，这里"点兵"，那里"冲锋"，将水流收拾得服帖。有水便有生长，母亲浇得十足润透，叫向日葵们皆"人高马大"，秋收里可劲回报她，如此岁岁尽心竭力，家中的日子一年好过一年。

一家人搬进县城后，母亲仍不愿得闲，谋了个浇水的夏季短工——公家的楼前绿化带需人维护，因工资极低无人愿意干，母亲就揽下了这个活计。绿化带较之庄稼地小许多，但管理起来熬耐心，那时尚无喷灌，且花圃和绿地都是小块，因此只靠着一根水管子，这一垄浇好了，便要手动把管子挪到下一垄。七八月的西北极燥热，一颗汗珠都能烤干了人。母亲就这么顶着火辣辣的日头蹲在地上，将小小的水流喂进每一株花和草的嘴里。

恰逢暑假，我却拒绝母亲"浇水社会实践"的邀约，甚至在其附近的公园玩耍都不愿。我嘴里不说，母亲也知是我嫌这工作不体面呢。那日母亲身体不适，我只好替她去挪水管，正忙得满头大汗，一抬头瞧见几个同学往这边走来，叫我慌得登时躲在灌木丛后面，生怕被认出来。这一幕恰巧被寻我的母亲瞧见，她接过水管，一边忙一边问我："你看这股水流向哪朵花？"我顺着母亲的目光瞧去，先是一丛绿草，再是几行虎刺梅，又是几株月季，接着是满天星……不知不觉水到了尽头，所有花草都在水流的滋润下更岑蔚，我终于明白了母亲的用意。

在母亲的指引下，我循着自己的水流生长，在自己的理想之地小有成就，她依然守着自己的河流。母亲退休后，回老院辟了一个小菜园，这菜园不仅给小外孙们提供绿色蔬菜，还成了孩子们的夏日乐园。每到黄昏，日头不那么毒了，母亲便把小外孙们抱到院里的秋千上，然后淋着水管给孩子们表演"下彩虹"。她轻轻捏扁水管，管子中的水流便呈喷雾状洒射天空，叫日光透过水流成了绚烂无比的彩虹。小孩子们乐得直拍手，母亲就乐此不疲地制造彩虹。

夏日晚风微起，吹得一畦菜摇摇晃晃，也拂起母亲满头的霜发。我忽然发现，母亲手中的水流一年比一年细了，水流下的土地渐渐小了，她掌控水流的气魄也越发弱了。或许再过些年，她的力气连这方小菜园都支撑不住，只能拎着洒水壶在阳台浇花了。但我知道，不管多细的水流、多小的土地，母亲都会竭尽全力让她的水流有最好的去处，发挥最大的价值，带来最好的收获。这涌动不息的水流啊，已成她笑傲生活的源泉。

水流被繁重的生计禁锢，可母亲让它涌出自由。

四等分的夏天

在我的目之所及处，夏天的花草树木、山河村庄和大街小巷被天空大地均分为四，每一次眨眼都是一帧夏日名画。

就说我的故乡阿勒泰，它地处西北最北，荒广却浓烈，枯燥却静谧。尤其盛夏最是好景，由天及地层层渲染着多情。若我驻足向日葵地，抬望眼是万里无云的天空，湛蓝里不糅半分杂色。接着是连绵浮白的远山，苍青被山巅终年不化的雪挑染得更加迷人，再是交错着树和人的近处，绿意在黄土的映照下显得更加悲怆，最后是眼下一望无际的向日葵海，翠浪迭涌嫩黄的太阳。一切共同绘就明朗动人的图层，这是独属于阿勒泰的四等分夏天。

再没有一座村、一个城如此摄魂，明明广袤得近乎荒芜，寂寞得近乎萧索，却让人生出汹涌的情和无常的悲喜。譬如夏日午后，人在百亩的庄稼地头小憩，只得半幅树荫成凉，又有炽热的风吹走虫鸣和鸟的叨扰。似乎就着朗朗的日就能迷眼浅睡，一觉醒来，身上汗意尽消，周边的鸟儿重新欢快起来，而我睁眼对望树隙上的万里碧空，只觉得自己仿若天地里的蜉蝣。既察觉自己微不足道，心中又生出点舍我其谁的气魄，矛盾的心绪在对焦到向日葵时达到顶峰，或许我也如青青山中葵，只有追逐太阳才是生命的归途。说不清是悲还是欢，只是忽然释怀，我竟能在千里无人的花海认得自己，这就是我继续向阳生长的动力了。

黄昏时分的阿勒泰，要以纵向视野看小镇。从左往右，先是零星的高楼下车马交错，人们不慌不忙地前往尚远的暮色；再是民族风味十足的公交车站和小店，在依旧昼白的天色里静望行人经过，抵达眼下的景致是我家小院的动静，母亲举起水管在菜地里喷射出彩虹；临进家门前往远处瞧，那一轮才往西去的太阳本正悠悠地坠落，可又被家家户户的炊烟托举得无法西沉。眼观这一路变化的我拿起笔记录黄昏，却画不成形，字不成句，竟被阿勒泰的夏天唬得不知所言。

阿勒泰的夏天其实没有黄昏，这是这里最与众不同的地方。若你初来阿勒泰，定比"唬"更觉"震撼"。你可曾见过晚十点半仍未落尽的太阳？你可曾见过太阳和月亮同处一个画面？

"黄昏"是指夕阳将落，暮色将至。可在阿勒泰，夕阳总能在天边遥挂许久，先是赖着晚风不肯西去，再是与炊烟缠绵不愿坠落，又是主动给田里的晚归人充当夜灯。直到月亮再也等不及，星星也开始登场，太阳才终于落下。所以不同于它地黑白渐变的夏日黄昏，阿勒泰的村落和小镇总被迟迟不落的太阳增染了无尽的夏之花色，那也是四等分的美：是湛蓝，是亮眼的白，是令人心悸的橙赤，是皎皎夜空的璀璨。

有段时间向往江南，我常在盛夏流连在苏杭的古镇水乡，试图寻常另一个理想的放逐之地。江南确如宋词般婉约，仅一条河、一座桥、一树花和一方绚丽的屋檐便能写成夏日的四行绝句。可我总觉得景不够动心，情不够至味，后来在月下独坐了半个夜，直到花和星和河轮番入眼，我才发现这里的情和景太饱满了。而我久经无人的孤寂，早已不能再盲目塞满丰盈的花开与鸟鸣。江南烟雨繁华，我的心太过粗犷，只宜一帧一景一情，阿勒泰的四等分留白刚好。

吾心安处多故乡，江南是，中原是，只不过阿勒泰是最后的归地。我愿长久地守着峥嵘的向日葵地，等它们在太阳的生命刻度里过完这一生。也愿永久地徜徉在白昼悠长的夏天，看天地如何平分日月，看万物如何均等入目，好让我的心层层递进地响起有关生命和人生的思索。

夏

做矜骄的明月

野草生于缝隙，仅靠微芒的雨露存活，却从不自视过轻。同花枝般仰望日月星辰，在参差里自觅公理，倒也活得自在自得。所以生于卑微长于苦难的你啊，不必自卑自轻，也不必讨好讨喜，你就是你，纵泥土有芬芳，纵微尘有青天。

世间万物不凡俗者多，最希望你是矜骄的明月。

明月虽身处黑暗，却自成光芒。人常说，追逐光，靠近光，成为光。可若光不属于你，那便不必在其裙下巴望，想尽一切办法让自己发光才是正理。想要发光并不容易，世间最难得的就是"坚持"二字。却看明月，初起时也不起眼和被人在意，但月的步履不停，铆足了劲儿攒一身流光，直到明月彻底占据黑暗，方成就熠熠神采。此刻中天一月，谁还再敢轻视？所以当你成为自己的靠山，今朝便都向你奔涌而至。

明月虽不够繁华，却永悬不落。昼有风花雪月春秋彩，夜却只有漫无边际的黑和独放光芒的月，不免萧瑟许多。可明月不以为然，它徐徐图得长空夜色后，就犹如胜者般睥睨万家灯火，不灭不落。比不得白日梦我，便在黑夜长耀长鸣，你总见黄昏落日，却几时得见月的衰亡？这便是明月自傲的道理，它悄然地浮于黑夜，又悄然地匿于黑暗，不给旭日挑衅的机会，也不给人瞧见它慌张退场的姿态。当你如明月般在自己的世界长盛不衰，便也渐生出嚣张无畏的筋骨。

明月虽不比星众，却胜在慎独。黑夜并非仅仅是明月的舞台，却被明月唱出了主角的风采。所以万里星河耿耿，不如天上明月一轮。希望你此生也能如此奋勇，既已苦难随身，既已在谷底沉溺多时，便相时而动，要谋得光芒，更要流光溢彩。要筹雨露，待花开后的绚烂多彩，要翻盘得彻底。此外也要记得，若能一朝为明月，切不可太狂妄太喧嚣，只用一身光芒引群星臣服便可。时间久了，你也有明月的王者之风。

明月的矜骄并非傲慢和自大，也非无理与讨嫌，而是光而不耀、率而不肆，是君子如珩、清隽疏朗，是杏霭流玉、珺璟光芒，是风骨与傲骨并存，是久经风雨后的厚重光彩。

希望你做矜骄的明月。当然，人生并非只有此路。你也能是世间万物的喻征，只是姿态不要太低，要有洞悉黑暗后得见光明的豁然，要有途经山海时昂扬坚挺的脊梁，要把自己当成唯一。

就不祝你什么了，明月已是你风帆。

九月的最后一枝夏

　　翻炒着中秋的桂饼馅儿，间或看一眼窗外比糖色还浓郁的晚霞。夕阳说落就落。落在谁家矮院上，一藤晚翠映红墙，这怕是最后一枝夏了。
　　趁彻底红衰翠减前，再偷一晌潮热的风光。
　　摇舟上岸，歪在枕河的人家榻上，吃一支冰，看绿水红墙独夏时。
　　雨透过篷布，不多时，氤氲的水汽像浓露，寒意上来，方知四时分明。
　　并非过分不舍夏日，只是情绪转慢。
　　有些未完还没结果，便匆匆去秋，不过是借景物矫情而已。
　　矫情归矫情，不必悲秋，一枝夏完，正好拾茶酿谷请秋来。

秋

秋——未完,坦然
三叠阳关的叶
到了秋天,最不道寡称孤
归途是春

壹 —— 花不返秋也朝暮

花不返秋也朝暮

最后一层桂花落到青阶,夜灯混着月色,浸得晚露湿了清夜,空生出缠绵的意思。

很快黄叶覆上,萧萧秋风吹不起,人们偏紧衣裳,灯明灭、炊烟忙。

正是花去也,花不返秋也朝暮。

秋山熟,落日满人家,
榴红映天又橘绿,山茶正浓争霞妍,处处斜阳暖。
再没有比这还值当的秋日了,一座枫山就能留恋一生。

满街凉,却疏雨更动情,
不像夏日火暴脾气,秋天常眉尖若蹙,惹人心软。

像巷尾的热馄饨、低声的情话、悄落的雨,最是招情绪。

不必总青山,寒烟落色也是好时节,是晨昏熨帖,一岁又长。

不必念夏，只愿秋令值当

落霞一点点爬上窗子，悄悄望着睡梦里的小孩，看他们笑着长大。这里日夜重复，夕阳却并未停止招徕秋风。

我不想用唯物主义论讲透人生，
可雨落的每一秒钟都在预定秋日，谁也不会后退生长。

山溪涨退，回不到前时月色，
我夸赞了长久的夏天，可热空气里已裹着秋前来。
从来都是退无可退，岁月长、满山凉，赖不得一分夏。

不能退，也并非制造慌张，
只是三分晓雾一分白，愿你的秋阳暮起值得弹指盛夏。

"满庭黄叶摇落疏雨望山长，是谓夏颂秋祺。"

阶上知秋

出了暑天,最早感知到秋之变化的,该是那古村曲巷里的斜径石阶。

阴阶上秋苔生。南窗下一阵风来,忍不住推窗去瞧,却见才下过雨的石阶上,缝隙边角里都长满了深绿色的青苔,虽不起眼却很是葳蕤,一连片绿得发幽,就连云朵覆来也被染得碧青。这场景出于太白的诗:"阴生古苔绿,色染秋烟碧。"石阶因苔而知秋,也因这苔绿多了份雅趣。

愈是雨冷风凉,青苔愈爱从这时生长,布满或高或低的青石板阶,静静守候清秋里的绿意。又一场雨过,山寺蝉声渐微,桂树在风雨里飘摇,处处萧瑟冷清。可偏偏青苔长了满阶,白鸟因此迟迟不去,纵使山寺几无人烟,石阶也与青苔用绿色酝酿着秋的独属生机。一千多年前,大诗人杜牧在扬州动情道:"雨过一蝉噪,飘萧松桂秋。青苔满阶砌,白鸟故迟留。"感叹幸得一阶青苔,让孤冷的秋多了些暖意。

幽阶上黄叶落。繁夏尚旖,冷秋陡至。密得几不透光的梧桐叶,前几日还如同春景,随着午后骄阳轻轻摇摆,给人带来一丝凉意。然而仅仅吹来一阵冷风,梧桐道尽头的小楼阶梯上,就落了两三片梧桐叶。叶子落时还泛青,今日就发黄了。拾级而上时,踩在脚下发出脆响,才恍然瞧见那秋已经随着石阶缓缓来了。"未觉池塘春草梦，阶前梧叶已秋声"，朱子劝学趁早，阶上梧桐仿若秋日启程好读书的钟声。

谁说秋日只有萧瑟的黄叶白霜，且看江南曲巷的枕河人家。水波不断涌动，临河的阶上青苔黛绿；对岸银杏飘落，几层阶上落满金黄；谁家红枫凋谢，在暮色里委身阶上，在月光下红得可爱。还有斜晖里的藤萝紫，随舟而来的菊花黄，一齐染得石阶橙红橘绿，恰成四时好风景。手中相机不断定格，这阶上秋意甚于人间烟火。

因这阶上光景，我也言"秋日胜春朝"。

祝你是未完的符号

在春天等候神明照拂希望,在夏天徜徉着奔跑,在冬天沉默干枯地翘首。比起这些,我更希望你是秋天丰盈谷下的酒香,是厚重的积累,是所有未完的符号。

是莫比乌斯环,正道着无穷,
去明夜,去许多座山,去许多个神秘的秋天,
无限延展的除了无法轻易勘破的方程式,还有你。

省略号登场,故事尽在不言中。
譬如枯枝的背面,厚叶下的掩盖,雨凝成雪的以后,
不必言说尽意就又光风霁月的除了秋天,还有你的山。

微尘和阳光一样洒遍角落,
最不惧平庸,最有聚沙成山的本事,最能在风里不息。
永不覆灭的除了和光同尘,还有朗朗的你。

还是亿万字词的随意组合,是独一无二的傲骨。
祝你是未完的符号,在许多个秋天里被爱和被期待。

秋山橙赤,愿夏日搁浅

几只黄叶旋下,谁在惋叹它的风骨?
一晚黄昏摇落一日盛夏,不必告别,装一兜晚风纵驰原上。

醉归。西北望,高阳各色。
数点露红烟绿,万亩倾日花黄,倒望月悬醉衰野。

眠花。江南晚,各自盛放。
一池荷摇摇,落红满天星,谁说莲叶沉睡不是故事。

秋时好写物是人非的情绪,
可时令缠绵,其实南意北放,不无夏时影子。
并非替代,光落斑驳的一山又一山,秋山夏色百般情长。

想九月枫鸣时,仍能欢愉,
满山橙赤,似是夏秋搁浅。

四季柴火

初秋和母亲出游，路过一片野果林，山楂、红枣的香气醉人，母亲却注意到那丛红柳。西北风轻吼，苗条柔软的红柳枝狂舞，却很坚韧。母亲面带笑意，说这可是上等的好柴。

一句话，把我拉进回忆。乡下的一日三餐都和柴火相关，铁锅上是四时味道，炉膛里便是四季柴火。什么季拾什么柴、烧什么火，都有讲究。古书《周书·月令》就有"春取榆柳之火，夏取枣杏之火，秋取柞楢之火，冬取槐檀之火"的说法。人因四时调养身体，饭菜也因四时之木生出不同滋味。不过南北东西植被有别，我家乡多生长耐旱之树，如红柳、白杨、槐榆之类。

红柳便是秋天的好柴。红柳不比绿柳，多生在西北的野地或戈壁上，缺水、缺沃土，生长条件野蛮，造就了它的易燃和烈性。枝叶肌理收紧，在秋风的锤炼里愈加坚韧，塞进炉膛里片刻，便发出噼里啪啦的脆响，像是抓紧同人讲讲野地里的故事。

红柳烧的火适合爆炒和干煸。切细的肉丝裹上水淀粉，刺啦一声下锅快速翻炒须臾，肉就变了色；再颠几次勺，焦香的肉便散出香味。这时看屋顶上炊烟，也如秋风狂舞般作乱，大有红柳张扬的气性。"今天晚上炒肉啊？"热心的邻里闻闻味儿，品品炊烟的形状，便能分辨你家锅里有什么好菜。

而炖肉，要烧槐杨柴火。冬天的第一场雪，正是初入凛寒时候,从院墙下抱几根劈好的槐木或白杨枝,在炉膛里松松地支开,很快便被底下的几块红炭点燃,熊熊燃烧起来。处理好的肉块和配菜入锅,倒上半锅的汤水,且炖着吧。家人围坐一圈,边嗑瓜子消遣,边悄悄咽口水等肉熟。"净洗铛,少著水,柴头罨烟焰不起",东坡先生的《猪肉颂》正合此景,槐杨柴的烟小,又耐烧,能将肉味慢慢煨炖出来。

农闲的冬天,还适合烧剥净的苞谷芯子。秋收完,家家户户都在屋后圈块地,篱笆里堆满光秃秃的苞谷芯子。苞谷芯子算不得好柴,烟火大,气味儿也不好,但胜在量多且燃烧时间长。炉膛最底放两块煤,再塞满苞谷芯子,此时的火非明火,而是半燃半灭的火,星星火点明明灭灭,像常温的暖炉般一直保有热度。炉铁圈上坐一壶茶,边上再放一把花生、几块烧饼,可不就是如今的围炉煮茶?

至于春夏,万木生长,人们可选择的就多了。好比暮夏,人们甚至不必专去拾柴,在菜园里薅一把枯了的豆角秧子,往灶里一丢,片刻就能炒出一盘小青菜。春天就烧芦草或者半干的榆柳枝。这些柴的味儿辛辣,沁得粥菜上也是浓浓烟火味儿,就连屋檐上的炊烟都泛着青色。

不同的柴火有不同的功用。清朝有本《调鼎集》,关于火的章节如是写道:"稻穗火:烹煮饭食,安人神魂,到五脏六腑。麦穗火:煮饭食,主消渴、润喉,利小便。松柴火:煮饭,壮筋骨,煮茶不宜。芦火、竹火:宜煎一切滋补药……"而适合煎茶的柴火,茶圣陆羽认为"其火,用炭,次用劲薪(谓桑、槐、桐、枥之类也)"。桑树、槐树等木材火力强劲,能煎煮出茶叶的原生之味。乡下人没这么多养生学问，但也会凭借经验细分柴火。麦秸和高粱秆煮粥，野生灌木炒小菜等，都尽可能将自然的馈赠发挥出最大滋味。

此外，烧柴做饭还要掌握火候。清朝袁枚的《随园食单·火候须知》中记："熟物之法，最重火候。有须武火者，煎炒是也；火弱则物疲矣。有须文火者，煨煮是也，火猛则物枯矣。有先用武火而后用文火者，收汤之物是也……"烧火过程和起锅时机也很有讲究，不然的话就会："肉起迟则红色变黑，鱼起迟则活肉变死。屡开锅盖，则多沫而少香。火熄再烧，则走油而味失。"

柴火有时候并不好把握火候，所以人们便根据树木的脾性做出区分，如红柳和枣木暴躁，适合大火煸炒；槐树和杨树温暾，煨菜和炖菜最好。还记得小时候帮母亲蒸馒头，我塞了一炉膛干枣枝，把一锅馍烧得焦黑，母亲气完又教导："该用玉米秆的，蒸出来的馍馍也有柴火味儿，香。"

如今，乡下几无人再捡柴烧，但柴火味儿依然萦绕心头，大概这也是乡味的一种。

秋舟过暑,从此月借灯火

月亮从夏天掉到秋天,满载春夏的舟只剩一蓬寒烟。今日出暑,夕阳早早歇下,此后月色单薄,要满城灯火。

秋山高秋日凉,可桥南江北灯影长,正补了落晖和月白。

人们好写草木摇落霜染露,
秋日也可爱,黄叶破碎,远林柿红,拉扯的情绪很招人。

秋月瑟瑟也要浪漫,借一城的斑驳。
故事变调,暧昧起来,像伞下的心跳悄悄齐频。
一檐月色一窗烛,此时正好落诗,正好预备冬日的欢喜。

暑过秋舟更行晚,没什么好感伤的,灯红挂月满人间。

明朝便是秋声

　　北地的小城春短夏也短,还没等一夜凉过一夜的秋雨来,一缕透云的风就叫人裹紧衣衫。
　　立秋就是秋声,再没有比这儿还守时令的地方了。

　　棉花们抓紧盛放,向日葵们缩紧了脖子,
　　檐角的午阳收敛了炽白的光,夜风关紧了窗子,
　　我还停在心悸的夏日黄昏,你却撒下一地悲秋撒出小巷。

　　秋天总把万物染得悲怆,
　　但愈是目断四天垂,我倒愈满满当当地觉得欢喜。
　　看梧桐随着秋风旋入怀里,踩着闷响的黄叶堆积,
　　无人看透我情绪,流萤点点,秋天的撒野是戚戚放纵。

　　我想宋玉悲秋,一半因风一半因谁,
　　明朝便是秋声,一日情长一日又情愁,没什么不好。

长山叠青，写少年功名

日光直触山尖，碧天素云笼着目不可及的延绵青峰。长山犹如少年的脊梁，骨骼里是铮铮的风声，野心丝毫不收敛，就要青天，偏摘明月，与世俗一战。

可人说，天真难敌生计，
等风骨破碎，一身风雅徒留苍白。

但山河万里，不战怎可无悔？
去提气戎马，脊梁向光，越凛冬荒野，抢占春风得意。
纵使不得意，羽翅划过长山的一瞬，早就写满少年功名。

愿你不惧世俗，凛凛向前；愿你无畏因果，狂书万山。
秋声杳杳一谷空，月色隐隐好登峰。
风起长山叠青时，少年履迹有英名。

贰 ———————— 黄昏是爱的狡客

好景在望,明朝再见

这一生总有无数场告别,
最是应记有两个:春日肴,喜相别;秋夜宴,定明朝。

少年兢兢营谋,终迎来十八的初生,
走过栖栖绿林,这一程暂别,往后当再赋好景。
登更高的楼台,入更广的江海,你我万里青云见。

少年深海行舟,终至那繁茂的人间,
潮落潮平潮起,这一程先行,风光应从今夜始。
溶溶月照千里路,皎皎星过万层云,你我春山花路见。

那再赠你一阕别前的行歌:
半轮明日半山春,苔绿渐染烟碧,山谷终雨。

秋

一江潮起一树春,雏鸟征战四海,好景在望。
十八冬秋百亩春,星月迢迢应约,明朝再见。
万里风鹏岁岁春,归鸿衣锦高崖,绿衫红袖。

空山霜满，秋色再迢迢

簌簌，翠叶接续落下；咔嚓，细枝禁不住几场秋雨；啁啾，飞鸟逃出渐冷的山林；嘿呦，人们背上最后一筐山果离开。继而一夜后，山空了，只余白霜。

俯瞰风景的云朵正惋惜秋的戚然，
哗啦，拂晓的风吹去霜，霜下的叶竟渐渐变成动人的翠黄。
呦呵，躲懒的太阳高照，光下的空山倏地被鎏金填满，
啸啸，一只鹰惊空遏云，提醒着人们林深处的秋色好。

于是孩子们扑向后山，在各色野果里迷了眼，
大人们在深山捡蘑菇和野鸡，一抬头醉了橙红秋色，
更有人远道而来，一边定格风景，一边提笔为秋润色。

关于秋的诗行，古人说远色隐秋山，秋色无垠。
而我说，空山霜满后，秋色再迢迢，山山橙彩如垂虹。

原来秋从未颓败。

黄昏是爱的狡客

路过一处废弃的铁轨,一大片交织着晚云和日落的橙红洒下。这里明明破败,可看起来却有幕天席地的浪漫。

想来应是黄昏、惆怅处画良辰。
黄昏在爱的意象里独占一隅,是最无辜的狡客。

纵使日落剧透一场未终,
披着霞色的夕曛定格了最后一次高潮,
仍没法把这腐烂枯竭的爱葬在空谷无人的荒原。

因晚来黄昏,它总爱怜每一场告别和过客,
靠遍染渡头的绝色魅惑,让无情的有情、长恨的好别。

于是落日泛舟云上,尽收人间虚妄,
故人桥头南北东西,明月潮涨前溪后溪,又是好景。

秋宜落日

太阳一次次下山,是秋天最好的风景。

在小院,夕曛映藤萝,最是烟火温情。
篱笆上炊烟袅袅往来,秋千架上各色花果氤香。
人们等日落,等月起,等黄昏叠进长夜,等一场丰盈的秋。

在江边,残阳瑟瑟红,最是悲秋寂寥。
世人总不愿承认秋的萧瑟,可落幕并非不是风景,
如斜阳坠江,是悲壮,是浓郁的情,是对春天厚重的铺垫。

林深处,落日熔金色,最是秋山橙赤。
山林密不透风,却透过夕阳,臣服于日暮之光的缱绻。
落日七彩,也叫深林垂虹色,秋色不剧终,虹是又一春。

秋宜落日,落日宜春。

你是一朵花的终章

檐下玉兰垂虹色,烟雨后,绿苔芜生,自此这朵花作别春天。

它走过春日三千里,终是难逃颓字,待又一次绽放却物是人非。

我想,你亦如是。

如三春转即逝,你是一朵花的终章。
花为何而落,你因何不爱,
我总思索不出道理,或许兰因絮果就是宿命。

好在,好在一夜花一夜光明,
你岑蔚于我心上,万绿万红,纵月落横参,野火已燃。
所以花落的那天我不告而别,别离的诗便余韵悠长。

下一个春天就要来了,
有关你的旧诗终于干涸,只剩那朵花依旧明妍,
多谢你,成为这段爱漂亮的结尾。

那就祝你从后的爱永无终章,永如春篇。

是回忆，不是爱

见过霜落满山吗？晶莹的白被秋夜发酵，很快成了破碎的黄，成了褪色的凄凉，山像是死了。不，那只是秋天来了，接着是冬天，又是漂亮的春。山始终在那里。

借题发挥一下爱和不爱的主题吧。
转身说明了不爱，踌躇成了回忆，裹足是最蠢的自缚。
死守着旖旎的梦，和假死于秋的山无异，是你拒绝了春。

回忆如同酱菜，从醇厚到变质是有时效的，
趁着可口尽享最后的爱，别等回忆发了黑，往后的爱也总弥漫着沉疴。
回忆如同秋意浓，是一季一季的更新，它滋味独到，但不代表隽永。
隽永的，是爱。

再刻骨铭心，也终会云淡风轻。
为回忆作诗立传，就是最好的纪念，从后再说新的故事。

一段回忆一段爱，我的秋后有许多个春天。

遗憾终生泅游

戒断的第十七天,又重回起点。

这大梦不醒多好。我们奔波在深林,不止不休,暧昧在你笑着回望的一瞬到顶峰,然后大眠结束。

关于你的梦境尽是如此,
跨过江海,冲出远山,月下夜奔,青天走日。
像是知道这爱无终无解,
几许欢情,又总负明月,南望鹿门山,鹿鸣处又林空。

不由得轻叹:秋风不由人,但挑引。
于是我在诀别和不舍的琴键上反复横跳,丑态毕现,

崖上好景,崖下好了,
可我独停在云后,同无计消除的念念和不可理喻的耿耿。

似如遗憾终生泅游,偏不渡我。

有些人似乎早就相识

我不信命,也不想说土得掉渣的肉麻话。可怎么解释这爱的悖论,又怎么破这合心意的缘分。

根本就不喜欢这种类型,
可你错眼看来的时候,心脏起舞欢腾。
明明就不该有这样一段相识的,
可你走在左手,右手是淋漓的雀跃。

南风十里外柳依依,
一场相思一场雨,此去恨无当初。

青云先泄,或许前缘或许山高。
不猜了,也不刻意去忘,这一路已超乎预想得漂亮。
小山曾落明月上,相识一场,就是挺好的一截故事了。

是你的话,相识一场,就是挺好的爱了。

就要爱得热闹

才不要悄悄喜欢你。

雨落成片,也不遮掩青树的心思,
灯落满身不理,偏偏遥望月亮,喜欢就不委委屈屈。

像枕河而生的街市,我的爱喧闹了你整个雨夜。

喜欢是件很费力气的事,
要用玫瑰写情话,要捧起溪水落彩虹,还要点一街灯火。
甚至布置好了每个黄昏,大费周章的爱才不会悄无声息。

我为你傍河而起的街,千帆蔽空去,根本没法悄悄,
随你来去,我漂亮的秋千巷中,早已爱意喧嚷。

叁 —— 今许少年,来日壮阔

有些人可以不必说再见

我不知道这一生会遇见多少人,
命运的交合又能让我们彼此陪伴走多远。
可在某个时点,一个一个最终都会撤离出彼此的生命,
就像月亮只挂五更,海潮只涨一个时辰,花只陪雨十秒钟。

本该在自己这一处天亮前好好道个别,
可实在贪恋凌晨四点的月光和海、芭蕉和雨,
好像一旦说了再见,这一切就都成为不复存在过的梦幻泡影。
怕道了离别,南北东西、南北东西,终究是桥归桥路归路。

愈明愈暖还念,更行更远还生,
那就别说再见吧,我年年遥赠一枝春夏、一园冬秋,

愿故人朝朝暮暮万喜万般宜，岁岁年年所求皆所愿。

我积攒了不舍得分享的快乐，继续往前走啦，
相信你也是。

下个山巅,愿你更胜月光

这夜黑得过分,像午后暴雨来前的深山,阴沉沉的。月亮不在,星星也不在。偶然仰头看天,一大片云被拉扯着,像是要遮住漆黑的天。

一切太突然了,从来粉饰不了黑暗。
像温室精心培育的花田,轻易被凛冬摧残。
日落月未起,美和遗憾并存,承认这一点,然后坦然。

夜深便夜深,手执盏灯也是光,
家生玫瑰不必涉寒冬,开过一季就够漂亮。
荆途八千仍无山海,那就再向前,总有月亮等你上岸。

少年行,何惧常行无人处。下个山巅,愿你更胜月光。
红柿枝头青山外,你与江雪更争白。

霜降于秋，醉春归

行走间，忽然一片落叶扑进怀里。惹人抬望眼，竟不知何时，秋天给树织染了一身华彩霓裳。挂着暖黄枫红的妆，交错的缱绻里，像是重新走进春天。

霜降于秋，便再无秋。
好在霜雾给秋留下浓重一笔，诗行间尽是春秋绝色。
山明水净夜来霜，数树深红出浅黄，秋绣罗裙招春蝶。

霜雾浓妆淡抹，让冷秋也开出花朵。
寒溪上黄昏草动，正偷酿明朝；过桥边，又随波氲春情。
若秋水煎茶，盏中茶色氤氲霜色，徐徐醉饮又一个年岁。

四时轮转，人们不断奔赴新的山海，
无论南飞雁，还是满庭霜，都替人提早赶往春天。

谁说翠减红衰，霜秋后又春归。

故人山外,故往如苔

前日去登山,去时阳光灼灼,谁知半道就下起雨。正走在苔色幽黛的径上,只好继续往上走。好在雨不眷衣裳,不等湿透就瞧见古刹,就忙去躲雨。

忽然钟声响,却无人报缘分。
站在槛上愣怔,远处长索连桥,连进那边的山里,
雨未成线,倒有些苔雾青的意思,不明切地笼着山谷。

山外什么飞鸟啼了声,莫名地哀戚。
心上就这么涌起许多旧年风景,连不成句的碎片东拼西凑,却拼不出个具体的悲欢。

我一向不信神佛,却不知怎么就开始跪拜。
闭眼的瞬间有了名姓,那山那风景有了对标的故事。
也罢,慌得下山疾走,却被径上黏腻的青苔反复牵动情绪。

后来山远了,雨住了,却在荒谷中不停地回荡。

故人山外,故往如苔。

晚了的在意毫无分量

月白招眼,云朵软软围来。可月色沉稳,闲云逗引无趣,来来散散。后来月落,满天云也挽不住这皎皎月光。

迟了的太阳告别盛夏,晚了的在意毫无分量,
正如你时过境迁地回望。
我门前早已雨纷纷,一园海棠替了从前那株合欢。

秋海棠渐上枝头,点染萧瑟的黄昏,
月色里的花随风舞动,像我年少时随你的炽热心思,
只是少年时山海座座,却从未想过在这花岛上停靠罢了。

没有从头来过,你转意太迟,我门外早已月落月又升。

未必有所成就才算活着

落叶虽没有绿肥红瘦的风姿,却也代表着阑珊意浓的秋天。星星没有光彩夺目的本事,却也象征耿耿无尽的银河。所以不必桎于成功与否,未必有所成就才算活着。

谁都有自己的太阳,那就追逐自己的太阳。

功成名就不是活着的目的。
能听鸟啼知秋来,愿淋冬雪共白头,这才是历练之味;
能从苦中觅悲欢,敢从狭处寻新生,这便是渡世之意。

而所谓光鲜亮丽,一朝青天白云间,
这是结果并非执拗,愈登高愈显参差,也愈知平庸,
所以成则成败也成,康乐日日自在年年,便是最大意义。

纵不能称王,也要知一株野草亦能繁茂,
祝你永远不失奔赴热爱的勇气,更不失淡看成败的风骨。

愿中秋越岁，来抵一半月不圆

扭头瞧一眼月亮，原来这么圆了。只是虚焦的光里，对影的另外一只月仍缺。唉，中秋杯中，总有孤灯对月。

想起留晚吃饭的老人、一步三回头的小狗，还有强颜装欢的少年。

中秋若只是中秋，是不是就没这些遮掩不住的情绪了？

可叹一半笙歌宴，一半冷清秋，
可愿中秋越岁，好使明年成期，来抵今夕一半月不圆。

那落此笔，愿未满中秋总成欢。
一茶一盏薄衫凉，只望月圆至吾乡。
明时软雨沾香桂，夜深墙下仍秋酿。

爱是要命的哲学命题

明明就很爱你,可偏偏不能是你。

树枝被鸟扑棱掉一地雪,竟有一树果子还挂着。像是哪个少年悄悄藏了秘密,关于某朵花的春事。只是都冬天了,故事成遗憾,那人成故人。

南风不来,没能成相思,
却偏偏一地思量,再是难忘,也只是如此了。

你是我最爱的人,却不是我的爱人。
爱是要命的哲学命题,空有满腹文章,总不得要领,
要是能写诗,我一定把山海也作情话,直到月亮都害羞。

算了,飞鸟暗喻离别,我祝你永无遗憾,不像我偏坐荒山。

秋的归途

明月渐缺,落在梧桐上养神,不时被夜车驶过的声音惊醒。它瞧着迷蒙的雾色,不知它们从何处来,又去往何处。

推窗看长街归途,却不见尽头,只有远处的桂花开始凋谢。不知何时起,冷雨麻痹了人的神经,黄叶早落了满地,红衰翠减的万物也成风景,才发觉秋天就要走到尽头了。

秋天的终点是最后一场山雨。墨云一点没有征兆地压境,化作风和雨,摇落最后一株草木。暮色悲壮,飞鸟拨动黄昏,满城都是秋的离别歌,缠绵着走向凛冬。

秋天的终点也是林荫小道的雾色。春雾泛明,秋雾生寒,万物共存又各成景致。若往来南北多了,便知寒露之露大有不同,南方的露水尚有春水朦胧意思,北方寒露一天比一天固态化。从露到雾到雪,或许只是一夜间。才十月的拂晓,小道上的黄叶已被薄冰禁锢了风骨,再不成蝶。小狗的尾尖轻触冷雾,它知道冬天就在这三五日了。

可当月亮走过朝暮,巷尾依旧氤氲暖意;当草木摇落成雪,麦浪翻滚云朵,秋天似乎又无终点。

看一树桂花跌落金樽,片片浮影沉醉明月之上。原来桂落未死,和盏中的日月一起,矜骄着指点人间幸事;看半亩枯荷风骨犹存,细长茎叶支撑着残绿。原来莲花不经迟暮,和池上月光一起，乍泄人间多情。

秋天的终点，在山海的渐变色里，让万物重生为另一般形态。譬如南方红柿，由人摘取满枝如意后，又挂满雾色，半遮挡着一树灯笼映天红的写意。

秋天的终点，在四时的轮转里，谱写新的人间故事。等一夜雪落的间隙，望秋山橙赤，赠予冬天别样的盛放。看长街浪漫，被装点得纯粹，雪落的小欢喜里，仿佛一刹那重回了年少。

秋天哪有终点？人间四时，秋是意境悠长的间奏。

秋日归途，在冬雪，在春山，在朝暮和年岁的更替里。

肆　——— 你够格去爱万山

别叫热爱湮于尘俗

我常常写，人事艰难，最重要的是做自己。要活得自在，要首先爱自己。但其实，为自己而活是很难。

年少时叛逆，总觉得为别人而活简直荒谬，可不知不觉间，我慢慢与为自己而活的理想背道而驰。再不能随意在海上看月光，要想明天的计划；再不能像诗一样流浪在远方，要想家乡沉默的父母。顾虑太多，就开始活得像个模板。

读书工作，结婚生子，生老病死，直到一生完结。

好像藤上的花，一茬又一茬，浪漫在前仆后继的生与死里消磨殆尽，没人记得某一朵花，提起只记得"春天"。

我是说，浪漫湮于尘俗，只有寡淡地概括一生。

但是呢，心有川海，便有繁花。

就像一秒钟里能看到星星明灭，也能看到月色招摇，我们的爱也能交叠。在某个谁也瞧不见的缝隙里，留一分给自己，起名叫热爱。只开一扇窗,在春天写诗,在夏天爬山,在秋天画黄昏,在冬天等雪落。在太阳照射不到的角落,为自己升起一个星球,看日出日落,也装满爱恨。

这不算太难,就当一场偏执的游戏,偷藏一座山海。

不必尽人皆知,只去悄悄快乐,当作送给自己的终极浪漫。

海靠近我，却不壮观

  北方的初秋，一天凉一度。带着些不愿告别夏天的心思，找出秋衫，忽然一串铃铛响。是哪年中秋在海岛游玩时买的海螺手串。看了又看，情绪没来由地沉落。

  一直以来的梦想，是余生在海滨小城虚度。最好是江浙一带，既有江南的风雅，又有海风的旷达。岭南也好，湿漉漉的云朵挂满船帆，在渡头等每一个来客靠岸。山东或者东北附近的海亦可，潮浪一卷，就是呼啸而过的半日人间。

  若哪天出走，就央人送进深海的海底。那里究竟有没有水宫和千年的鱼骨化石，这都不重要了。总觉得海的世界是另处人间，我看水波蔚蓝，可海也看长空湛蓝，互为颠覆风景。风从远山游荡，透过一万里下的波纹，时钟不停。

  可惜，可惜一切关于海的幻想裂了个小缺口，一点点破碎。尖叫、愤懑和仇恨过后，似乎有些无可奈何。我不愿在美好意象拉满的文字里提起非人的糟糕事。只是觉得，有些人定胜天，也毁了天。

  原子爆炸又重组，星系聚散无常。毁灭意味新生，新生在加速死亡。多少年后的世界，这里一定是虚无。我们都懂未来的宿命，只是不想让这过程让大海充满屈辱。

  大海一定很沮丧和屈辱吧，以这样的方式被推向未来。但我相信，万物皆有反噬，兰因絮果总会轮转。

震惊和气郁，以这样的方式和海相拥。海终于走向我，却半遮半掩，一半藏着往日的光，一半遮着委屈的泪。

海靠近我，却不壮观。

海依旧深幽，却被剥离了神秘色彩。

我想该来一场铺天盖地的海风，精准狙击，向那人首鬼面的始作俑者。

我想海啸在酝酿了，利刃劈下，过后仍然凛然。

大海不是没有脾气。

万尺浪巅，风涌过，海上是逆行的千帆。

总要下山的

费了好多力气，也熬过了很多花的颓败，才终于攀上的山顶，将来怎样下山。

羡青山不移，却有万般颜色。远看浩荡，近看壮观，对山看远长，凌空看渺茫。半山腰空迷，山巅上繁闹，山脚下怅惘。上山时意气疏狂，下山时情绪繁杂。

当完整越过一座山时，自然明白如山海一样的人生。

可大多数人一生顶多一座山。或者总在山腰里呐喊，或者从山巅上跌落，也有一辈子翻不过一座浪浪山的。

真正平凡的人写不出平凡之路，可真正平凡的人总在期待不平庸。或许吧，这一生小有所成。只是山巅空气稀薄，容不下太多人。或主观或客观，你只有下山。

只是不惧上山的弓箭手，却怕下山的空荡荡。鲜花一扔，看客去下一场热闹，你落寞退场。蹲在下风口不甘，但也没辙。黄昏落幕，青山送客。

别去争辩了。青山依旧在，只是轮到你做看客。

坦荡下山吧，此时青山应羡你：人间野渡自一流。

颓败其实是好事

对大多寻常人来讲，迷茫、追逐、登顶、颓败，这是一生中必不可少的过程。但像月圆了又缺再满，你熬过颓败陷入或长或短的迷茫后，仍旧有青山再起。

在这四段路里，大多人不爱颓败，并为此焦虑。

可要我说，缺月挂疏桐，自有它出人意料的魅色。

某种程度上讲，颓败算狂热后的清醒。山巅上风列列，触目十万繁华，云雾却空空。眼前风光太好，难免忘了上山的辛苦，也大意了脚下的路。恰时的失意，像高崖上带绳的星星，将你重引到安全的光明地带。

享受颓败，视线里一定增添了不少故事。颓败是一种最放大感官的情绪，是自我和外界的最强碰触。或许风光灰暗，但你一定能从某只鸟儿呼喊春天的过程中有所顿悟，也能在一朵花的委顿里复盘自己的路。情绪对峙到极点，一定有所质变。

残色落月，回首斜阳暮，在颓败中酝酿下一次盛放。

剧终之后

"再过二十年，我们全都不在了……"

太阳很足，毫无分别地落在长椅上的三个老人身上。她们纵使在阳光下也透着年迈的斑驳，扯着久经风霜的嗓子反复唱着这句，唱完之后都齐拍掌大笑起来。

我路过时听见，突然心惊起来，像平白无故被日头劈开个大口，接着又悲怆得要命。可忍不住回头看时，才发现没人在意方才的唱词多悲恸，依然笑着谈论家长里短。谁的肩上落了一朵花，叫人一刹那仿若看见她的少女时代。模糊的视线里年岁重叠，一条郁郁的长河即将干涸。

风微起，平复一腔自以为是的黯然。我又转头看了一眼，这故事的主人公们却满目平淡，像被定格了的电影画面。就像坐在电影院里，台下客随着跌宕的人生哀戚，可主角们却只留个背影，挥起手大方告别。而剧终之后，人们收起情绪，在自己尚开着花的年岁里漫步，各自奔着自己的归途，直到最后也如故事的主角，挂上得体的表情离开。

剧终，这还真是一个略显沉重的话题。

年少无知归处而轻狂，暮年已知归处而淡然。

剧终之后，归途是何处。我想大多数人都思考过这个问题，或惶惶不安，或淡漠无视。无论哪种态度，未来的下一程路总叫人心绪不平。我年少时常怨恨，总许愿只此一生便可，下辈子连只猫都不愿做。如今却越发不在意了，因为确实也没法在意。在世间走的路越久，发现不可掌控的事就越多，这命运便是头一遭。既然如此，的确无须在意终点之后的事。

看电影时，最喜欢剧终时的最后一个场景。或者悲壮，或者平静，都让我觉得余韵很长。看过很多人的人生，过程里也随之情绪起伏过，可到最后的那一刻，总觉得坦荡起来。好像所有事情一旦染上剧终的情绪，一生的云烟浮沉就都不重要了。看不见的终点之外，谁又翻转着怎样的故事，好像都不必深究了。当然如果就此而止，在我看来是最佳呈现。若是再走一道山路，那我祝下一截故事依旧壮阔。

人生百步，步步寻常又无常，谁都在向着剧终之后迈进，所以没什么可慌张的。

不必悯山，更不必自怜。

栈桥观人

栈桥算不得青岛最好的风光,但来观赏的人也多,或许是离火车站近吧,无论才来的还是要走的,都在这歇歇脚,暂且停下来看一看海。

说是一整片海,其实不过一桥一亭而已,唯胜在视野极佳。远望过去,除了高耸的楼宇,便是海天相接的地平线。偶有海鸥飞过,飞至无可望处,仿佛从海天线处入了另一个时空。人们或沿着滩涂漫步,或在礁石上小坐,各自想着心事。

最靠近海的位置有几个卖贝的大姨,听口音不像本地人。她们或蹲或坐着,一人手里一个蛇皮袋。一只胳膊上挂着好几串色彩鲜亮的螺贝,颜色一看就是便宜颜料染上去的。另一只手里拿根棍,搅着浅水,兴许在拾搁浅的海生物。螺贝手链5元,项链10元,招外地小姑娘喜欢。不过她们的生意不算好,年轻人都知道非必要不在景区买礼物的道理。好不容易来了一个白发婆婆,谁知买卖不成争吵起来。临末了,婆婆还是为孙女买下一串手链,两人又各自道歉,笑着向对方说"都不容易"。

另一边浅海处,几个年轻男女大声嚷嚷着。原是摩托车转一圈单人150元,情侣280元,而那对情侣不舍得钱,男孩便让女孩跑了一圈过瘾。回来后朋友们闹着让两人一起再来一趟,顺便拍照留个纪念。男孩便去跟卖票的讲价,他操着一口带着西北口音的普通话,不知怎么就吵了起来。几个朋友也加入进来,到最后都不知在吵什么。女孩始终站在争吵的圈外,后来去付了双人的价钱,争吵才平息下来。两人一起坐上了摩托,风驰电掣般驶出去,留下一阵欢呼。朋友们拍照、笑闹,和方才无异。

坐了大半个下午,突然发觉自己与其说是看海,倒不如是观人。海边的人们来来去去,有的高兴,有的不高兴,都在努力生长着,顾不上日子如意不如意。

此时抬头望天,太阳已倾斜得狠了,头顶的云也聚散不定地变了很多形状。卖贝的大姨高声喊了一句:"要涨潮了!"话音刚落,人群快速移动起来。打头的是卖螺贝手串的大姨们,拎着袋子、棍子,稀里哗啦地,倒跑得最快。接着是拖家带口的人们,有的一手抱起孩子,有的揣起随身的包,转瞬间大踏步上岸去了。反应慢点的这会儿也都跟上了,步子快慢交错着,人群相拥着背日而行。我跑到半路,问一个大姨潮水多久涨上来,大姨没说具体的时间,只连声说"快得很"。及至桥岸上,海浪声一阵比一阵迅猛,早前蹲坐的石块已被完全淹没。海潮翻涌,云块也翻动,海鸥低低盘旋着,各色人们似迁徙一样搬离这"原住地"。一瞬间人去海空,万籁寂静,只剩下强势无敌的潮浪。

我扒着栏杆,恰好黄昏将至,便不肯离去。远天外的调色盘洒落,由天而落海上,染了层云橙赤,又从极目的海平线远渡而来,叫一汪湛蓝海水也柔和起来,闪着熠熠的橘光。我像在桥上看明月,也像在教室最后一排看风景,像在翻阅谁的故事,也像在看一部群像电影,关于爱恨,关于情短情长,关于孤独,关于碎银几两,关于一地鸡毛的人生。

最后剧终幕落,人群奔散。

每个人的心中都有一座"乐游原"

若想细品一座山,还得是独自前往,置身于风不断吹拂的高地,抖落一身黏稠的悲欢生计,将久未放晴的心好好晒晒太阳,才不负山的好意。

乐游原,乐不思归。这是沐过汉唐千年风雨的山,是长安城里最涤心的一隅栖地。西对大雁塔,南望曲江池,春有红樱冬素白,盛夏浓妆秋淡抹,这可不就是汉宣帝说的"乐不思归"?然而浮华烟雨千年过,登乐游原的人数不胜数,并非人人欢喜而来、尽兴而归,有人鲜衣怒马得意时,便有人愁肠满绪,一座山也因人而生出百般情味。都说南风知意,青山有情,左不过是文人们郁闷难纾借景抒情罢了。这倒也好,让青山为人生摆渡,或许心随境转之后,苦难就会开花。我想,"小李杜"前后脚登上乐游原,也有此意吧。

游山后,两人同为乐游原题诗——

杜牧说:"长空澹澹孤鸟没,万古销沉向此中。看取汉家何事业,五陵无树起秋风。"

李商隐写道:"向晚意不适,驱车登古原。夕阳无限好,只是近黄昏。"

山是同一座山,景是相似的景,可到底因为人,染上了大相径庭的滋味。青山本无情,却在此刻矗人身侧,也叹起人间多情。

　　850年，四十七岁的杜牧带着对晚唐朝野不争的无奈，还有一丝丝期冀，主动请去外放治理湖州。临别长安前，他登上城南的乐游原，以山为笔，作言将来。抬望眼，浮云不遮，恰有孤鸟悠悠划过长空，犹如寥廓却又厚重的历史更迭，长灯明灭，总不由人主。这种漂泊无依的感觉不好，杜牧知道自己气数将尽，同大唐一样，只是心有不甘地挣扎，想再拼搏一把。所以纵使一生事业即将付诸东流，他还是选择了远行，去寻诗一样美好的旧梦繁华。杜牧登山时的心情是黯淡的，更是绝望的，但离别时终究心存一丝希望，否则也不会恨铁不成钢地歆羡着"汉家事业"。荡起他心潮变化的，就是这乐游原，或许是飞鸟孤战长空的气魄，也或许是青山永立不衰的风骨，让杜牧暮年再远踏山河。

　　比他小十岁左右的李商隐，登乐游原时才三十出头，正值壮年。按理说，小李更有朝气，更易因青山壮阔而生豪情。可他开篇就说自己通体不畅，要来乐游原散散心。至于赏了什么山景，又如何凭山纾解抑郁，这谁也不知，只知他下山时更哀戚了："夕阳无限好，只是近黄昏。"斜阳远照漫山赤，如此意蕴廓美的风光却让小李心有惶惶，他怕山河苦短，更怕自己无力蓬勃。倒也能理解，李商隐浮萍一生，较之杜牧凄苦得多，他是彻头彻尾的悲观主义者。正所谓，不存希望便无失望。或许他的处世法则过于消极，但苦难何尝不是一种精神资源？恰如这流芳千古的名诗，若无如此心境，恐怕笔尖也难盛放片片璀璨花朵。所以我猜，他下山后还是快乐的吧，日暮诗成星又起，文人一大美事。

　　想起我生命中的三座山——贫瘠故乡的矮丘、静谧小镇的长岭，还有繁华城郭外的高峰，它们对应我的童年、少年和当下。犹如层层迭起的浪，一波推着一波，将我推至更加美好的高处。无论哪座山，于我而言都有特殊的情感，比如方寸矮丘里的无忧无虑，漫漫长岭上激励我不断前行的山风，还有此刻繁华兼顾烟火气的新天地，都让我心存感念，感念山带给我的力量。不管我同山悲，还是同它分享喜悦，下山时总有收获，那份满满当当的心绪比花开还要丰美。

所以请记住，青山本无情，因人才多情有味。每个人心中都有一座乐游原，在山风中放逐疲惫的灵魂，继而重蓄冲锋尘世的力量，祈人生得以远渡，这便是登山的意义。

秋天是渐变的

自南往北,不同的经纬线交错在时空里,带来一场秋的渐变。

北方的秋来得早,才将九月,雨就稠起来,风也凉了。楼下的小山楂树还挂满当的红果呢,翠叶就半黄了,旋着落进泥里时已然如金蝶。檐角的藤蔓才招摇,眷红偎翠,绿衣黄里,长长一串荡啊荡啊的,好像古时候贵妃腕上旖旎的水袖。

仲秋的晚阳好像总是红彤彤的,离落时还早,就在天边上红了双颊。闲逛的云丝绕过来,也被它染得发粉,仿若拖着粉白的长尾裙纱。橙霞聚聚散散,总有些跟不上队伍的,便如星点被泼下,于是落了大地四处。看山巅,巍峨的大汉也蒙了橘色的头纱;看绿原,浩浩荡荡几千里,瞬成一条条流动的落花的小溪;看炊烟,青烟绯红,也冲天去假扮晚霞了。

这北方的天地间,涌动着橙黄橘绿的渐变色。

往南呢,踏过中原,渡舟江南。先去那茶园,梯状也好,回廊也好,怎还如此葳蕤,绿得人惊喜。穿身而过,秋露还浅,倒沾了半腿的茶绿。果真盛夏偏爱江南。

月转过廊桥,小巷屋檐上银光闪闪,终于积了些秋水。巷尾的桂树才结了苞,缀着水气,像天上小小的星。绿意终于淡了些,被浸水的秋夜裹上江南特有的婉约清丽,恰似一袭月白长衫裹身的公子。

南方的初秋，是翡绿和月白，很是矜贵淡雅。

大半个月过去后，深秋杳杳而至，天地经纬大有不同。由南开始，目不可及的天边藏着一大罐颜料，那是混着金黄和枫红的绚烂秋色，不经意间猛然泼下，深山红叶，袤土玄黄。

岭南的千年古刹上，红枫层层旋落，如华丽的袍，妖冶夺目。还有那胖嘟嘟的红柿和似羽般的水杉，缀在山林间，诱着人迷了心。

淮河两岸的银杏连成天，黄澄澄，金灿灿。银杏大道长得望不见头，犹如麦浪不断随风翻卷，分不清哪里是落叶，哪里是飞鸟。

深红和金黄混合到西北，落在胡杨林里时，又是一番景致。北国风光，是绛红到黄绿的斑斓，是大漠的缱绻写意，是金胡杨的浪漫秋意。

手中画笔已调不出颜色，便借一点山河落日，蘸一抹高原阔色，兑一缕草木秋风，方能绘出这渐变的秋。

请好好发光

很抱歉世间这么多无奈,也很抱歉你必须要承受。

昂着头走路太累了,一直较着劲也很辛苦。可山路那么长,有上山也有下山,总有些路必须充满辛苦,有些事也必须较劲才能成。然后扑腾了一身落尘,咽了不少委屈,第一百次想都算了吧,第一百零一次又再咬咬牙。

落日那么绚烂,黄昏那么悲壮,你却委屈得像个皱巴小狗。等花开的日子难熬,看不见的远方也叫人好慌张。

那就找个山头歇歇吧,看看身后和脚下的风景,再无所顾忌地发泄一场。听听来往不停的风,看看夜夜参差的月,然后重新收拾行囊,重新再上路,重新发光。

别因为路难走就放弃,也别因此自我截断前路。别佯装自然地轻易告别,也别一赌气就全都算了吧。别因为谁而否定自己,也别草率地过早定义自己。快乐不快乐,都要棱角向外。未来来不来,都要温柔又坚定地释放强大。

月光那么长,一直都有你的功劳和光芒。

请坚定地朝你的月亮出发,然后好好发光,拂晓终会到来。

秋日黄昏的庭院

黄昏时分在庭院里独坐，多少有些萧索的意思，却也最有秋思的氛围。蝉鸣早歇了，蛐蛐却不时叫起来，给半黄的灌草添些生机。云丝浅淡，却恰成一池碧波。青石板阶上，一两片黄叶随风不住翻卷，惹得人情绪零碎。

坐在院角的竹木秋千上，仰头望着不再繁茂的梧桐树。此时静静悄悄，间或掉一片叶，落在膝头的书里，书香瞬染上草木的味道，极尽缱绻。"庭前落尽梧桐，水边开彻芙蓉"，算是知道词人诗人们哪来这么多感慨。黄昏空院锁清秋，一草一木皆是情。再来一杯茶，白茶清欢，红茶馥郁，把一院风光尽收茶里，日月便在茶盏中。随你思往事，或想来日，时间在这片天地慢下来，足够晾晒潮湿的情绪。在这场和秋的对话里，似乎事事都如意了。

高高的天线上站着一只雀儿，头昂着，也想着心事呢。随着它的目光瞧天色，晚阳以极慢的速度西沉，一点点变成橘调，牵动着云丝也变成橙粉色，最后落到幽蓝的池塘里，混着梧桐的黄绿，像秋的渐变泼墨艺术。

屋顶和房檐晾着玉米和干菜，黄澄澄碧油油，还在丰收的喜悦里。窗下的那片地已被翻新，黝黑的胸膛上洒满了冬萝卜和菠菜的种子。谁言秋日尽悲凉，这不就是新生的轮转？正从落秋里思索人生,丝丝凉凉的雨淋下,虽不大,却叫黑土地潮润,梧桐也生凉。可不过片刻雨停,橙黄的日光甫一照来,雨珠儿们亮晶晶的,闪着带暖意的光。

思绪不知飞到哪儿去,想起谁说的一个道理:人这一生,不过是某几天的不断重复。难怪,总觉眼前的场景在哪儿见过,或许是童年的乡下,又或许是在他乡的街角,也可能是前两日的傍晚。春一岁岁,秋一年年,人在时空里来来回回走着,正如太阳东升西落反复。

夕阳这就落了,月亮升起,未蒸发干净的雨珠在梧桐叶上流连,枝头的雀儿轻轻扑棱着翅膀安睡,又是一番景致,恰如"中庭地白树栖鸦,冷露无声湿桂花"的意境。拂去一身凉还觉得冷,因此才察觉秋已深了,起身进屋,虽愣怔了两个钟头,却无比满足。

庭院深深人悄悄,情味悠长。

伍 ——— 月色失控

雾是秋日最美的诗行

若把秋天比作诗，雾一定是最美的诗行：晨雾汹涌，把山间的秋意不断推向高潮，夜雾缱绻，和明月星河一同伴人入梦。秋雾行走天地山河，在须臾间盛放，在风雨里流淌，让秋天万物有了更多美好姿态。

秋雾之美，美在清晨万丈豪情。"山茗煮时秋雾碧，玉杯斟处彩霞鲜"，跟随唐代诗人刘真的脚步走进远山，坐在傍山小院篱笆下，伴着晨雾为自己煮一壶茶，却见盏中氤氲起雾色，浮现出朦胧的雨后霁色。再看斟茶时的水波，折透着朝霞的鲜亮风采。茶中日月长，秋雾弄长空，沉醉在雾与茶、雾与霞中，只觉得天地山河都装进心间。

秋雾之美，美在黄昏别有姿色。"残云收翠岭，夕雾结长空。带岫凝全碧，障霞隐半红"，帝王李世民笔下的秋雾很是大气，短短二十字写尽夕阳西沉后的另一番斑斓。雾染山林秋意浓，最是人间橙黄橘绿好风景。诗人董思恭的《咏雾》则寂静安逸,"苍山寂已暮,翠观黯将沉。终南晨豹隐,巫峡夜猿吟",且看夜晚青山沉睡后,若隐若现的秋雾悄悄弥漫,让河谷两岸生出寥廓之美。

秋雾之美,美在不折风骨。有人说秋日萧瑟,因混沌的雾气更显悲戚。可在东坡居士的笔下,正因有雾才显出万物的风骨,"玉骨那愁瘴雾,冰姿自有仙风",晚秋早冬的梅花不惧团团迷雾,在茫茫山外更有玉骨冰姿,正如"梅花香自苦寒来"里的梅骨精神,嶙嶙独世。再看易安词人的"天接云涛连晓雾,星河欲转千帆舞",夜雾晨雾接连不断,搅得天地如大海扬波般波澜,让耿耿星河如千帆舞动般壮阔。词的末尾,一句"九万里风鹏正举"撼人心弦,长空九万里,大鹏突破浓雾高飞,尽显傲骨姿态。

秋雾之美,美在一缕情味。"凄凄去亲爱,泛泛入烟雾。归棹洛阳人,残钟广陵树",诗人韦庄和好友在江边惜别,他看着广陵城外的树,听着山寺里的徐徐钟声,离别情绪渐浓,却又在江上泛起的青雾中,稍稍消解愁绪。"桂花香雾冷,梧叶西风影",冷雾被桂花氤氲出清香,梧桐黄叶在风雾里半遮半掩,南宋词人高观国用柔情笔调,描绘出一幅满溢烟火气的小巷工笔画,让冷秋也生暖意。

最爱在江南雨雾里渡河,桥的这边是"香闺掩雾",处处婉约至味,桥的那边是"日照澄洲江雾开",又是一番承平气象。大江南北,秋雾浓妆淡抹,给人层出不穷的欢喜,更在秋日出走,到各处去寻诗意美好。

世间难得豁然

今晨和前一日没什么不同，可下楼时，不经意瞥了眼那棵小山楂树。挂满红果的树不知何时落了一地半黄的叶，我并不觉悲伤，倒有些窃喜，只因我是第一个发现入秋的人。

白日发生许多不愉快，若从心理场角度来形容，简直惨烈。然而傍晚一个人静静复盘后，又不经意想起说与人听，竟说得自己先乐起来。即便那不算什么小坎坷。

黄昏到入夜，挟着夏温的风变凉，星星说亮不亮，最适合孤索沉郁的人观赏。于是心一沉再沉，直至谷底。往日的不如意一齐涌来，压得人在悬崖边摇摇欲坠。反复向内攻击，自我否定，缚索愈来愈紧，几要喘不过气，就连一直以来努力向好的局面也被涂抹黑暗，糟糕透顶。

然而就在低头滑进黑夜时，树梢上的月忽然刺进我的眼，乱七八糟的灯光一齐闪烁。树枝摇了摇，原本隔绝夜色的远方像只夜莺在鸣叫，悲伤麻痹的神经逐渐苏醒，血液一点点沸腾。我脚下步子加快，看不见自己的身影，但一瞬惊觉自己仿若黑夜里的银白利刃，强大且有力。

强大而有力，是啊，这是原本的我。这隐藏的另一面，是叫我自己都悄悄骄傲的独特风骨。我虽伏在泥土，却非丘中之蚁，只为暗暗积酿，而后灿烂盛放。我掩于尘埃，却又固执地守着不同常人的树梢，并非怪异，只为生而为人的某种坚守，而后自得圆满。

人活一世，不过一个"我"字。"我"的定义多种，寻常的、不寻常的，只要自洽便可。"我"的角色也多种，为他的、为几的，谁占了上风不重要，只要心甘情愿便好。

想来缠绕人痛苦和焦虑的，大概就是太过在意我之外的眼睛。人生难做决定的大多数情况，大半都是在考虑外界的因素。可活得最辛苦的是自己啊，没有什么自私不自私，不必束缚自己，没有一个我字，何来种种往后。

若有权衡，能忍的就忍。不能忍，就设想两条路的结果，能令通体舒畅、嘴角弯起来的想象，便是该走的路。

秋夜渐深，街巷上尚且喧闹。萦绕着混沌的雾散了，我重回光明地带，原来方才所顾虑的，都是那么微不足道。

前路若明，那何必踟蹰，按顺序和目标快跑即可。

人生多艰，谁都挂着一身难堪的生计，当以豁然走未来。

秋分明月，一半是春

秋分夜昼，渐凉向冬。

夜灯下的路边，不知什么花正挺翘地攀青翠的长杆上，粉紫的花朵颇有风骨。花半开半合的，分辨不出到底是被冷雨冻缩了回去还是夜间才刚刚绽放。只是它的身上挂着两滴秋露，看起来楚楚可怜，招人心疼。

谁说草木无情，这不是正理。它梗着脖子，像是要争一争山河，多住一夜人间。瞧着花瓣上的晶晶露光，再抬头望望渐圆的明月，树梢低头，竟在破碎间看见月光。原来它并非颓败，倒是在活出个春的念想和志气。

明日怎样，今夕怎样，它只知晓一夜有一夜的故事，于是攀住知意的南风，握紧花间的明月，再为自己盛放一回。

我想起一段支离的爱，好没有姿态。那情不知所起、所向的故事原来并不惊天动地，还不如这残花的骨气。

又想起四时风景里，人们动辄伤春悲秋，接着应和人生的低谷情绪，好像人一失意，就让秋也倒戈了。秋山本橙赤，顺不顺遂都如是。

冷雨也生暖意，败花也有蓬勃，凄秋也是好景。

秋分明月，一半是春。

故乡的林和月

那一片袤远的白桦和白杨,掩在延绵千里的白云下,叫人沉醉、迷失,不舍得出走。还说什么诗和远方,我站在某棵树下,看着东升西落的明月,心底就已浮现许多故事。

狡黠的蘑菇像深山隐士,像满腹情怀的吟游诗人,在希望被发现和不被看见的矛盾里东躲西藏,终于承接一夜秋雨。雨成露成霜,成了谁的新衣,在太阳下半透着光,又在月亮下生了许多暖意。雨后的蘑菇化作墨,给秋天写了首宏大的诗篇,也给生活一个接一个的意外之喜。

每一棵树都有自己的秉性和人生。一万株白杨在风里同时不高兴,便叫天地也跟着暴躁。那棵高大威猛的白桦怎么如此得意,张着臂膀像不败的将军,睥睨着来散的人。一层叠一层的落叶像鎏金的浪,跌宕着涌向远方。向前去寻终点,却发现早已桎梏在这深林里,就像生活。树也有日光和月光,谁在残秋里意气风发,谁又落败着不甘,这都无解。

可再嚣张的秋也瓦解不了这片林,再远的路和未来,都阻断不了这片乡愁。吾心安处,始终是故乡。

圆缺从不影响月光,无论人生盛与衰,归途只有故乡。

原来明月也有十二个时辰。太阳在东边,明月就半匿在西山。星星铺满夜空,明月便挂在最高的枝头。我在一株树的缝隙里等候月光，它强劲有力，像要穿透心脏，叫人一阵又一阵心悸。想起故人，原来爱只是被搁浅，并不曾变浅；想起故往，原来时光轮转，有些记忆仍如珍宝。说不清这好还是不好，只是月光照来的那一刻，心里万分熨帖。

在林风里嗅年岁，触摸前一个时空的故事。明知从前不复，却偏偏给自己结了张网，反复惦念年少的月光。假如我也是棵树就好了，永远沉睡在记忆里，永远拥有故乡。可惜人有双脚，总要去踏山海，只有经了百般风雨才能再回故乡。

在林间奔跑，如果速度够快，或许能抓一缕错乱时空的月光。在断木上歇息，假如血液凝固，或许就像树根的蘑菇化石一样，永远依附在母亲的怀抱。

黄昏的风倏地生冷，提醒着人又该出走。

没法阻断时光，只好愿白桦长青，年年都有今夕月。

幸得明月

今年的秋过分冷,也有些深沉。怪雨吧,黑黢黢地淋落,一场接着一场,吓得夜灯也变得昏沉。走在谁家屋檐下,小水洼亮晶晶,仔细瞧,原来是月光积了一地。

抬眼望,真是幸得明月。

想起哪一年路遇的远村,过了黄昏,一切都索然无味,只好绕着庭院一圈圈转,逗弄秋草和黄花,可谁也不替人消遣思乡的情绪。院角的秋千悠荡着,有意叫我去望对面的屋檐,倒有些风景。梧桐树高大威猛,偏偏拈着兰花指遥指月亮,好像八尺汉绞着手绢。明月圆圆,就这么轻轻悬在梧桐枝上,目光平静又温柔,似是看出了人的心思,叫风轻触眉梢和心头,一腔柔情化了伤心。恨不关风月,大概就是如此。

海上生明月,明月却停云。我一向爱海的壮阔和无畏的风骨,但那年中秋,我却见识了它的忧郁。夜幕将合,海风开始裹挟海浪,在天地里叫嚣明月,那气势真是叫人的心绪也随之起伏。太阳沉海的那一秒,月亮影影绰绰着升起,并不接着海连着天,倒是独停在那云上,自成矜骄的风景。后来一个老太走过,银发恰好拂过月影,刹那间让人懂了"落月停云"的典故。原来海的忧郁是人的乡愁,月涌的江流里,一半是如诗的故乡,一半是如潮的故人。

城市里灯火万盏，可哪点星光是为我而亮？推窗去看霓虹繁华，去听鼎沸街市，借此稍遮遮冷屋里的冷味。那边人言笑晏晏，这边更凄凄惨惨。不知什么时候，那被千家万户叨扰了整夜的明月，明晃晃悬在了我的眼前。它似近我十米，伸手却又只触到空气，我只好托腮对望。对面的屋顶种了几架藤草，正好陪衬明月。风停了，喧嚣消弭了，我的耳边只有月亮的呓语，它眨眨眼睛，单和我一人说着整年的故事。月光明黄，夜幕闪着星点，窗下忽然结起串串风铃，我轻轻收好，这是明月赠我的礼物。一声呓语一声鼓舞，串串风铃串串月光，我敛起自怜的情绪，世间太多意料之外，我有自得风景便足够。我在人间惆怅，幸得明月解忧。

　　人常在月满时许愿。可世事总不能都指望月亮，于我而言，幸得一夜月光就是最好的指点。

　　明月之上，玫瑰盛放，这便又是新的故事。

下午五点，请不要遗忘太阳

下午五点，古人称之为酉时，也叫日入、傍晚时分，正逢日落将歇的好时候，《庄子·让王》中说："日出而作，日入而息，逍遥于天地之间；而心意自得，吾何以天下为哉。"

然而今日，或许西北的太阳太过与众不同，偏爱晚睡晚起？我在旷远的边陲小城，从未在下午五点感受过黄昏即来的悠悠光景。就说昼短夜长的冬日，旭日高照已是上午十时，下午五点只能算是午后，要到七八点钟才能迎来日暮。

大多个午后五点时分，无论上学还是工作，眼中风景只有窗外屋檐下的方寸天空。它由几片云、一棵老树、两三座建筑，还有偶尔盘旋而过的飞鸟组成。偶时抬望眼，总瞧云丝缓慢地自我拉扯，又在许久后的第二眼悄悄翻卷变换姿势，而那经年挺立的老树，遥望着远方岿然独存的雪山，眼底徐徐氤氲歆羡，却只能任凭近身的古朴老楼定格岁月，和天空共同搭构不规则的留白，好让窗里看风景的人释放零碎情绪。五点过后，衍阳微斜，飞鸟的尾尖划过树梢，扬起一阵风雪，愣怔的人恍然回神，平平无奇的下午光阴继续流淌，然后被人滞留在情绪的边角。

只有在周末或节日里，这段时间才不至于如此静寂。当窗外响起货郎的叫卖声——有时是音调不够标准的"鲜奶子咧"，有时是老旧喇叭里成串的"收头发，收旧家具，收洗衣机"。我便从午歇的惫懒中迅速清醒过来，走出家门，来到各式各样的街巷，快节奏的城市生活总有光阴慢下来的地带，比如旧市场，鼎沸人声几乎刺破篷顶，你来我往的口舌之争里，让人透过尘俗不喜的生计看到鲜活温馨的一面：不必香车佳肴，一串红彤彤的冰糖葫芦就能带来快乐。又如旧城区的小公园，记得有一天无事瞎转，雪道在我脚下不断嘎吱吱作响，好像春花欲燃的声音，无端让人心潮澎湃。于是仰望天空，却倏地发现太阳在我一圈又一圈的游荡中快速坠落，原来日光消弭也有速度，它如眷恋夜灯的风雪夜归人，散着橙暖的光扑向远山怀抱。在那一刻，我想我将开始铭记这段时光。

比起西北，南方的下午五点更符合庄子的逍遥心意。过去几年，我常往返西北和内地，见识过许多两小时时差之外的风景。泉城济南的冬天，太阳总熬不过五点，大雾四起，雪漫天地，昏黄的夜灯底下行人匆匆，我逆着人潮归家，顶风微躬的身却忍不住漫步起舞。心底渐渐燃起一团野火，就像太阳因早落而弥补给我的火种。长沙的春日碎雨缠绵，四月天芳菲未尽，却已被太阳逗弄得晕头转向。比如橘子洲头的日入时分，忽而雨忽而风，日光斑驳在湘江，很有"半江瑟瑟半江红"的意境，桃花就在这东西随意的阳光里开开落落，铺满整个沿江大道。日暮而归，我转身遥望，正看见江水吞噬最后一缕光，桃花残红隐入夜幕，平生出一股心安。

那年在成都，夏秋交接时分多风多雨，常淋得人心烦意乱，尤其临近下班的五点左右，看着窗外忽来的瓢泼大雨，我品不出"巴山夜雨涨秋池"的美，只是惶然如何去挤地铁。那日有事早归，误乘公交车到一片老区附近，被雨点催眠的心陡然惊醒，眼前绵延数里的银杏林在风雨中呼啸，仿若戎装老将，让人在悲怆之余热血沸腾。

我撑伞汇入观林的人群，雨声渐弱，原该西沉的太阳从极远的天际隆重登场，人群欢呼。当阳光透过林隙拂在脊梁，我也弯起久无笑意的嘴角。有什么可恼？心若向阳，风雨便遮不住光。就像下午五点，比起拂晓、正午和深夜这些独特时点，虽少了唯美和期待，却让人在等待中看见别番风景，如西北寥廓寒冬里的圆日盛别，又如南方小城里太阳的应景西落，或于风雨雪，或在山河海，无论安身或藏心，那份直观的作别与触碰，带给人的是思索、悸动、安定和自我审视——日月青黄不接，"我"便是唯一的光明。

下午五点，虽是"日入群动息，归鸟趋林鸣"，但请不要遗忘太阳。

把爱挂在树梢

这个晚秋下午，太阳斜斜穿过树梢，斑驳地落在我的桌上。我随它的目光朝窗外望去，忽然有些感动。不大的广场一角，几棵着红衫的树懒懒张开枝叶，时不时抖落过滤了冷风的日光，轻轻笼在歪坐在长椅上的白发老人肩上。听不懂老人们半古的往事，也形容不出几棵树的温柔，只知那静静垂下的眼眸里，是沉淀和凝固了好多年的爱意。

我抉择不出世间无数形态的爱里，哪一种算是最好，可此刻，我在一棵树的身上，寻到了恰到好处的爱。

它如树梢的衍阳，织起不透风的网，只给你最漫长的陪伴；如夜幕初起的月弯，在你的心洼积满月光，明亮又有暖意；也如拂晓的鸟雀，时不时鸣响波澜，给生活意外之喜。

也不必视它为神明，无须仰望和过分靠近，只把它当作碧空云下的一片风景编号。它若如长山照拂你的心意，你便可把它当作同方向生长的花；若如山雨摧残你的道途，大可丢开手另寻一处风景。要祛魅要有自我，别把爱看得重如生死。

最好的爱，是林梢轻动，是半身明媚半身自得。

听来不错的人生，是白发终途忆年少，眼里依旧有光。

人都要经爱经风雨，可我希望你的爱澄澈明朗，坦荡无忧。愿你的眉梢不敛心事，愿你的林梢四时得意。

拾得一团菇

　　蘑菇的美味，一两句话形容不尽。

　　宋代诗人杨万里有一首叫《蕈子》的诗，写得很妙："响如鹅掌味如蜜，滑似莼丝无点涩。伞不如笠钉胜笠，香留齿牙麝莫及。"野生蘑菇比鹅掌鲜，味道比蜜清甜，口感又似莼菜一样丝滑，让人唇齿生香，比麝香还勾魂。这话让人无比赞同，难怪我长了个"蘑菇胃"，怎么都吃不腻。

　　所有菌菇里，我偏爱平菇和杏鲍菇。平菇在我的家乡被叫作"杨树菇"和"榆树菇"，是因为它是长在树上的蘑菇，因树而得此名，它也是市面上最常见的一种菇。杏鲍菇有许多种，家乡的白杨林上生长着一种黄色的杏鲍菇，家乡的人都叫它"黄油饼"，因为它长得很像炸油饼。前者可裹面煎炸或清炒，后者可炖肉煨汤和干煸，都是舌尖上的美味。

　　一入秋，尤其是下过雨的早晨，菜市场里就会摆满一篮篮菌菇。见此情景，母亲便知该去捡蘑菇了。小贩们捡蘑菇是为了生计，而寻常人家捡蘑菇就是图个野趣罢了。

　　雨后的清晨，我和母亲开车去数十里外的森林里捡蘑菇。我们挎上桶，拎着木棍，开始了采蘑菇之旅。"远寻鹧鸪雏，拾得一团蕈。"此时黄叶覆满地，若能在黄叶中找出一朵蘑菇，心情便和唐末的诗僧贯休一样，因意外之喜而喜不胜收。捡蘑菇急不得，但我天性急躁，拿着棍子划拉得整个树林簌簌作响也寻不到几朵蘑菇。

我索性地坐在断木上，望着桶里仅有的两朵蘑菇，在备忘录里写下了一首诗："狡黠的蘑菇像深山隐士，像满腹情怀的吟游诗人，在希望被发现和不被看见的矛盾里，东躲西藏，终于老去。"母亲看到我写的诗后，对我说："你再偷懒，蘑菇可真要老去咯。"我只好打起精神来，接着去捡难寻的蘑菇，谁知一个趔趄，便看到了脚边的"黄油饼"。我一边呼喊母亲来欣赏，一边小心翼翼地掘出蘑菇的根部，它在太阳下半透着光，精致诱人。捡蘑菇的快乐就在这一瞬间。雨后的蘑菇化作笔墨，给秋天写了一首唯美的诗，也给生活一个意外之喜。

黄昏时分，我们母女俩捡了整整一桶蘑菇。回到家时已是深夜，母亲却还不睡，她说要抓紧时间洗完蘑菇后冷藏，否则蘑菇就全都蔫了，没有鲜味儿了。这让我想起了"朝菌暮死"，蘑菇"生于朝，死于晦"，它的生命如此短暂，岁月也在不经意间流逝，让人惋惜之余更知珍惜时光。看着母亲鬓边的白发，我的倦意尽消，挽起袖子和她一起洗蘑菇。

深夜里，母女二人在厨房里一边忙碌，一边絮叨着家常，感受着蘑菇里的情味和烟火的气息。

离家前，母亲照旧给我装了一箱熟食，有她炸的丸子、鱼肉，熬的辣酱、果酱，还有一袋袋冷藏的各种野生蘑菇。

我拎着沉甸甸的箱子上了火车，脚下发沉起来，极不愿离家。"担头何物带山香，一箩白蕈一箩栗。"蘑菇的滋味是山香，是亲情，更是永不能忘的乡味。

　　我一步一回头，母亲的发丝在风中飘动，我好像看到岁岁翻新的蘑菇，永远在乡土山林里等我归来。

老街是个"说书人"

  大约每个城市都有条老街，位于闹市正中，却不受纷扰，犹如着长衫短褂的说书人，一字一句叙着旧时光里的故事。

  它开篇总要说巷尾的老槐树，从数百年前讲起，或者是初秋的黄昏，穷书生和小姐在槐下相识，自此开启几十年无终的爱恋；或者是凛冬的三更夜，马蹄声踏进拂晓，谁在树旁祈着光明，谁又在槐风里护一方平安；又或者是倒春寒的四月天，少年人整装后折槐别过，手里拎着的行囊是全家人的希望，背过身去的热泪是化不尽的乡愁。

  诸多故事在朝暮年岁的光阴里轮番上演，人来来去去，道路一点点翻新，老槐树的风骨却一点未变，繁茂如伞的冠撑起，遮了大半条街的心事。透过四时的焦黄滤镜去看，它微微佝偻着腰身，轻轻拂过脚下蔓生的灌草，似温柔询问："春草明年绿，王孙归不归？"它在等哪段时光的哪个故人？这就谁也不知了。

  老街上的故人太多，就说中段的凹处，原先是戏台，如今是裁缝铺。已是古稀之年的婆婆守着小店，还要照顾她九十岁的母亲，两个老太迎日而起，随月而眠，倒也自在。老街已记不清她们少女时代的故事，只静静瞧着俩老太早起吃饭，而后给人缝补衣裳，女儿总是贴身长裙，坐在朝阳里安静捻线的模样，依旧叫春花秋叶都心动。黄昏炊烟最浓时，身骨尚健朗的母亲早早搁下碗,站在门前的二层石板阶上,就咿咿呀呀唱起软调的戏来。细听那声音沧桑,却在她的脸上瞧见欢喜,来往的人们不时驻足,也随她挂起笑意,灵魂同频地放空里,各人都想起一段自己的美丽故事。

"说书"的间隙里,老街总爱长叹一声。那是惋叹,叹昏黄夜灯里抓不住的年岁,太阳东起西沉,新岁启序又落幕。小娃娃错眼间成白发,一场浅觉便是好多年,这可叫它如何记住更迭的时光哟。那也是喟然而叹,叹日子越发和美,林荫小道又长又阔,家家户户笑声阵阵。人们的离别早已不成遗憾,这些年它见了许多老人归根,也记下了太多"吾心安处是吾乡"的新故事。

老街的一声声长叹,由曲巷青阶的尘埃里旋上,落满四面翘起的黛瓦屋檐,仿若母亲的安眠曲,孕育着草木徐徐葳蕤,又似朱红的薄纱披风,照拂着长街十里安宁喜乐。

且看那一排排鳞次栉比的铺面,老字号的软布招牌随风摇晃,尽情释放着酝酿了百年的美味气息。"哎——"货郎带着浓重乡音的叫卖声,融在老街的低语里,勾起许多人的馋虫,或买早饼,或买晚粥,稀里哗啦就是满足的一天。西街的肉丝小面是孃孃们最爱吃的,汤鲜味美,细面筋软,正是"暑天里解热、冷冬里驱寒"的佳肴。东街的一溜小烤摊和火锅店,烟火味儿最重,从半下午飘到深夜,迎来送往一拨拨来老街观景的年轻人们。

凡老街多有亭台,走进偏北的角园,如雕栏画栋般的二层亭楼静静站立,匾上金黄大字写着人们的愿景,朱红鎏金的飞檐吟着年岁的光景,见证并记录着老街的万物往复。早晨和傍晚时分最热闹,打太极的,练八段锦的,竞走慢跑的,再有拉二胡、跳舞和唱戏的,声声缠绕,正像是行云流水般的伴奏,陪衬着老街绵长的"说书",在朝往夜继里生生不息。

搁笔时,恍然听见几声呓语,原来夜风微起,老街正惬意安睡。仰望天上星星灿烂,不知几颗掉进老街的梦里,明日又有怎样的故事。

山围里的月岭村

在桂林一带出差，临走前去了趟灌阳县的月岭村。我们从文市镇下高速，约莫一刻钟就进了村。入眼是绿绒似的三座山头围着，灌江的水从村后淙淙流过，月岭村枕卧山围、后依清流，桃、枣、黑李等植被覆野，村路交错阡陌，村落古香古色，一派田园悠然之感。

月岭村别名"月岑"，"岭"和"岑"都有小山的意思，"月"则是因村后的小山似犀牛横卧着抬头望月而取字。这二字极妙，将古村落的天然不经雕琢之美展现得淋漓尽致。月岭村确是登山望月好地，起初有人怀疑，笑着说哪个村庄赏不了月，岂不都能叫"月岭"？结果一番路程走下来，无人不服它的风姿。

靠近灌江老码头的山脚，有一处"桃花源"似的观景地，叫"步月岩"。宽敞明亮的岩群能容纳百余人，中间顶部有一圆洞，恰好够圆月落之。置身岩中，细瞧经风吹了数百年的岩壁，嗅着石隙里深秋苔藓的幽香，似乎听见历史的声音在涓涓流淌。据灌阳旧县志记载，清朝初年，贡生唐时儒曾在岩洞办过学堂，还留赠一副对联："要寻孔颜真传何必到尼山泗水，欲求周朱道妙即此是鹿洞月岩。"是说何必要去尼山寻孔子儒道（孔子诞生于尼山），也不必歆羡鹿洞（朱熹讲学地）和月岩（周敦颐悟道地），这步月岩就有以上所有诗意古味。"今月曾经照古人"，太白的这句诗恰符合此情此景。

翻过步月岩旁的小山头，踏上古道幽径下山，远远看见田垌中央的文昌阁。文昌阁，为供奉主管考试、命运的文昌帝君而建，全国各地数不胜数，月岭村的文昌阁则建于清康熙六十一年（1722年），距今已有三百余年的历史。紧挨着文昌阁的，是对望山那头步月岩的步月亭。它也是歇山顶，四根石柱挑起整个亭梁，大有把三面环山也撑举起的气概。古人好在亭中望月，白居易有首诗叫《八月十五日夜湓亭望月》："西北望乡何处是，东南见月几回圆。"此刻才能切身体会一二。在坐北朝南的亭台下，触着泛古的青柱，原本并无乡愁情绪，却在遥望着明月故乡的方向时，凭空生出一股浓郁的思念之情，恨不得立即化作鸿雁飞回故乡。

忽被一头哞哞叫的耕牛打断思绪，它从通往石牌的青石板路走来，身后跟着半鬓白发的阿伯。一人一牛悠悠迈着步子，走过路两旁的青青晚稻，半身披着橙赤的夕阳，往远处的田垌去了。想起年少的故乡，也是在多少个这样的黄昏拂晓，或赶着牛羊，或肩扛着锄头，走过一垄一垄的麦田。那时年岁没有如今繁华，却有许多纯粹和野趣。"水绕陂田竹绕篱"，旧时村居生活不复返，唯有在这月岭村里寻回乡味了。

近黄昏，徐徐走过生着青苔的石板，天边夕阳正好乍泄，斑驳的光透过古槐落下，人人都洋溢着纯粹的笑容。手捧着阿嬢送来的糍粑，黏糊糊的香甜里，我品到许多同外婆的回忆。

嗅着夕阳里的风声，望着东边若隐若现的明月，我为月岭村悄悄许了个愿望：愿满月久悬，青山长绿。

陆 —— 一愿秋再长,二愿冬不寒

一愿秋再长,二愿冬不寒

今年秋天好漫长啊,往年已下了几场雪,而此时还是一长街的落叶。秋香绿碎,却揉碎很多情绪。

冷碎的秋天淋漓,美则美矣,却再经不住一个寒冬。

苍烟落照给荔红,藕丝秋半绞衣青。

没法形容这美感,明明雨落凉身,可叶落遮天,阳光透云隙,裹着整条街懒懒散散,空生出一股暖意。

好像又庆幸秋日长,情绪拾掇好才能禁住凛冬,

夏日匆匆过去,许多事扑棱着赶来,太多未完的遗憾。

哪能一场雪了结一切,要满心欢喜地迎接冬日啊。

但愿秋再长,莫辜负斜阳;再愿冬不寒,今岁后寻常。

秋

小院夜灯

乡下的小院,大门檐子下都挂着灯。这灯不亮堂也不好看,就是原先的那种大灯泡,甚至不是专门去买的。或许是买错了瓦数,没它的去处,便挂在了门头下。蒙着尘的光越发昏黄,随着人影慢吞吞地挪动,不时有蛾子飞来,扑棱一阵再了无兴趣地飞走。

可就是这夜灯,照着晒场的人陆续归来。深秋了,骄傲了整个夏天和初秋的向日葵们终于垂下了头,在人们的手里破碎,然后在晒场上重返生机。高高地铲扬上去,葵花籽身上的尘埃劈头盖脸地落下来,人也当了一回土生的庄稼,裹满尘土气回家。夜灯亮起,又旧又暗,却让人一眼就能分辨出自家的院。站在大门前,就着这点光亮归置好农具,除去沾满污浊的外衣裤,带着温热的湿毛巾擦到脸上的时候,指间的缝隙里是斑驳懒散的光。光里浮动着尘埃,伸手拂不去,心里却暖得发胀。回家了,又一天夜幕,饭菜仍余温。

也是这夜灯,在漫长的冬夜长久地亮着,让冬闲的人们不至于百无聊赖。星星才挂起来,门吱扭了两次,女主人出来抱了一捆柴,男主人挖开厚厚的雪,提溜起一块冻肉。一个钟头过去,屋里灶上的香气"咕嘟"整个院子。再晚些时候,又有人出来,往雪里埋了大白馒头,再捡出来两张糖饼,却惊呼"饼少了"。屋里的人都出来了,在寂静的冬夜里压低声音,讨论着约莫是哪里来了野猫偷吃，别给冻坏了。夜灯在雪的映衬下也白亮了许多，柔柔地看着人们，只有它知道，少了的糖饼是家里馋嘴的小孩早前悄悄用炉火烤吃了去。夜深了，最后一个出来小解的人裹紧衣裳，关了门上的灯，再一溜小跑进屋。灯还似有余光，趁着这点温度也沉沉睡去。

　　开春了，一场接一场的雨让野花盛放。小院前后都是菜地，人闲不住地来回捯饬，先是翻地，再是埋粪养土。天越黑越晚，人也跟着越干越晚，不得已又让夜灯跟着加班加点。这时的月还不够明，全靠夜灯的光亮，铆足力气照过来。人终于放下锹，换好衣裳时发现又下雨了，雨丝斜斜地落着，划过夜灯的光里，显得绿莹莹的，好像盛夏溪边的萤火虫。四月半，各种小苗探了头；五月半，葡萄藤开始攀着架子生长；六月半，葳蕤的黄瓜和豆角秧子比院墙高，遮挡了大半的夜灯。找来绳子和木条，小心地把过长的秧子绑起来，分开搭在两边的院头，给夜灯留出地方来。八九点钟的太阳刚落，伏在桌上的小孩还未写完作业，大人们有的忙着择菜，有的正洗着干活的脏衣，夜灯的光圈很大，大到照亮了所有人。

　　七月初七，小孩还不懂牛郎织女的旖旎，大人们只盼着今年好丰收。葡萄藤下，不大的圆桌上摆满了佳肴，那么紫那么大的一串葡萄，香得引人不住咽口水的烧鸡，炒得滴油的脆皮咸花生，裹满了糖霜的各种点心……大人们闲话家常，小孩子也不必担心突然被提问课业，在悠哉的夜风里舒展自己。酣畅间，一道流星划过，尾尖恰触了下夜灯。谁也来不及许愿，也没人去找极有灵性的鹊桥，就这么躺坐着，沐浴在暖黄的夜灯里，畅想着不久后的秋收……

　　年岁往复，小院夜灯长久照着，人们知足知乐。

阿勒泰的秋天

　　古往今来，人们逢秋总叹萧瑟和寂寥，可阿勒泰的初秋是晚十点才落的太阳，是望不到头的灿灿向日葵，是一日蓝过一日的天空，是纯粹和热烈，是自由和灵魂的极度放空。李娟仿若中世纪的吟游诗人，把秋天的阿勒泰用长篇散文诗——《遥远的向日葵地》诵给世人，共享精神的愉悦。

　　作者用干净、凝练的笔触描述乌伦古湖岸上戈壁的故事。一家老小三个女人住在葵花地旁的地窝子里，守着开荒的百亩向日葵。经历了三次补种、动物啃食、干旱和虫灾后终于迎来收获，虽然秋天的收获并不如意，可葵花地里的她们没有怨念，只是用收来的粮食预备过冬，等待来年开春再进行新的耕种。

　　吾心安处是吾乡。母亲、外婆、小狗丑丑和赛虎，再加上鸡鸭鹅和悉心呵护的向日葵，这地窝子就成了李娟的家。李娟在书中第九篇《繁盛》里写母亲因秋收赔了钱而跳脚，外婆却说："花开的时候真好看！金光光，亮堂堂。娟啊，你没看到真是可惜！"九十六岁高龄的外婆心宽、乐观，对生活总充满热爱和包容。母亲呢，"她赤身扛锨穿行在葵花地里，晒得一身黢黑，和万物模糊了界限"，这个常把"老子"挂在嘴边的强悍却可爱的女人，用洒脱和坚强身体力行地为女儿做着榜样。丑丑和赛虎威风又勇敢，保护着三个女人的同时，给这个远在天边的家带来不少乐趣。满是风沙和葵花的戈壁上，似乎没有太多故事发生，可作者发现美、享受美，并不细写谁的经历，而是用细腻、干净的描写为人物绘上斑斓的色彩，处处体现生活的简单和美好，令人展颜的同时为之触动。

李娟笔下的时空像被撕裂了一个口子，广袤的戈壁和向日葵地时间缓慢，近乎停滞，人们走一步就是一年，平和又快乐，简单而知足。一年种下百亩的花，就足够浪漫了，所以也就没有什么坏情绪的空间了。在《狗带稻种》一文，作者这样写道："葵花地南面是起伏的沙漠，北面是铺着黑色扁平卵石的戈壁硬地。没有一棵树，没有一个人。天上的云像河水一样流淌，黄昏时刻的空气如液体般明亮。一万遍置身于此，感官仍无丝毫磨损，孤独感完美无缺。此时此刻，是'自由自在'这一状态的巅峰时刻。"像不像悬浮着的星球？孤独，但又热闹。这里仿若世界的尽头，既有着长河落日的辽阔之美，又有着别处人间的烟火气。天空湛蓝，戈壁无限延展，向日葵随风起伏，蓝与绿、绿与黄无限相接，共同构成这几无人迹却有趣的天地。作者写风的形状，絮叨小狗的玩闹，写地头的炊烟和饭香，说说三个女人的故事，大地空无却身心满足。反复读来，让人的心灵也随着作者游荡在天和地里，无边际地奔跑，"天地与我并生，而万物与我为一"。

我不禁想起曾经的一段游历，阿勒泰秋天里的向日葵确如作者笔下般令人震撼。百亩甚至千亩的葵花们，一天比一天壮了身子，逐着太阳，由东而西，金黄延绵如山野之势，随风轻荡如海浪迭起。风一吹，它们浅浅笑起来，那声浪震在人耳里，快乐地释放。远远站在空旷里，只消望一眼，强烈的平静油然而生。这种满足感无可比拟。

"这初秋的大地,过于隆重了。以致天地欲将失衡,天地快要翻转。天空便只好越来越蓝,越来越蓝,越来越蓝。"来过阿勒泰的人都发出过疑问,西北边陲的日照时间为何这么长,日落为何这么晚?谁都明白其中的地理因素,可就是次次惊叹。作者描写八九点钟的黄昏,天最蓝,像深情的眼,注视着它的孩子们。被这样强大的温柔包裹着,谁也没理由胡乱不开心,倚在湛蓝的天地臂弯里,安全感十足。秋夜十点,祖国大地几乎要进入梦乡了,这儿的人们才裹着一身疲惫回到家里,洗脸吃饭,再和星空絮叨几句,才肯睡去。夜里秋风起,葵花香气悠悠飘来,我就着昏黄夜灯,似乎看见人们都在睡梦里笑弯了眼。然而现实并非如此轻松,作者在后记里提到,第三年的向日葵没有迎来丰收,叔叔(继父)也中风瘫痪,此后家里再也没有种地了。作者用细腻、明亮和率性的笔调,写毫不起眼的万物,讲并不顺遂的人生,学向日葵永不低头的品格,处处透着大西北的粗犷和洒脱,将苦难化作精神力量,积极面对生活里的瞬息万变。

初秋,读一读李娟的书吧,在《遥远的向日葵地》里,分享片刻纯粹和热烈,让身心放空,感念万物美好。

秋天的四场雨

阿勒泰的秋天很短,短得对我来说,只落四场雨便算完结了凄美的秋之韵章。

第一场雨通常在九月初,裹挟着夏暑的余味,浅浅释放着清秋的风姿,把一场雨落得哀婉多情。像那树上的翠叶和带果的小花,怎么都不舍别离盛夏,却耐不住秋雨的柔声哄劝,旋舞着完成最后的盛放。只是在凌空的半道儿突然反悔,旋转着不肯坠地,便显得委屈巴巴、楚楚可怜。

秋叶酝春泥,第一场雨里的花叶是春的忠徒,在生命的更替里唱着生生不息的歌。而这比春雨轻缓、比夏雨多情的初秋之雨,犹如生命的告别,叫人似乎看见有谁在这寂静之秋轻别人间,是大彻大悟,也是不留遗憾。这雨亦如生命的新生,那层层花叶的厚土之下,可不就是春天的前奏?

待第二场秋雨来,已是九月半,已有更多万物完成了生命的轮转和承袭。此时的雨汹涌了许多,自天边泼下,染得云色发乌;从山林席卷,染得树叶橙黄橘绿,最后落到大街小巷的屋檐下。人们既躲雨也迎雨,躲它的暴躁,也迎着这一份秋雨独赠的对抗和激励。风雨来兮,愈猛烈,就愈激昂。人们直面张狂的第二场雨,也疏狂意气许多,似少年挥戈戎马征战,不断奔跑,反复凯旋,鸣笛优美的胜仗;也似青年眸眸,在点点微光的雨里邂瓣，尽展无畏不屈的风采。纵使花被摧尽了，枝叶尽折了，人们无所畏惧，只朝来年春天走去。

不过短短几日，十月里的第三场秋雨便来了。它最斑斓多彩，在山林是容光焕发，洗刷得这一树长青，那一片林柿红如火，更有橘红、枫红、银杏黄、藤萝紫层层叠染，染成色彩的盛宴，染成浓郁的金秋。它在小巷又是温婉，似江南白衣墨客徜徉不停，轻拂攀檐的桂花，一夜间叫花湿了满地显清冷，轻敲曲折的亭廊，不一时叫河起了波澜显忧愁。它在庄稼地里又是欢喜，给向日葵们施最后一次养分，再给瓜果们洗最后一次澡，叫人们见了瓜子的黑更有力气秋收，瞧了瓜果的红绿更有盼头庆余年。

此外，第三场雨还有沉稳、恬适等风貌，正如人到中年的百般情态，有人昂扬有人默默前行，无论生计是怎样的沉重，谁都或多或少有秋收。这一场秋的盈仓，是来年更加饱满的五谷丰登，也是这一整年最好的祈盼。

年终岁尾在十月末的第四场雨中疾疾赶到，按理说它不该这么急，可秋雨受不住早冬的寒气了，便叫岁尾提前赶来人间做年终的收尾。此时的雨不仅染了霜白，还掺杂着些雪的晶莹，半流动半凝固间可人得很，如鬓白的老人一般，老来情味不减。许是对这季短暂的秋很满意，第四场雨落得酣畅且欢喜，既对这一年的春种秋收画了圆满句点，也对即将到来的漫长冬天充满了期待——生命的接力棒要在冬天歇歇了，新的生命被最后一场秋雨洒满了大地。

雨落成雪，雪落归春，又有新的故事徐徐展开。所以第四场秋雨不怨不贪，不卑不亢，犹如临终的老人般静静等待这一生的终结，悄悄期盼着儿女的长福长喜。

生命之长，如同怎也落不尽的秋雨，在一场接一场的奔跑里焕发精神，去寻去悟人间的悲欢滋味。生命之短，仿若转瞬即逝的秋雨，四场雨过是一生，从婴孩到老去不留缝隙地更替，无憾无执便是人生的意义。

枸杞与沙棘

枸杞长在野地里，沙棘也是。

临近的庄稼地里，旁的作物尚青绿，它俩先挂满熟透的小红果。远远看去，都是细长如柳的叶，虽瞧着干涩，但胜在茂密。随风一摆，也有那么点楚楚可人的意思。都是橘红相间的果，成嘟噜儿地紧挨着，像微缩版的红柿。怎么区分呢？枸杞的叶短小些，果干瘪些，却更红；沙棘的叶细长些，果饱满，泛着橘光，像黄豆大的柿子。

入了秋，枸杞和沙棘都是"眷红偎翠"，算是野地里的风景。

但在人们看来，枸杞尚能入眼，沙棘就算不得什么了。采回去的枸杞还半湿着，泡茶或者熬汤能败火，生嚼着也算甜滋滋的零嘴。更多的枸杞被晒干晾透，存到冬季，或同小米煮粥，或同黄豆打豆浆，最能滋阴补气。倒春寒时，温一壶枸杞泡的酒，风寒可祛大半。

沙棘呢？果子空长了副好皮囊，吃着实在酸涩，无人问津。所以农闲时的野地里，只见三五个女人带着孩子，穿梭在枸杞和沙棘间，准确避开长相更精神的沙棘果，揪下一串串枸杞，不时讨论着它的好处。偶有孩子贪嘴，不小心吃了沙棘果，也立时"呸"地吐出来，仿佛吃了什么毒药般。

"嘿，老兄，你不如别结果了，有什么用？"夜里，枸杞累了一天，伸了个懒腰，瞧见身边不受待见的伙伴，揶揄起来。

沙棘并不搭理，微垂着沉沉的枝冠，入了定般凝思。

转眼又是秋天，这一年方圆百里都受了旱灾，庄稼们都不壮实，唯有枸杞和沙棘依旧，它们习惯了干旱。人们一边愁着今年的收成，一边也得照常过活，如往年一样来摘枸杞。

却不知是谁起的头，说沙棘好处更大，不仅能健脾消食、止咳祛痰，还能打成沙棘浆水饱腹呢。起初有两个人信了，采了些回去，却难忍酸涩，又把沙棘丢了出去。

这日，有几个专家和领导模样的人来，看看枸杞，再瞧瞧沙棘，拍着脑门走了。后来一段时间，一个关于"沙棘乃维生素C之王"的新闻流传起来，接着有不少人到处暨摸沙棘，在野地边上演示"沙棘原浆"的功效。一时间，沙棘采摘蔚然成风，既能调养又能卖钱，人们都乐得跑遍荒山野岭。

枸杞和沙棘的待遇被调了个儿，原先穿梭着采枸杞的女人们，如今纷纷把手伸向了沙棘，一捋就是一大串，堆满背上的小竹篓。红彤彤的"小山"映着橙赤的夕阳，瞧着得意极了。

"哼，花无百日红，你别得意太早。"夜里，备受冷落的枸杞凉凉开口，带着些许不甘和难堪。

沙棘却依旧无声，随风晃着被捋得光秃秃的枝叶，不知在想什么。

又一年，这年夏天雨水多，几次三番的暴雨掼倒不少庄稼，就连枸杞和沙棘也受了连累。好在沙棘"树如其名"，更壮实些，稳稳抓住沙石地，才不被雨水冲垮。枸杞就惨了，因着人们的喜爱，光往上长，却忽视了根脉。

这天，枸杞正在风雨里苟延残喘时，忽然察觉根上有什么东西缠绕，愈来愈紧，助自己躲过了雨劫。后来才发现是沙棘的根藤，因扎根极深，牢牢抓住了自己。

枸杞羞愧难当，感激的话说不出口，只好在采摘季时缩小自己的存在感，希望把风头尽数让给沙棘，以表谢意。谁知来往的人们，又把手伸回到枸杞的枝头。这是为何？原来"沙棘原浆十大好处"是夸大其词，人们也到底难忍沙棘的酸苦，重新偏爱枸杞。

"嘿，朋友……"夜里，枸杞偏偏头，轻轻触碰了下沙棘的枝叶，却不知道该说什么。

"不必因有用和无用多虑，有用便做有用事，无用便做自己，是金子总会发光。"这一次，沙棘轻抬起头，低沉又坚定地说。

再一年，人们终于找到沙棘调养的新用处，开始广种沙棘，并取得大丰收。

枸杞依旧站在野地里，为火红一片的沙棘林由衷地高兴。

檐下"风铃"

春一岁岁，秋一年年，人无论走多远，增长多少年纪，总忘不了童年乡下的旧光阴。纵使故人不复，记忆里外公撑篙捉鱼的笑容，外婆臂弯的菜篮都叫人难忘。过往成乡愁，这点滴思念犹如幼时屋檐下的"风铃"，丝丝缕缕唤醒回忆，将人拉回童年的故事里，纯粹又美好。

乡下外婆的老宅是带院的平房，虽不大却温馨。灶上经常飘着饭菜的香气，黑土里总是种满四季的瓜菜，时时描绘着"人间烟火气，最抚凡人心"的美好画卷。而我最爱的，是那檐角下不断季的农家美味。

先说这深秋，五谷丰登之季，人的脸上洋溢着丰收的喜悦，屋檐下也挂满沉甸甸的滋味。红薯熟了，外公一手扛起铲，一手牵着我，在屋后的地里忙碌起来。他虽有了白发，却仍有十足的力气，一铁铲下去，红薯被"毫发无损"地掘起。外婆早早在家准备好了"澡盆"，把新挖的红薯洗净，再切成薄片，最后用细绳穿起，全部挂在屋檐下晾晒。秋风一阵阵，挤挤挨挨的红薯片们像摇摆的风铃，随风起舞时散出香气。馋得我一天瞧它们好几回，总要偷吃一两个。

还有火红的辣椒皮，经秋阳一晒，辣意退尽，倒生出许多甜味，很像当下流行的"甜辣"风味；一串一串的落花生，满身的泥土被随意冲洗后，便甩上檐角挂着，谁经过都要拈两颗尝尝；盛夏里清脆的长豆角，才被秋风刮了两日，就蔫巴起来，倒是炒肉片的绝佳配菜。

整个秋天，我都像无事忙的小大人，日日转悠在小院里。一会儿探头看门外归来的外公，肩上又扛着什么果菜；一会儿瞧瞧水池边的外婆，又在择洗着什么美味。每到风一起，我总要站在窗下的竹椅上，伸长胳膊去触晾晒的干菜。它们被秋风搅弄起前奏，又被我的指尖弹动起高低音，犹如串串风铃般快乐歌舞。末了，我必定要尝尝某一串"风铃"的味道。

乡下的冬日少了许多趣味，好在屋檐下还成处风景。片片雪花纷撒，落在悬着的那几串腊肉上，叫黑黝黝的腊肉也穿上了洁白的新衣。这一串腊肉真是结实，被凛冽的风吹了数日，都不见摇落。却在那天清晨，一只猫头鹰在窗外歇了一夜，正要飞回山林时，不小心被雪滑了一下，撞到挂着的腊肉身上，这腊肉忽然"娇"起来，哼唧着轻摆好一阵，叫人发笑许久。

腊肉被吃得差不多时，春天就徐徐来了。万物才青，并无太多果蔬，人们便要去地头挖野菜。荠菜是最受欢迎的，外婆带我挎着竹篮四处踅摸时，总能碰见不少村邻。掘回来的荠菜怎么吃都美味，或做馅儿包饺子，或煎炒鸡蛋，让人饱腹之余感激春的馈赠。余下的荠菜被外婆反复洗净，捆成小把挂在屋檐下的铁丝上，到初夏青黄不接时泡发，吃起来仍是春的味道。此外，还有后山的小竹笋，树上的香椿芽，都犹如娇嫩小姐般倚在檐头，任由微风掀起裙摆。

七八岁前的盛夏是我的主场。早晨太阳一起我也起，从卧房里一路跑去山里，逗弄路边的小花，捡拾尚青的各色野果。大人们午歇时更有我闹的，院子里的葡萄架、老槐树被我折腾够呛，从这屋到那屋，翻箱倒柜找玩意儿；傍晚时，一家子在小院里吃过饭，外公听曲儿，外婆纳鞋底，我便"猴"到窗外的木梯上，把捡来的东西摆放在檐角。夏夜晚风惬意，偶有雨点飘落，我听着雨打屋檐的声音，仿佛花铃轻动，心里一片柔软。

到深夜，屋檐下的"风铃"便成了亮起的星，和皎皎的月。在那斑斑点点的碎光里，我听见外婆轻轻翻了个身，呓语里全是我的名字。

书读几品？

和小表妹逛书市，路过一家旧书摊，极有意思。摊主是个穿长衫的大叔，专门给分门别类摆放好的书立了些幡，上面写着"九品""七品"之类的字样。

小表妹不识书的品相，闹笑话地说这书怎么也做了官？为防她的失言令摊主不适，我从书的新旧程度进行解释，告诉她"十品"是十成的新书，"八品"便是八成新的书，依此类推，书总有十个品相之分，数字越小者越破旧，如"一品"书缺封、脊、页等，保存最差。

末了，小表妹选了本新书，我拿了两本六品书，两人坐在书市一角读了起来。翻着目录已缺大半的泛黄书页，我在秋天落叶的叨扰里徐徐读之，不禁想起些读书的旧事。

在我同小表妹一样的年岁时，也只爱十品的新书。无论是新学期发书，还是和父母逛书店，都会捧着装帧精美、图案清晰的新书，嗅着还未散去的油墨香，心里十分满足。对待新书，那自然是极珍惜爱护的。从前尚无如今这般精美的书皮，我们小孩子大多拿平日存下的报纸，或者年节余留的画纸、挂图等来包书，报纸包的书皮鼓囊，挂图包的书皮太"硬朗"，但都不影响读书的心情。沉浸在知识的海洋里，小心拿直尺画下好词句，再一一誊抄在漂亮的笔记本里，一本书才算读完。

但到大学时，我不再爱新书，反而热衷于寻找和收藏七八品的旧书。或者在旧书网站上，或者流连在书摊书市里，耐心比较和挑选出相同品相里更有意思的书。

何为"更有意思"的旧书？好比这六品书的扉页，总有原书主用极有年代感的钢笔字写着"××购于何处"，让人忍不住去想那人那时在什么地方买书的情形，或许有什么买书的趣事。又比如正读着书呢，忽然在旧书的某一页发现"秘密"，有时是片十年前的落叶，有时是封未送出的情信，轻轻抚触，指尖向心脏传来难以言说的小欢喜。

买过一本七五品的《菜根谭》，书是本修身养性的好书，却被原书主画满了形形色色的小人，叫人忍俊不禁。不过从第一页读到末页，"小人"犹如孙大圣修成了佛般，从顽皮暴躁变得安静沉稳。悄悄想，原主人这书读得值，连性情都大变了。

如今，案上书越发多起来，原先十成新的书成八品，八品的书降为七五品。旧书成摞，心绪却日日更新。就像从前爱新书，悟的是"认识世界"；后来爱旧书，悟的是"触摸世界"。书从新变旧，从十品读到三品，思想在跨时空的阅读里不断沉淀，也在同其他读者的"交流"里激荡出新的灵感。

巷巷里的花与月

在北疆，短巷被叫作"巷子"，长巷是"巷巷"。或许是脚下的地界儿太广太荒，人们的语言总是很生动，以凸显对有趣生活的探寻。

在巷巷里踅摸出的有趣，对我而言是花与月。

尤其是秋天的花与月。

伴随着这行字浮现出的记忆，是我年少时的秋天。彼时在村与牧场的交界，一半是辽阔无边的草场，一半是千里无差的庄稼地。整个秋天都热闹，草场要收草，庄稼地要收向日葵，收下来的草垛和向日葵籽便要晒在村间的巷巷里。这里天干气燥，连秋雾都没有，草垛和向日葵籽的浮沉就化作烟雾，也算补了秋的朦胧美。于是许多个秋日黄昏，我骑着单车往返在巷巷里。穿过巷巷去集市上买馍和菜，吃罢晚饭后又一趟趟在巷巷里巡视我家的五谷丰登。一路烟尘做伴，秋风也起，我路过一块块花圃，从黄昏驶入悬月的夜里。虽有些孤索，可少年人最享受这孤索，正好想心事呢。

看场的时光枯燥又无聊，且伴着瓜子的黑压压和草的老绿，看着压抑，我便在巷里寻亮色。先是花，夏花早都落败，却有浓妆淡抹的秋花登场，如鸡冠花的高贵紫、蜀葵花的清新粉、苜蓿草的小白花，又交错着花丛中翩翩的蝶和飞蛾，竟也有"乱花渐欲迷人眼"的绰约多姿。花儿们不惧黄昏落幕，更把夜色染成五颜六色的黑。就着黑的色彩，我望见月亮早已高照，它或圆或缺，都散着一圈茸茸的光，显得可人又温暖。月走过远处的山，拂过近处的枝头，最后落到巷巷里的围墙上，和朱红的砖墙、各色的花一起，搭成蒙太奇般的电影场景，极有非凡的意境。那时我尚不懂记录这风景，便捡起花枝作皮影，在红墙上逗弄明月，倒也成了段难忘的记忆。想了多少心事早忘了，只记得那份淡淡的忧郁。

十三四岁的秋天，悠长的巷巷、温柔贴心的月，还有落寞却依旧明亮的花，共同组成我多愁善感的少年时代。那时总有许多零碎的情绪，叫大人无暇顾及小孩子的忙收之秋成了我的最爱，而这条条巷巷是最适宜的秘密基地。

我经常骑在车上晃悠，并不认真赶路，而是思索着花和月的故事。春日无心赏的花，在秋天又重回我身边。虽然即将颓尽，可花开花落里更让我懂得"朝闻道夕死可矣"的人生哲学。原来人生可长，长过一季季的秋；也可短，不过昨天、今天、明天。花的一生是谁的写照，又是谁的祈盼？酣畅且热烈，多少人向往呢。有人更觉春花充满希望，我倒觉得希望过后总是无事发生，这平庸便成了失望。而秋花是木已成舟，一切有了终章。就如秋收多少再无改命的可能，人也就安心接受所有结果，反而更痛快地走完这一阶段的人生。

月也差不离，秋月最不张扬，却最有温情。大概是因着中秋团圆的祈愿，秋天的明月极慰人心。它如高情商的猫儿一般趴在墙头，不问我为何委屈垂泪，也不管我正落寞地等着谁，只是陪伴，长久地陪伴，将这一条巷巷照得昏黄，给人十足的安全感。纵使是家也不过如此了。明月不如日光明亮，却在深夜属于每一个悲秋的人，叫我这般多情的少年在巷巷里兀自取暖，明月之下，独我人间。

忽然想起，那时的我的忧愁里，是有一份对塞外之外的江南的追逐的，江南雨巷是我曾经一路向南的渴望。这北疆太大，却装不下我的理想。这边陲太阔，撑不起我的温婉。想要走出这总无尽头的草场，还有百亩千亩地相连的浮沉之风。于是这条条近似江南雨巷的西北巷巷，成了我的心灵寄地，或许循着五颜六色的花和永不落幕的明月，是能走到江南的吧。少年时代的我只仰望着明月之上，却从未想过脚下的广袤大地才是吾心安处的故乡。

时至今日，江南走过，大江大河去过，长街小巷也路过。兜兜转转再回故地，巷巷里的花在，明月也还在，只那份哀愁不见了，取而代之的是无尽的眷恋。原来这是十三岁时的我在巷巷尽头未看到的，另一个人生的主题。

在阑珊中斟酌秋天

待叶落尽了,树便显得瘦骨嶙峋,山也瞧着黯淡,每一片云都落寞垂泪,万物仿若共同进行一场盛大的祭奠。满眼萧瑟不无道理,谁见了生命的坠落都动容,何况秋的悲况年年复演。群花褪色,风雨日日凉,千山不成旧时风光。江海占据了所有悲郁,万物在秋天如坠深渊。

可就是这样的凄凄惨惨,于秋自身而言,它仍旧坦然,照例恪尽职守,站好自己的岗。秋的主题是阑珊,终点却不是。秋的形貌是萧瑟,内在却不是。秋天不惧万物的叛逃,反而尽己所能地助其走完最后一程,让花草树木都风光入眠,好以更有力量的姿态辞旧迎新。

秋把阑珊绘成新的斑斓。走上枯槁的山,原来层层颓意的深林别有洞天。那一树火红的映天柿,虽无了叶的裁红点翠,却叫野鸟如痴如醉,反复盘旋着不肯南去呢。鸟儿误以为是重临春日。还有数不清的枫叶红、银杏黄、野橘绿。谁道秋色淡漠,这一树树的橙黄橘绿,配上儒雅柔软的夕曛,只叫人的心田涌动暖流,终在秋意浓里滋润了干涸的期待。再来到黄昏,一场雨才落下,彩虹就迫不及待地挂上天空,半江瑟瑟红,家家小院炊烟暖,天地越发澄明,人们更加欢喜。屋檐下一串串"风铃"起舞,是滴翠的瓜果干,是沉红的红薯干,是黑得诱人的腊肉,是五颜六色的丰收和期盼。人们都忙着起笔生活的新画卷，谁也没空多愁善感。

秋把阑珊写成未完的诗。有关秋的真实面目，最是感谢刘禹锡，一句"我言秋日胜春朝"为秋天正名，别再说什么"逢秋寂寥"的论调，它没有哀思和不堪，更没有遗憾和伤怀。无法释怀的是你，而不是秋天。秋天不是结束，而是全新的开始，所以"天高任鸟飞"，天地一键重启，正供万物重蓄风骨。秋天是未完的诗，雁阵为首联，留下意蕴悠长的等候，风和白霜是漂亮的颔联、颈联，装点人间秋色；淋漓的雨是尾联，化作雪酝酿来年的春和景明。透过黑夜，可就是刺透黎明的光；走过秋天，正是冬藏春望的新风景。请不要肤浅地猜忌秋天，且去拥抱它的枯木逢春，去钦佩它的不死不休，只把愿望藏在心底，让所有可期的未来在秋日的浓香里发酵，发酵成累累的硕果。

秋风动客情，人们一趟趟上山出山，所有人前羞于启口的愿望有了出口，只盼着这一岁丰饶、下一年好景无边。

秋雨乱人心，人们在江边发泄着怅惘，又在深林重新找回自我，秋天犹如慈悲的佛，用一场场雨涤荡人心、浸润明天。

满载秋色一船，我渡人间年年。每一岁，我只盼着秋日早些到来，那便意味着辛勤躬耕的春天过去了，炽热奋发的夏天也过去了，而五谷丰登的眼下处处欢天喜地，红红火火的年即将到来，最盼团圆降临人间。待一岁一岁的秋过去，少年成白发，白发也少年，我回看一生色彩，是被时光加了滤镜的得偿所愿，再没有什么遗憾。

秋天早已为我写好圆满。

秋天也急着猫冬呢

一片片落叶在风细腻的针脚下成了软和的被,遗落在深山的花儿果儿被雨洗净藏在厚土之下。层层的霜假装沧桑,秋天才不郁郁寡欢,正迫不及待地邀约春天。

漫长的冬就成了秋天的游园。
它把深林改造成书房,破碎的叶骨写着升温的回忆;
它把后山修葺成大棚,悄悄研究下一年的新花色呢。

冬也是秋的校场。
它提前招兵买马,群花当冠,厚叶作甲,历练更郁的风;
它趁天好大练兵,岑峰如弓,积云似箭,攻下更好的山。
叫风在霜雪里锐不可当,叫山在凛寒中气势汹汹,
才好战胜无坚不摧的冬天,才能迎回江南称孤的春天。

所以别在秋天垂泪,秋程短,步步冬春月,无心抒情。

冬

冬——热烈，怦然
惨绿愁红的月
到了冬天，最喜风雪热烈
偏爱成光

壹 ❄ ——————— 愿春夏得意、秋冬得爱

愿春夏得意,秋冬得爱

冬日未尽,可这天下午,阳光斜斜地闯进窗子。合欢树上未落的旧雪闪着熠熠的光闯进我的眼里,突然就觉得两日后的新年会开出一朵一朵的花来。

新年总让人骄矜起来,
想要击中月亮的星星,想要仲夏和暖冬相恋。
把满心满眼的愿望一股脑地抛给新年,然后尝够快乐。

腊月的末日和元月的初日,从时间长度上来说其实没有什么不同。可从历法定下的那日起,新年就带着一兜张扬的偏爱,分撒给大方索要新朝欢愉的人间。

那就祝你一岁一礼,日日欢喜。愿春夏得意,秋冬得爱。

冬至阳生

我一向以为，
冬至阳生才是人间万物的最欢喜。
这日后有花和海日日生长膨胀，浪漫无敌，
这日后有初生少年甲光向日，所向披靡。

纵使月光不落雪地，夜灯落，晨星落。
纵使孤勇不敌远方，少年自是一片荣光。

冬至阳生，三江暖，万山花与海，
少年流光破晓，一腔勇一身风雪，同日月争光同万艳夺彩。

怕什么冬不休，春不来？

冬天好适合重逢和心动

今年北方雪落得好晚啊,云群挤挤散散,却始终不肯凝结。只是日出越晚,天也冷起来,可还是一想起冬天来了就欢喜,就浑身腾起茸茸的爱意。

冬天好适合讲明晃晃的爱和重逢。

雪将落未落,雾气弥散,
睁大眼睛认真看你,借口都不用便大胆地释放心动。
树枝微动,风吹跑秘密,你不必明白至此我爱你多久。

好久没见了吧,可月色依旧。
还有为你写的诗、胡乱种下的晚梅,都仍不掩饰矫情。

愿一夜雪忙,我在汹涌的人潮和你之前,假装是雪又乱了心。

不只是期待冬天啊

第一场雪落了,不够张扬,甚至低调到转瞬即逝。

这个秋天好漫长啊,似乎日落停滞了许久。不知疲倦的钟却不断向前,只是仍未带走漫天的黄叶。

并不厌倦橙赤的秋色,但更期待落雪的秋日。

可并不只是期待冬天啊,
是盼望一场足够厚的雪掩住所有的不快乐,
是想要这个城市的街巷人声鼎沸,处处腾起灯火,
也是希望快点走出这苍白又重复的时空。

冬弄斜阳晚,总会有落雪饮醉的黄昏,会有繁复的月光日日新色。

那就慢慢,等凛冬来时,有足够情绪许愿来年自在顺意。

爱在将至未至时才最出挑

日落越来越迟,迟到西海沉日东升月。落满人间的数日大雪终于在橘红夕曛里停下。

冬将不必再候望春,可我知道,凌晨零时的钟声响起,暧昧和欢喜都将在下一秒的高潮里跌落。

爱在将至未至时才最出挑,
海棠和芭蕉的逗引在雨落前最喧喧,
逆光剪影在月下相合前的心脏鼓胀到顶峰。

可翻过山与海,粉白玫瑰托起太阳的那刻,
冲击灵魂的无非是果然如此、不过如此或是竟然如此。
快乐在高音上起舞,或长或短,休止键落,余味是巨大的惶然。

二十四番花期终有时,那只好让过去记忆将来。

成为山，而不是峰

若无枝托着叶陪着，花再娇妍，也没法独自成角儿。峰是一样道理，再高耸再凌云，还得是身后高山巍峨长山壮观。峰上一点绿，青山万里路。

所以《围炉夜话》里说，气象要高旷，而不可疏狂。

谁都想冒尖，出彩，做英雄。
然云海浩荡，只望峰上便会看见海市蜃楼。
名盛非一时，若功成后断了九层台，花红便无百日。

所以要成为山，而不是孤峰突起，
疏狂是气势而非目的，高旷的气象才是立身的根本。
要经得了险峻才能更蔚然，谋得了破竹之势河山才更锦绣。
君子怀山逐山，要汹涌更要延绵，要磅礴更要恢宏。

要做山，一座鸟啼花鸣的山，一座旷日持久的山。

黄昏猎诱，爱先赴死

你斗不过爱的，正如爱总死在黄昏，
我知道的，最爱的潜台词不是白头。

人间诸景，黄昏最绝色，是万里红霞的极繁极荣，也是万丈吞光的极败极衰。上一秒酣醉下一秒震醒，看日月乱哄哄你方唱罢我登场，却在心底的云谷兜转。

赤霞流光如红帐，亦如沉疴烂疮。
爱从拂晓奔至黄昏，情绪登顶，便注定落潮。
七年之痒不该判错，是黄昏设盛宴，爱到极致便平平。

至于你我，左不过是爱的裙下客，
曾系我一生心千行泪的，早已匿于暗昧，纵白首也蹉跎。

这倒也好，爱哄人前赴后继却也身先赴死，
至于黄昏，长霞外悲欢皆可麾下——你被黄昏成就。

爱的三重奏

一定要爱吗?

我与日相和,以豪情招摇山海;我与月共影,以绝色挑引高台。为的是要光在我弦上,赠我一腔孤勇、一身戎装,去与懵恻不平的人间殊死一战。

我咽尽悲欢,终长铮铮风骨,绝不做爱的囚徒。

重新定义爱吧。

黄昏各色,花想开就开。我来人间一趟,也不必拘于覆江难戒的爱。喜欢就奔赴,不爱就再渡没有绝对标准,无须定性,更不以爱作为生的使命。

我的爱,应指第一人称主语操控下的正向情绪。

我的爱一定要最漂亮。

月亮干瘪地挂在枝上。大雾弥漫收拢,吞噬残光。零时盛开的玉兰鼓胀。花瓣张扬对峙,月影跟跄。我伐戎单骑手弯弓,救下我的月亮,一迈千丈。

不必拨冗,这场爱要鸣要高悬,不行就下一场。

相敬如宾还谈什么爱?

"你在爱里的占有欲好强哦。"

爱就是要小气啊。
彼此明目张胆地偏爱才是不同于常的朝暮,

镜里对欢,花间独欢,
我要你微醺只醉我,我要你破阵只为我。
打翻一罐黄昏,暗香乍泄,这场情愫必是独特又昭昭。

人间星河花动的魅色太多,
我爱你自然是因你恰挑引我心弦,高竹弄铃响。
若不能撒野骄矜,我弦上再酿杯歌,眉上再敛风光。

相敬如宾还谈什么爱?

爱哪有什么高低立见

你高明我筹谋,到底都是慌张地讨好。
爱哪有什么高低立见?

暧昧时的互相琢磨,
不过是大费周章地想永远停在你眼里;
浓情蜜意时的坦诚热烈,
不过是煞费心机地想被你再多爱一分;
情深转薄后的故作不在意,
不过是殚精竭虑地想要你先回眸转身。

爱或不爱,交锋必败。
我是说,谁都不是爱的赢家。
或一身蜜或一身伤,相拥的那刻便没有输赢,
至于白头偕老,只是各退一步,才有合作双赢。

所以要坦荡爱花,别爱人,花颓有再燃,人无永少年。

和爱较什么劲啊

月光穿过森林落在你身上的时候,连风都暧昧。有关爱你的片段,全都是过分甜腻。

但最后败给了什么呢?是我多爱你的百分之五,还是你不够在乎的某个眼神,记不得了。

只是这么无来由地较起劲来,直到没再重逢。

可实在想你,又实在不敢回头。凭什么啊,怎么就这样了呢?

稀巴烂的情绪在夜灯下顺着酒杯咽肚。到底是爱你重要,还是往前走重要?

值不值得放不放下,发疯设定的情境总被打破,被某个一闪而过的你。

可和爱较什么劲啊。风吹走的秘密太多,爱的终点也太不明确。

只是这一小截路回忆起来算是不错的故事,有关爱你的冬天也够气氛,这就算爱的意义了。

往后若重逢便重来,不重逢便祝你岁岁年年冬与春长。

贰 ❄ ———————— 有些爱不必见天日

你是明月，万般风流

拂晓，苦战了一夜黯色的明月依旧皎皎。

它自浓厚的晨雾中奔袭窗下，纵披红挂彩却神采奕奕，唤人重迎朝气，叫万物重新向阳。

待明月退场，流光满溢人间。

所以如你我一般久陷污淖的人生，最该学明月。

学明月多情，风雨来时豪情应战，四时平安便清婉自洽；

学明月多娇，从不臣服黑夜与坎坷，只抬望自己的春山。

这多情多娇的一生，是明月风流的谱写。

它韬光养晦，在长夜追逐热爱，替人探路远方理想；

它兢兢为谋，在黑暗运筹帷幄，替人筹谋不屈无畏；

它盛衰荣枯，都不随暗夜而动，而是自我倚仗为贵。

明月风流，在流光皎皎，在夜风澹澹。
愿你也如明月多风流，
不与旭日争阳谋，只将那玄机暗藏。

爱不会立见分晓

世间最难立见分晓事,譬如我爱你。

有人说,爱是一瞬心动,是烟花一刹,
可这不叫爱,只叫单方面的喜欢、暗涌的缱绻。
我爱你,是你也走向我的宣言,是能并肩携手的告白,
而这双向奔赴的明路,如耕耘一朵花,得颇费些功夫。

也许相爱,却辗转山河又落寞;
也许不爱,却阴差阳错守了终生。
世间最难预料,是一腔爱意之外的谁和谁。

爱让万物生,也让悲欢绽放走向终途的勇气;
爱让光明灭,也让冬春轮转着消弭于花的未完句点。
爱从朦胧中生,从混沌中死,
人在其间,最能明确的爱只有自己。
就别婉转说爱了。沉沦的是爱,不该是你。

有些爱不必见天日

又是大雪，趁着弥漫的夜色缱绻落下，伴着昏黄的夜灯脉脉起舞，从着三两的晚归人随意摇晃。

夜雪太会酝酿气氛，走着晃着，就一深一浅地踩实了心动。

由此缠绕出暧昧，悄悄溢出喜欢，最后肆意生长起爱意。

这样的爱总生于无人处，
又长于春野冬合或明夏浅秋，直到百花遍布荒野。

想起某个冬日黄昏，
你从山谷走来，闯进雪里，揽过我踏向落日余晖。
从你披一身雪笑着望来的那刻起，爱已燃起满城灯火。
后来没有星星亮起，也不必等月光，这一程心动已足够。

有些爱没见过天日，
可我着实喜欢，喜欢到时时放在心尖上偷尝后再藏起。

凭它染不染春风？

是弓矢，是峰棱，是利刃新发

世间万物太不讲道理，
岁有期限，四时有时，旁的都像点兵般分撒苦难。
有人在峭壁反复横跳，却不出个一线生机。

所以我常以此自勉：别手软，和命途拼个你死我活。
是弓矢，不断弯弓，纵不能百步穿杨，也终箭响花开；
是峰棱，不断向外，纵不能破云澄朗，至少无伤自己；
是利刃新发，平地一声雷，我以我出征怒夺偏心的日月。

生活本就狡诈，别被搓圆揉扁。
要活得傲且锋利，走得远且敏锐，站得高且睿智，
一万个心眼用来战胜冬天，而不是消耗微薄的春天。
当你执锐披坚，刀刀致命，便能招降本不属于你的花。

你的坚甲利兵，是你自己。

别为爱倒戈

你是你,不是爱的衍生,更不是谁的附庸。

常见世间怪象有三:
年少的太狂,脱口而出就是天长地久,最后各自零落;
为母的太刚,十二时辰只有殚精竭虑,最终囿此一生;
年老的太强,总要股掌之上的不断线,终将孝不成道。

归而言之,许多人为爱抛弃了自我。
无论况味与情味,人之常情先为自己,而后是他人。
若一生寄托被爱者,偏将不可控成可控,只有伤人伤己。

所以我常说爱是双向道,放生被爱也是自渡。
人间万物万情,你是最最不应辜负的,是永远迎风的自己。

我是人间野渡客,更是来去自如的爱。

不必耽溺于爱

　　这世上没有一个人会对另外一个人完全满意。离得近了，谁都没有想象中漂亮。一对恋人分开了，那一定是他们对彼此的不满意超过了爱意。
　　没有百分百的爱，可这让我更加兴奋。
　　就好像置身一场实验，命运的齿轮顺时针或反方向转动，我们彼此调适契合，共同操控着这段爱，结局未定，一切都充满了掌控的快感。
　　而我是绝对的主语。
　　在荒谷求花开，去深海捞星星。看最后是海棠与落梅共舞，还是各葬青冢。随爱荣或枯，随你走或是不走。
　　在热烈的月光下捡够了浪漫，我只允许自己越来越壮观。

爱的玄机是偏执

你以为的情脉脉是不离,
休痴,爱的玄机是偏执。
所谓白月光和朱砂痣,不过"求而不得"四字。譬如海鸥一生徘徊只为坠海的鱼,落日悲凉却始终不得谋面明月,话本里未道及的分崩离析的结尾,是半生所执。

而我爱你,只参透了偏执,
相识的雨过垂虹,还有一起走过的千回百转,
都在最终的泡影中反复写下难解之谜:我为何爱你?

我到底为何爱你,明月说失控,春雷说惊鸿,
或许没有答案,只如海棠酣醉夜风,你是我的宿命。

宿命论是爱的奥秘,
我逐于热爱,却囿于爱你,反复写着难以释怀。
就这样吧,我本人间无情客,偏一个你,偏通了情窍。

只是下辈子别再遇见。

有关爱你，遗憾封山

好在雨天里缠绵，雪落时矫情，情绪发作起来全是有关你的偏执。或许你是我最遗憾的黄昏，于是常常触目皆旧景。才知你后来在我旧城，一时间心思又活跃。

可又确实不知怎么才好，什么才算我们的结局。

我们这段爱太慌张，爱得凌乱，又结束得匆忙。

爱而无终是尤其难过的故事，我奈何不得。很想有个漂亮未来，可错过太多，往前或是后退都很难。有关爱你，任由遗憾封山。

强颜装欢不算释怀，一想起你就止不住念头。可每当我想象重逢时，便又终止幻想。不敢奢望命中没注定的事。

就当我太不勇敢吧，就当我们从没故事吧，
那就愿故里故人新故事、得爱也得意。
愿你在小城的每个黄昏都快乐，每个冬日都有愈阳。

最爱黄昏雪后夜灯起

第一场雪就这么落了一整夜，明明很冷，夜灯一照却腾起暖意。早起时雪极厚，行走都不便，可不慌不忙起来竟然快乐，有时间望望天，甚至看一只鸟起落。

冬日里慢下来的一切好招人啊，
比如不顺意的生活和随时炸裂的情绪，
但踩过层层的雪，吹散凛冽的白雾，好像都不介意了。
又比如有关你，怎么在糖罐里开始出现了不快乐，
可抖落一身雪，笨拙地拥向你时，原来你的背后是玫瑰。

最爱黄昏别后夜灯起，
人们三三两两，披着雪色月色，走进各自的故事里。
满天雪摇摇晃晃，是人间各色，也是冬日独属的浪漫。

暮雪淋落一杯月光，愿冬行不远，愿冬雪藏满春日的花。

冬是少年的江湖

　　愈险峻,愈千仞;愈荒芜,愈盛大;愈风雪,愈热烈。冬天铙吹三军阵,雪为盾,风执剑,肃杀的天地只有不折的骨担橐,荒苔隐十八载,云下横扫千万里。

　　江湖傍冬,少年渡梦云峰。

　　不变是最大的变数,
万籁俱寂的冬于少年而言,正好是招安乱云急雪的良机。
纵雪拥关山,玉骨不枯,也要叫冰河酿夏虹,寒鸦啸春蚕。
待万物齐发,少年的弓历尽江湖,最是燕钗蝉鬓封新侯。

　　年终的成败已是上年风景,<u>且应战下这一个春天</u>。
便在冬天操千曲、观千剑,便在雪后戏浪巅、奔涛山,
少年蛰伏于冬的江湖,是盏中英雄,是山外山。

　　无限冬山,少年仗剑志八方,功被岁岁春。

叁 ❄ ── 原来过分想念,雾也成故事

原来过分想念,雾也成故事

今年雪不多,雾倒挺大。才踏出家门,便觉得进入了什么神秘野林。沉郁又阴暗的雾团里,连夜灯都显得微弱,可这一切并不使我觉得压抑,反而生出一种湿漉漉的可爱来。

薄雾生愁,浓雾却惹人,似乎处处似曾相识。
有年在南方小游,彼时正愁恼,水汽雾气更闷人。可突然收到你要来的消息,瞬间惊喜地深呼吸,只觉得雾气清凛!

后来古檐青瓦满墙雾,你与清月皆绝色。
很能回味的一段时光,常着雾披月,共度不少人间。

此时浓雾又染西山月,才知原来过分想念,雾也成故事。

雪是俗常的丧被

零下四十摄氏度的冬夜古刹,又殁了一颗企图还俗的流星。
大雪封山,观礼最后一程,下一世别再惶惶。

这世间太多头筹做了陪葬,
字词没有平仄,筋骨全失沸腾,一生被测平庸,
于是苦喜无关,所有伏笔皆成废章,铺垫成他人的青山。

但我命由我,不该如此股掌交于天地。
譬如落日被列车加速驶向拂晓,明月可胜过黄昏,
又如冰河被冬风暗涌春流,雪让枯松描写成惊鸿。
人生的第一个主题是接受平庸,然后是挑战和迎战。

雪是俗常的丧被,我是平庸的悖论,
红白喜交错,冬春月相连,这才是野渡人间的周旋。

冰凌剔骨,我走向星星点灯的黎明,
群花称臣,岑雨列阵,共为我的枯冬布置盛大惊鸣的春。

列车载满了勇士

　　飞鸟停留在写满乡愁的经纬，浓赤的落日终究没能再陪我一天，车窗外的风一寸寸作别远方，我在明月的召唤下飞速离开，眼尾的水汽转瞬凝成坚不可摧的雪。

　　列车载满了勇士，被凡俗杀不死的勇士。

生如雪粒，列车是人生之途，
平庸被传递，傲骨被泯灭，月光被吞噬。
可无人弃甲脱轨，碾碎了风雪，咽下了规训，
只是义无反顾地坚信前方是光，是春雨，是新的叛骨。

并非轰鸣才算殊名，也非呼啸才是傲然，
逆了水的舟，登了山的花，破了夜的灯，都算伟大的斗争。
看见世界，看透人生，看破悲欢和我，都算酣畅的胜仗。

　　列车载满了勇士，只要没有提前下车，你就是赢家。

冬问春祺，即颂岁禧

连下了三日大雪，我日日趁雪最旺时外出。夜灯在白日假借灯笼装点浪漫，急而迅猛的飞雪扑进眼里，好像是急着把最后的冬末愿景分撒世人。

再不过几日，迎春花都要开了，
终是不能在弥漫的夜雪里偷诉心事和过往。

一朝一夕，一岁一人间，有些冬雪不敌春风，
可直到新年，纷纷落雪才盛装起舞，赶着岁暮礼成问春祺。
才知不必留恋凛冬，雪还是花，树树皆新岁夜月迎新程。

可怜冬暮寥落悲空舍，不知好风花期二十四，
九十一更长安雪尽时，且看三春千里尽风流。

爱应释怀而非戒断

夜色刚来,楼市还喧嚣着。泛着橙黄的灯映着斜斜的雪,悄悄抚平一城的悲欢,却又在雪夜生出另一种愁绪。隔着窗子看夜灯吹落雪,不免想起生命中的一些人。

想起曾经为了忘记某个人,使用各种方式逼自己戒断。

可某一天,坐在海边,听着潮声和不知哪里传来的风笛声,突然就泪流不止。回忆随着海浪不断翻涌,像三川花尽,像青鸟坠崖。

原来偏执的后果是反噬,是作茧自缚,是何苦自毙。

苏轼道:"不思量,自难忘。"
曾爱你于二月春生,于七月雨落垂虹,于十二月花雪满身。
这一程,前路是海棠睡去梨花梦,往后是十里清荷雨乍晴。

又何必抽刀断水,过路劈桥?

爱是一场双向狩猎

某年秋冬,我们暧昧正浓。

暑气未散尽的秋风从拢起的枝叶里蒸腾下来,在我紧盯住你的第三秒,你终于笑着回望过来。怎么会有人的眼睛笑起来这么要人命,那是我们第一次见。

后来很长的一段时间,当枝头朦胧的太阳光准确地洒下,朗朗的青天白日晕起了玫瑰黄的月亮,对于我而言,这就是你。

为了这玫瑰黄热烈起来,我煞费苦心。

黄昏扰人的雨幕,我沾染一身水汽闯进你的怀里。萧瑟的凌晨五点钟,我在南山的红枫下等你看未消退的清月。坐在第一场雪落里,我溢起满眼的泪向你问未来。

终于,在冬至雪满长街的午后,你成功被我诱捕。

又是一年落梅雪乱,一夜林花,一半冬休。

暧昧尽散爱转浓,我那时以为冬候望春、夏迎桂秋就是我们往后的岁岁年年了。

可直到某个晌午,你突然地抽身而退,决绝地走进漫天弥漫的风雪里。我才发现,你许久没笑过了。当初夺我心动的那种笑,在你的眼里许久没出现过了。

原来,我才是猎物。

愿你一生自在

少女这一生总是充满委屈,
雨打芭蕉,熠熠又潇潇,命运轮转,
就连快乐都过于简短粗暴,谁在操控浑浑噩噩的一生。

想要烟火绽放永远定格住漂亮,
四月海棠初生亦永生,迟暮七十仍灼灼。
但愿独属少女的人间自在,处处是晴朗白昼。
纵使行至暗处,日光不落星光落,月光不来夜灯来。

可少女无翼无羽,四面楚歌,
唯有以血为刃,赤手空拳生出冲天的本事。
一万粒微尘爆炸重聚,所向披靡方可祛除迷障。

或许风雨杳如年,
可半江凛水一城花,春会来,来必只此青绿。
一山春色一帘雨,东风夜月垂虹时,应念你。

有些爱不必问因果

年少最爱说永远,好像这话力重千钧,说了便亘古如春。
直至经过几场冬,和谁交错着诀别又寡淡地释怀,才知羁绊一生的只有自己,而所谓的刻骨铭心,早就云淡风轻。

所以说,别在爱的课题里反复求证,
无论怎样的开端,都计算不出永远的终点站。

但正如花要向阳开,爱在失控的月色里不断发生,
那就莽撞地爱吧,像久旱逢雨的河床,畅快地奔涌。
管它雨怎么来,随那决堤后的归途是海或者山,爱意浓墨重彩,你是疯长的玫瑰,只需在拂晓迎接一场盛大日出。

纵使山河隆冬忽至,漫天的雪埋葬许多秘密,
这场不求因果的爱早就够本,你于云巅身着戎装,再主春的归期。

要爱就要爱得霁月光风

花得宠才娇妍,月得怜才皎洁。再空阔的幽谷也难光彩照人,所以得热烈得赤诚,才能爱得霁月光风。

最难堪的爱是一方恣意山海,
而另一人小心追逐,却自以为是长情的陪伴。
这世间多的是七年之痒,你若成日无光,便终被爱背叛。

所以要在爱里张扬,甚至无所顾忌。
你是序列第一,接着才是爱,莽撞为前程,而后去爱人。
要知弄潮的是你,被裹挟着的才是爱,你要成为爱的序篇。

当你明鲜,爱便如锦上添花,让你越发流光溢彩;
当你傲然,爱便在裾下臣服,拥你更赴远大前程。

愿为爱举杯时,你是座上最春风。

你无意救赎,这也算一场爱

在暗处久了,光就代表着贪婪和永生。

你走向我的第一步,便以为是救赎之神眷顾。独属我的纪年归零重启,像是某颗愚笨的星星一朝击中月亮,坠落进我的怀里。

捧着这烫人的巨大光源,惶恐却痴贪的心思全都暴露。
野蛮地摘来生刺的玫瑰,用偎血的心脏豢养这毛茸茸的爱,
然后献祭、独噬、逢山劈山,与全世界异己为敌。
使尽各种阴谋阳谋多端的心思,周旋许久,以为得一余生。

却在某个不起眼的晨晓,
日光归拢月光,湿漉漉的夜晚在人间原形毕露。
康庄大道上,你无辜无罪无过,只是心善借来月亮石照拂路人。

怪我生于暗处,初经日月,
终是一岁阳生岁岁春,往后大可日日山海挽夕落,也算是一场爱。

爱也逃不过日复一日

我好像没有那么爱你了,
有天傍晚,突然慌张很久没有因你心动。

爱是云巅的浪漫美学,
可我们在日日褪色的寡淡里,缠绵的情绪越来越没法对焦。

后来设想以后没有你,
想象晃着脑袋吃冰的夏日黄昏,迎着风用力奔跑的拂晓。
夕阳反复落下,我望着镜头外的空荡,好像还是得有你。

好吧,我爱你,可再爱也逃不过日复一日。
像长河落日,光破碎又摇晃着不见,又迎来新的日落,
但没法日日盛放也是爱,从今玫瑰换风信,左不过人间。

肆　❄　────────　为冬日写满零下的诗

冬天的破碎感

　　推窗的瞬间，楼下的小红山楂树倏地作响，眼随着麻雀跳跃的方向俯望，原来攀附了一夜的雪正从它身上坠落。此刻阳光正好，照出一地的亮晶晶，我却在那一摊将化的雪上看出悲戚。它可怜又委屈，天真又笨拙，到哪儿都没能长留树的爱意。

　　雪总让冬天有种被放逐在世界边角的破碎感。

　　月光积了一地，是热烈碰撞清冷的强烈心悸。可雪落在夜灯下，只有随着被拉长的影左右徘徊，像始终走不出爱河的潦草小狗。林荫小道的雪总和风起舞，明明也有悲壮的风骨，转瞬间却为飞鸟让路，最终被乱七八糟地揉碎在黄昏里。

　　冬雪无垠，却总给人方寸之感。一片叶摇摇欲坠，快要兜不住假装娇小的雪花，多想送它登高处，多想帮它冰封玫瑰，却不能毁了它的小小天地，只有在这方寸里同冬雪一起漂泊。大概每片雪花都有一只舟，随漫天落白的长河奔涌，过那无人到访的另一个悲喜之境。

最喜欢走在小巷里，拥抱夕落时分的碎雪。月归处在枝头，风有夜灯抚慰，偏偏它无处可依地凋零，却又昂着头望向灯火摇摇的屋檐，像渴望远去但强忍着泪水的留守小孩。

所以我常说凛冬送暖，用一种说不清是拧巴还是无辜的破碎感，拼命调动人的感官情绪。心动便情动，最后被冬雪搅动出一腔沸腾血液，流连在它被放逐的街角。

未得花气袭人，也有密实的雪知昼暖。

春花张扬，夏花得意，雪花破败却惹人疼惜。

我愿为冬日写满絮叨的诗行，此情无关风月，只是偏爱。

别和爱唱反调

执迷不悟是爱的最大禁忌。
说的就是：该爱的遗憾错过，不该爱的拼命挽留。

东山长西山短，没有人不坠过爱河。
折不得花，去路过花也是好的。远望月潮起也算故事。

不爱很容易分辨，不能辨的不过是心不甘。
远山逐日，再拼命太阳也要落下，再跑下去只有你伤心。
山那么多，或许合心意的不多，但是愿与你同行的一定有。

所以啊，情深情薄由命也由你，别丢了爱也别委屈了自己，
就像西窗悬月不悬心，你也是。

冬

愿冬日的沮丧都在春天长出花朵

最中意干冷的冬日，太阳苍白又刺眼，几棵树枝丫静默，偶尔有一只鸟飞过，更衬得灰白的建筑肃穆。一切都沉默严肃，却刚好沉溺在庄重的心事里。

零落的情绪忽远忽近，
有关年少的硕大梦想，也有关远方的雾气重重。
有关于你，有关谋划许久的一场重逢，也有关诀别。

虽然常常陷入七零八落的回忆，
心却静得不像话，因为那并非自我追责，也并非偏执，
只是想想这不够顺意的片段，在这冬日做一场了结。
似乎不如意的日子都会在冬天被告别，被赋予新的期待。

愿冬无凛风，冬有斜阳；
愿每个沮丧都在春天长出花朵。

爱是任你点缀的荒山

雪后到处都明亮,连冬日里颓枯的老树也焕发出光。枝干上厚厚的雪,看起来摇摇欲坠也毫不在意。树向来如此,花开便开,叶落便落,沉默着走向一个又一个终点。

似乎爱也是这般,春来繁茂,冬日冷肃。
像缄默不言的荒山,任人点缀,又随谁黯淡。

人常说爱叫人失控,可在这场情感交锋里,爱不过是无辜的月色。
为爱拉扯也好,为爱失色也罢,爱的第一人称是你。

你与黄昏种花海,月色才缠绵。
山南落霞客,山北共渡人,一山百色才叫会爱。

我看青山,青山看我,纵使山荒落白黄昏短,又何妨?

新年是具体的花开

春风拂野漫山翠，万绿中的野红徐徐盛放。春雨润泽满枝红，桃杏樱梨在烟雨里纷纷含苞。自此花开斑斓风姿万万，逐一描写属于每个人的新一年。

新年是具体的花开，而你是任何一朵想成为的花。
你可以千姿万态，也可以循守旧章；
你可以姹紫嫣红，也可以四时青苍；
你可以眷红偎翠，也可以匹马单枪。
你的盛衰荣枯无关尘俗，只有关自己；
你的明灭悲欢不界人生，只定义自己。
你这朵花啊，要骄矜要热烈，更要自由和不受限；
你这朵花啊，要得意要旷达，更要自洽和无拘束。

新岁新景，春和春愿，愿你这朵花：
不乖不徘徊，蹊径缓缓开。
也愿你花繁则盛宴人生，花落则盛宴自己。

新年流淌在春天里

除夕夜的零时,四海刚刚欢腾过,忽见星星连成了河,璀璨烟火拉长了昼,举起的杯盏中也落满了不灭的光。窗外枝丫脆响,雪花涌动成眷红偎翠,春天也随之到了。

春天蓬勃了新岁,新年流淌在春天里,
春水自北向南,越奔腾越沸腾。
漠北的冰河渐渐暄和,许多鱼儿衔春悬舞,
及帆至江南,枕河而生诸多青霭翠雨,共邀一城花开。

花在风的暗波里疾涌南北三万里。
三月的烟雨杏花层层蔓染,诱着四月骄矜半羞的山桃。
待川泽红遍枝头粉面,新年早被装点成流光溢彩的诗。

便春诗一阕,山海启序繁花开场,愿新年欣欣向荣;
便梦想执笔,春雨点墨春风送信,愿新岁蒸蒸日上。

上一年的热爱,新一年的花开,
春山粼粼花成海,愿你明朝最澎湃。

为冬日写满零下的诗

衣服穿得单薄,顶着细密的雪,一路小跑着。雪是躲不过了,可心里高兴起来,仰头看雪落进眼睛里,听树枝被雪压得摇摇欲坠,总觉得冬天好浪漫。

走过很多城市的冬天,其实大同小异,可就是喜欢。

有年在北方偏南的小城里,下午四五点太阳便已落下。夜色裹着雾气,路灯昏黄,冰雪零碎,很难形容那样的冬夜。忘了哪个节日,街上有很多玫瑰,雪一落,玫瑰更显得魅惑,实在令人叫绝。

西北的冬天最粗犷,像戎马踏山,不多时天地皆白。不需要黄昏过渡,落雪的夜晚也格外敞亮。眯起眼,随意望向某个远方,长空浩野,手边恨不能有红炉绿蚁,醉死在冬天。

冬本纯粹,却也因雪而张扬。

山海万川,人形百般,无一能躲得住雪。就连拂晓的朝阳、招人的月色也抵挡不住那如潮如狂的雪。冬天的浪漫,一半来自热烈的雪,一半来自因雪而盛放的情绪。

冬日无花,却山河烂漫;冬无衍阳,却云月洒脱。

一川冬雪一江春,我愿在冬日吟游,写满零下的诗。

你也可以不往前冲

今年冬天真冷,没下几夜雪,却到处寒风凛凛。十米开外雾茫茫的,路两边的树枝拢着,好像一头闯进去,就有一个奇幻又漂亮的世界。

然而走进去,什么也没有。再往前冲,也还是一样。

后来停下,举起手机拍照记录,准备转身离开。

可此时,我望着镜头里的前方,恍然大悟。

这团漂亮的雾气旁边便是极宽敞的大路,往上看是逐渐澄澈的云朵,脚下是结满了冰花的石块。这魅惑人心的雾气不过是这幅画卷的一小部分,是正前方的一个选项,是个让人晃神好久的思考题:一定要往前冲吗?

当然不是,一往无前,并不是孤注一掷。

前方一定有光,但你也可以不往前冲。你可以翻山越海,也可以绕山而行;你可以逢山劈山,也可以遇山而止;你可以破釜沉舟,也可以坐山观月。

不是非得去摘山那边的月亮,你有一千种方式去看月亮,也可以点满夜灯和玫瑰,自己变成光。

我是说,你蓄满一身的光和勇气,慢慢走就可以。

时雪意长，顺颂春繁

每年冬至都会下雪，也都得吃饺子。有人立冬也吃，而我只在冬至吃。今天的雪不重也不狂，寂寞地落着，很有江南春雨一般的缱绻意思。

北方的冬天很少称得上温柔，向来凛冽又敞亮。

但在冬至时，总会生出点情长情短来。或许是因为思乡思故人，也或许因为岁尾将至。

说起故人，也的确有故事。那些年冒着风雪去抢一盘饺子，在某条小巷漫无目的地走，好像说过许多关于永远的话吧。那时年少，对那些事深信不疑，如今通透了，却又变得难以释怀。

又要过新年了，时钟在倒数。可回头看，这一年既没有事事如意，也没有常乐常安。有时很是怅惘，可时钟不会逆转，只能用愿望装满行囊，继续往前走了。

还是要满怀希望的。

那以时雪为愿，愿你万事顺安，也愿我们来岁茂繁。

村庄的灯与雪

　　雪于村庄而言，越是日日漫天飞舞才越热闹，越冷才越有滋味。人都猫着冬呢，那么长的夜足够补补春夏没工夫做的梦，好好唠唠年岁里的故人新事。家家都在小院的门廊上悬着一盏灯，虽没月亮招眼，却更有温度，让人在独属于乡村的雪色里亲近亲近自己，也学学城里人休闲的风雅。

　　早起，一只雀儿站在院里的桩子上不住叨咕，被扰醒的小孩往外一瞧，也顾不得它了。呵，又是厚得能埋人的雪！

　　不等灶房的炊烟起舞，孩子们已在屋后山头闹了个快活，那长青的竹林白了头，转瞬间又被闹腾得重回了年少。家家门前也欢快起来，大人们一边铲出条雪道，一边隔着老远互相说着乡村特有的早安，道着瑞雪兆丰年的好盼头。雪是土地的被，是来年庄稼的梦，更是村庄一年又一年的美事。

　　冬日宴，人一见着雪就高兴，一高兴就要热热闹闹地好吃一顿。那并非什么大宴，不过是七大姑八大姨凑起来包锅饺子，老人们围着腾红的铁炉炕些小饼，或者有雅兴地细细煨一瓦罐鸡汤鱼汤。不多会儿烟囱里的烟密起来，往天上和那白云唠嗑去了。铺着厚雪的屋梁底下，一人一碗饭吸溜得直响，大冬天里吃得鼻子冒汗，都喊着这才叫舌尖上的美味。

　　不知是从什么时候起，外头又飘起雪花，又密又轻巧，轻轻笼到村庄里每个人心上，暖得发甜。屋子里光线也暗了，有人拧亮了里外的灯，还不见着黄昏日落，就又要迎接熠熠闪光的雪夜了。等月光也落了雪地，夜灯开始低声吟诵雪的诗行，柔软的臂膀拥村庄入怀，又讲起漫长冬夜里的旧故事。

门开合几次，雪趁人睡后又大了起来。朝朝暮暮，岁岁年年，在这样弥漫着纷飞大雪的冬夜梦里，谁还想什么远方。

密雪与灯长，经年守故乡。

只有我留在冬天

每到隆冬，原本麻木到枯涸的心就又重新潮湿，落一场雪，就被回忆鞭打一次。爱在冬日，诀别也是。

你曾是我寒冬里春的余温，是夜灯下缱绻的落白，却亲手涂抹所有的花开，带着清零的记忆转身而去。

后来我只身对雪，迷走荒冬。

谁都知道爱没有永远，我也从不迷信未来，只是一程有一程的故事，足够珍重便无所谓明天。可七年辗转，所有的幻想竟被糅杂成了情深的把戏，果然爱是世间最无耻的渡客。当我也夸张地演绎着悲喜和不舍，我就知道无法再爱你。

所谓的难以释怀，就是一遍遍咂摸蚀骨的疼痛。这使我过分怀念那年冬日，你立于风雪里的身影，还有被雪花轻惹不断颤抖着的眼睫下，那双肯爱我的眼。可我爱的不只是你。我知道，那是爱，不是你。那些冬日，我甚至不愿春天染指。

只是遗憾没有好好道别。后来有关于你的梦境，无一例外是相拥挥手，只是祝你来日壮阔的话再也不能出口。所以用旧的故事罚我，罚我永远留在浪漫却空无的冬日。

若一切从头，我一定认真走向春天，无论爱或不爱。

而你，愿你冬无旧事绊心弦。

伍 ❄ ———————— 愿新年胜旧年

和冬风跳一支舞

北风呼啸了一夜，到晨起时还张狂地卷起漫天的雪，一声一声扑打得树枝乱颤。就连野猫也揣起四爪，缩在谁家的厚帘子底下。

天地间像被这风"糟蹋"了，到处呈现出一股潦草感。瞧这地上被踢踏的雪，再抬头看云上昏沉的半个太阳，一时间叫人辨不清天上和人间。人呢，也都包裹得仅剩个眼睛，棉口罩里不时呼出热气，却转瞬凝成冰雾，再配上低头走路的样子，叫人怀疑大概走进了哪个末世。

可就在这时，十来米开外的前方有一抹旋转的粉红。睁眼细望，竟是一个七八岁的女孩在跳舞！只见她踮起脚尖，随着风的方向用力转身，颈上鹅黄的围巾扬起来了，腰间粉蓝的手套飞起来了，脚下掀起一片银尘，而后稳当立地。逆着人群的方向，她伸开双臂，像在拥抱风雪，也像是一场漂亮的谢幕。

心情一霎明亮起来，我索性也慢跑起来，嗅着风雪里的寒气，任凭脚下的落雪飞扑到脸上。此时再看天地，哪还昏沉沉呢？原来如此清亮；又看路两旁的冬树，哪还委委屈屈呢，原来如此疏狂意气。

看这白杨，平日里怪正经的，一身白衣包裹不屈风骨，却在风里像个不羁少年。它高昂起脖颈，叫风吹起刘海，似要横跨马上，上演一出鲜衣怒马的好景致；它畅快地扭身旋转，叫风搂紧腰肢，似跳起双人探戈，一步一回头，恣意得很。

瞧这青松，一贯矜骄冷艳，平常谁都不入它的眼。此刻呢，它眯起眼睛，由着风吹遍周身，轻轻抖落一身霜雪，仿若被吻醒的王子，徐徐舞动在风姑娘的怀抱，真是浪漫。又像是高山上白鹤忘记的仙人，青松收到风的邀约，眼下也入了凡世，挥动起洁白拂尘，写就风的赞诗。

可爱的风叫我彻底放下偏见，更是心生出许多感悟。自古文人们有爱风的，如"好风凭借力，送我上青云"的大力夸赞，把这风说得像平步青云的好帮手似的；当然也有厌风的，如"最是秋风管闲事，红他枫叶白人头"，清代赵翼大诗人嫌弃秋风染白头呢。但要我说，风只是风，美丑好赖关键在于人的眼光。你看风如柳，它便婀娜多姿；你看风如狮吼，它便处处与你作对。

人生正如不断上山下山，陪伴你的未必时时有花开，却一定有风存在。登山时苦和累，有风替你拂去汗水；半山腰前路迷惘，有风悄悄替你拨雾见云；临到终点疲惫和委顿，有风呼呼入耳，为你的最后一程路鼓劲呐喊；及至山巅，或许无人感同身受你的不易，却有风为你欢呼鼓掌。纵使不情愿地下山，风也柔柔相送，低声絮叨着"下程山路加油"的暖语，着实令人熨帖。

心事和思悟在风里兜兜转转，最终落定在前进的脚下，我抬头仰望束我生计的高楼，陡然生出"危楼高百尺，手可摘星辰"的壮志。

谁也不知，我在寒冬的早晨，同风跳了一支舞。

雪的风骨

作为冬之信使,雪不如春花明艳,也比不过夏雨张扬,更不似那秋叶日日唱着的离别歌。

但雪却有着独一份的风骨。

在拂晓静寂登场,雪色昭昭,接替旭日东升的豪情。谁说水瘦山寒,你看远山如老将般横戈跃马,一袭白氅翻卷着碧空,一身无边无涯的傲骨,直叫空寂天地也生出千万尺理想。而松林微动,大山深处素白的雪幕点染冬的色彩,是饱满的青,是热烈的橙,是三九寒天无法释放的热烈。

在黄昏热烈起舞,在缱绻雪色中等待夜灯斜照的柔情。谁说日暮苍远,枝断无情,你看小巷深处满腹心事的少年,单薄的脊梁上承着厚重的诗,每一步都是所向披靡的未来。而长街尽头的屋檐下,雪窗里轻烟如火,正张望着窗外被夜灯拉长的影,一起奏响冬的间奏,是长笛的悠扬,是琵琶的温软,是大雪纷飞里无可比拟的暖意。

在深夜仗剑天涯,雪色悄悄生长出春天的浪漫。谁说残雪夜寒,你看明月像是发号施令的王,眉眼里暗藏江山可待的光,只等卧薪尝胆后惊艳天下。而星河滚滚,长风拂过冰河寸土,每一粒雪花都在无人的冬夜唱着春的赞歌,是欢快的开门红,是充满希望的万紫千红,是漫漫长冬尽头的守望。

可爱冬景似春华，全凭雪精神。

再别嫌冬的孤冷，当你走进大雪宽广有力、安稳坚实的怀抱，春天就已悄悄被酝酿了。

好景在望

冬天必得有一日接一日的大雪，扑棱着盖住天地，有些滋味便显得浓烈。好比秋日枯枝上遗剩下来的小红山楂，它逗着喜鹊，人却乐得什么似的。只是今年的雪实在不够意思，让人等了又等，它才徐徐登场。只有真的大雪封山时，街头巷尾便不再鼎沸，交错的身影并非久别重逢，才在冷寂的方寸屋檐下，抓住半缕月光为自己祝愿些新的盼头。

所以我从不祝自己光风霁月，只说好景在望。

因为春风会来，明朗的日子总会熠熠闪光，光风霁月不是难事，更不是需要常常挂在嘴上的姿态。飞鸟衔着命运的齿轮，每越过一座山，就有一座山的新天地。无论是什么，它都是人生独特经纬中的最优航线。灯塔常燃，靠近前方的每一步都足够壮观。

我不说光风霁月，意思也是不许自己对每个当下发表什么评论，也无须时刻去分辨它是有一点糟糕还是五彩纷呈。上山的身量挺拔，周身风景便嚣张，下山也是一样，单薄的脊梁落满厚重的诗，草木风雪都将是我笔下的最最不寻常。所谓人生况味，鲜衣怒马是，苦旅也是。

在雪漫天地的参差中守望春天，只愿日子永远有饱满又热烈的盼头。愿我横戈跃马，身后是腾起的星月，前路是悄悄生长的万紫千红。愿我时刻准备着迎接美好发生，却又不必过度准备下一秒的故事。愿我相信未来拥有无限的月光，也不为暂不明朗的明天焦虑。铆着劲儿，别停下，良辰美景悬在窗外，是充满力量的春花凌寒开。

愿每一天好景在望，每飞过一片海，便有新的目标去追逐。纵使海面波澜，让人在一望无际里茫然，也要循着自己的轨道坚定出发，仔细听远处的山风招摇，抬头看云下多绝色，总有牵引自己奔赴下一山海的星火。别止步，光风霁月犹如车窗风景，总会成为潮湿的过往；朝前走，九天揽月的壮志在心，我就是永不落幕的明月。

在跌宕的雪后黄昏漫酿冬日，春山壮阔时，好景如醉。

雪是春的戏台

漫雪寒冰，冰河暗涌，涌匿春潮。

雪如戏台，台廓月明，明春暗藏。

雪造九层之台，春在层云之外。你瞧那旷远素白的天地，是漫无边际的余白，雪渐渐拉开缟素悲壮的帷幕，在漫长朝暮里等谁登台。春在台下苦练十年功力，让春风更骀荡，让春花更繁茂，共组武艺高强的班底，才对得住大雪挥戈的戏台。

雪酿春戏之台，春角终于徐徐登场。无论春海棠还是春玉兰，花语都绕不开好景在望的句词。可雪呢，它也该有花语，是江湖刀光剑影的武戏，是少女怀春少年别冬的折子戏，更是春色斑斓前的默戏。大雪幻化百出大戏，提前排练明媚风景，只等春风徐来，让每一朵野花都有恰到好处的站位。

雪喻人生之台，唯愿春如许。雪的戏台在深山，便是少年十年筹谋盛放的前奏；在江河，便是青年摆渡迷茫乘风破浪的波潮；在屋檐，便是风雪夜归万家灯火的绕梁暖意。人生长路百亭亭，一夜雪便是一程路，一幕雪便是一台戏，谁也不能场。只在大雪里磨刀剑，愿得春光下纵驰山海。

又是岁尾，祝你在雪的戏台搭筑心愿，随着春热烈出场。

祝你多沾风雪战春朝

漫天野雪像裹水的棉朵簌簌坠落,泛着暗夜幽光的铲雪车张大嘴巴吞没坚冰,轰鸣的雪幕让人分辨不清日落是否又晚了一分钟。黄昏在雪色里留白荒山,我穿过独木成林的风,心想,雪不该赖在林梢和大道上,该落在我肩上,化成春的戎装,多给我积攒些迈向新一年的力量。

又是隆冬岁末,又该自我终结零碎的旧朝暮。

当新的钟声响起,飞鸟纷纷旋舞于天地间。无论这一年有多少遗憾与未完,人在这瞬总像重新沸腾的野火,在大雪里疯狂生长,等待春的流光溢彩。但欢腾过后谁都知道,未完仍在待你,遗憾总得有释怀的落脚,春的土壤还需更多傲骨。

所以我总愿雪花多拂过脊梁,触碰它寒冰之下的火种。

冬藏万物生,雪酿百花繁。谁都懂苦难后景和春明的道理,只是所向披靡总得些无人能敌的孤勇。雪是我这一年悲欢掺半的保护色,愈纯粹愈热烈,愈天真愈疏狂。什么小遗憾半终途,都在层层厚雪里重新发芽。怕什么祥瑞里糅杂不圆满?生小满胜万全,当冰河暗涌,万事皆如春花欲燃。

只有风雪落肩头,才知况味几层楼。

年少的诗成风雪利刃,今朝远方在雪道里刺破拂晓。

纵不能多留隆冬在方寸,那就在黎明黄昏反复出走,去经受人生百里的风雪。风一更雪一更，颓败与好胜的情绪总在冬尽春来时爆发，给你意想不到的花开。雪总会停，花总会来，我只是希望，你被旧年的风雪历练得更加战无不胜。

一年是一年风景，朝暮有日月更迭。你在寻常是感悟不到半分岁月枯老的，只有隆冬深雪下，沸腾的血液碰触零度之下的花朵，才像高山上落魄游侠被打通任督二脉般，明白该以怎样的姿态走出冰天雪地的苦难，去拥抱春风。

所以我希望你别急着狂欢旧年的落幕，再和风雪缱绻一阵，看它的傲骨胜月光，学它的蓬勃向春生。

祝你穿风御雪渡春舟，祝你多沾风雪战春朝。

祝旧年掩于漫天冰雪，在新岁奔涌滔滔春水。

祝风雪中戎装更鲜艳，在驰荡春山挥戈云巅。

有关冬天之后的故事

炉火在大雪里咕嘟嘟地冒泡,飞鸟在枝头巴望着海棠花开,月光顺着老树的脊梁拂落沸腾的血管,我按捺住风的狂舞,终于可以大方告别旧年岁里的方寸悲喜,朝新一年的愿望走去。

而有关冬天之后的故事,我把愿望依时令分作两截,一半是春生夏望,一半是秋酿冬藏。四时接续的背后是春夏得意,如少年昭昭;是秋冬得爱,如年少不藏心动。

春风吹野,夏木繁茂,一切都是那么声势赫奕。

所以要学花骨,无论海棠的媚骨不可一世还是杏花惹雨的骄矜,就连小道边野花的虚妄张狂,都要当作攀山路上的标杆。新的一年,最怕局囿和重蹈覆辙,不妨跳脱循规守矩的大道,去别处风景里寻灵感,嫁接花骨精神,重续少年骨血,管它荆途风雨,偏在一往无前里预见未来。

还要学山骨嶙嶙,以壁立九仞之势,以凌云藏野之态,向世人庄重宣言:我这座山,筋脉骨骼只认孤勇二字。任春火燎原,夏雨颓塬,越坎坷越坦荡,越惶惶越嚣张。少年就该凌云御风,一身戎装驰骋天地,哪里有尘俗的荒唐,哪里就有攻无不克的血性。那就此宣战,让新一年蓄势待发。

春如弓矢,夏雨弯指,箭箭在我心弦,盛放着得意花朵。

而情绪零碎的秋,就替我书写爱的开端吧。巷尾拖沓的落叶，屋檐下伴作懵懂的明月，还有古刹悠长透着悲戚的钟声，都让我在过往里寻得你的踪迹。到底是人不如故，若经声足够虔诚，我想故事或许可以承续。假如爱再重来，你将是我此生再不落幕的明月。但若错过，愿你岁岁爱意芬芳。

冬宜密雪，也宜心动。总有一缕月光、一盏夜灯，在黄昏巷尾久久伫立，等你在涌动的人潮里回眸心悸。于我而言，爱兜兜转转，故事不断上演，所有情节都大同小异，左不过多了一个年少的你。而今再没那般热烈，可我却常沉沦于旧风景，好像交错的身影仍在眼下，而你弯着眼眸，倒影里依然只有我。

想着想着就不释怀了，我这无常的人生，有段遗憾的常态也挺好。

就让秋如牵丝，冬补春山，等缠绵花开，爱总有落脚之处。

愿春夏得意，在尘俗里拼一份不畏悲欢的自在。

愿秋冬得爱，在爱别中寻一处自渡重塑的归途。

花开接踵爱意，愿我新年里诸事成欢，在云巅上回望故人来。

愿新岁太阳朗照，云野昭昭

　　日历扯下最后一页，认真倒数凌晨的最后一秒钟。月亮换了新衣，暖黄可爱得要命。就连雪也卡着点洒落，默默庆贺起新年。愿望想了很多，还是这句最实在：愿新年胜旧年。

　　过去一年实在不够洒脱，遗憾遍地都是。

　　去岁初的愿望，拖拉到年底方才草率收尾。没什么可怨的，怪天色晚，还是怪日子短？这太没担当。不漂亮就是不漂亮，再有执念也不能重来，好在新年有从头来过的本事。

　　我是没仪式感也不浪漫的人，但新年总让人心起波澜。满街人潮、封冻的玫瑰，不管愿不愿意，全都涌入下个时空。一切未可知，就充满希望和期待。

　　迷茫地收脚，焦虑地褪色，如枯木逢春重燃斗志。

　　我很中意冬天，中意它的漫长又安静。但也会像小鸟听见花开一样，过了年，就开始眼巴巴望着春天。一股脑的愿望种子撒下，总能长出想要的花。新岁新生的力量太强大了。

　　新年啦，花开啦，小孩要高兴，大人要万事顺安。

　　把我的愿望匀给你，愿新岁太阳朗照，云野昭昭，再无禁忌。

新年总会是旧年

　　转眼就是新一年的第二天，没有落雪，街上也不热闹，日子又平平常常。望着窗外干瘪的树，回忆起它去年落花的样子，又想象它在春天是怎样发芽开花。

　　就这么愣怔起来，沉浸在时间和年岁的命脉里。

　　日子好像总是飞快，从不让人喘息。还在万般留恋十年前的冬天，那时雪也不大，可一闹就是整个下午。有时觉得一切和从前没什么分别，可怎么一晃眼就十年了呢？

　　这十年里遇见了谁，忘掉了谁，又偏偏还挂念着谁。情绪慢慢波澜不惊，再怎样盛大的过往最终都葬于荒山。

　　也有过想要时间加速的念头，比如这几年反反复复的折磨，又或者某些熬不下去的瞬间，可最终还是都熬过来了。再回头看，好像并没有庆幸和欢喜，只是无尽的怅惘。

　　年少时祈望远方，如今就在远方，却开始想念从前。

　　这就是人生吧，一本新年总会是旧年的书，我想我们还是慢点翻页，就像电影的末尾只有剧终，没有从头开始。

　　那就继续往前走吧，继续翻山过海吧。

　　只是希望每过一座山，都是想起来不叫人遗憾的年岁。

林荫小道

春飞花,夏落雨,秋旋黄叶,冬飘碎雪。

无论是城市街巷还是小镇老村,总有一条人常来往的林荫小道。路两旁长着独属的树种,冠顶交错,叶叶牵依,在春夏里繁茂,在秋冬里安谧,和人的脚步声、呼吸声、鼎沸声相融着,静静描画情味悠长的人间烟火。

拂晓将来时,林荫小道最先醒来。沙沙的扫地声轻轻柔柔的,像羽毛搔在心尖,徐徐叫醒望不见头的路。天色尚暗,吱扭吱扭的三轮车摇摇晃晃,驶进小道的雾气里。哐当一声,路边的早餐店开始忙碌,迷蒙蒙的热气散了一路。林荫道收着头顶的日光,不时透出斑驳的影,逗弄着一趟趟来去的人们。声、影和光,是林荫小道送给所有人的早安礼物。

林荫小道和商市密不可分。太阳露边的时候,道旁的老字号包子铺已卖空了好几屉,肉香、热乎乎的汤汁和菜菇的滋味一点点渗出,溢满树的周身,引得路人穿过岔口来买计划外的早点。也有小车支在路牙子边,几个人围着就成熙攘的画面,这个要粥那个拿饼,还有迫不及待站着就吃的,实在热闹。黄昏和傍晚的中间,夜市就成形了,趁着树上挂的彩灯,人人都把摊上的东西摆在最明亮的位置。一声吆喝再一声讨价还价,把不宽的林荫小道撑得满满当当。节日与花相伴,小道便被装点得浪漫。

有年冬天在河南乡下度过。中原偏北的小村雪不多，但湿冷浸得人骨头缝生凉。外婆的老宅还在，只是长满了荒草，比半朽的木门还高。小院里灶房、厢房和中屋都在，那棵老枣树也还在，唯独没了人气。出了院往左拐，原先热闹的邻居早搬了家。好在小道上的槐树都还健壮，长得越发高大，一棵连着一棵，从外婆家到池塘边，直长到最远的麦地。中间路过几座新院子，人们把原先的木门都换成了高大的铁门，威风是威风，却瞧不见一点炊烟。村口的那棵歪脖子老槐树，我幼年时没少攀爬，看花吃花，或在树下跳绳、踢毽子，欢乐时光一去不返。站在树下久久凝神，恍然听见身后外婆叫"吃饭了"的呼唤，转过身却只有空荡荡的街道，心瞬间裂了口，流着涓涓热泪。槐花小道如故，故人却不复。跑到麦地里去嗅往日的风，竟有味道，闭眼去触往日的光阴，竟有记忆。我想，这就足够了。

独在异乡为异客，总想寻点"吾心安处是故乡"的情味。南京的梧桐树又长又阔，茂密坦荡，比风率性，比人洒脱，是我小半生里从未历经的风光。我在此孤居的两年里，总会腾出小半日，晃悠悠走个来回，抚着某一棵的树身，汲取说不清的精神源泉。有时选趟最慢的公交车，坐车尾靠窗的位置，头抵在窗上，眼睛不眨地看梧桐掠过，一棵消逝，新的又来，重复的风景里是逐渐增浓的情绪，稍解一解心头萦绕的乡愁。

每到一座新城，我便会寻路线最长的公交车，悠悠坐几个来回，看故事在这条林荫道上翻新，又在下条道上做旧，个中滋味便是生活之味。

最是除夕团圆景

最是除夕好风景，千里团圆话乡愁。

那一截桥，轻吟团圆的前奏。天才破晓，云刚托着太阳点亮大地，老父母便早早站在桥底下了。他们一时疾步到桥上，一时又一步一回头地下来，脖子伸得老长，目光里满是焦急，嘴里更是念叨："该时候了，这怎还不见影儿呢？"桥头的柳树都叫他们盼得绿了，毕竟又是一年呢，外出辛劳的儿女只在这年节回乡，可不都得精精神神的？终于，一声鸣笛犹如欢快的歌，载着一车年礼落至父母跟前，继而爆发出巨大的惊喜和喧闹。桥里桥外的两拨人都抹抹泪，笑着拥着回了那间数十年如一日的老院。

那一院喜，掀起团圆的大幕。春联、福字、门神，这些喜气盈盈的物件都且等着儿女呢。小两口一个熬着贴喜的糨糊，一个带着孩子归置上、下联，才争嘴，就有老两口过来教训人了，笑骂说："怎还和孩子闹？"便算判完了偏心的官司。不大点工夫，小院里飘起了轻盈的雪籽，落在忙进忙出的一家大小肩头，也轻拂过红红火火的春联。月白挂红，煞是好看，叫老父母的嘴角怎么也合不拢。

那一口灶，是熏蒸团圆的高潮。距离团圆饭还有十个钟头，灶上的烟火气就没停过，一缕缕暖烘烘的饭香柴烟钻进人的口鼻里，再钻进肚腹和心尖上，好不熨帖。各样炸果儿、豆包儿早预备好了，只在这天应有尽有地哄着孩子。余下的，有老外婆最爱的珍珠丸子、老父母喜食的蒸鸡鸭、小两口时兴的麻辣香锅……一盘盘冷热菜交叠着准备，先切了盘儿，到半下午时好快速下灶。不大的灶房站着四五口人，却丝毫不嫌挤。人人都笑眯眯地齐上阵做着这顿团圆饭，忙得鼻尖冒汗，心里美得放烟花。

那一夜灯，拉长了团圆的余韵。围着一灶咕嘟的羊汤，一家大小吃完了这顿热热闹闹的年夜饭，却不肯撤席，还要熬着聊天守岁。零点的钟声敲响，新年到了，小两口拥着老人、孩子们到院里，先放了自家的迎春炮、烟花，再一齐仰头瞧别人的烟花景，品评着新一年的心愿和祝福。再回屋时，重新咕嘟起灶上的羊汤，旧菜撤下后又换上新年的瓜果点心碟。一家人就着通明一夜的灯，慢慢品尝新年的味道，叙叙一年的思念。

"拜年喽，新年好！"伴随着孩子欢天喜地的拜年声，除夕十二时辰成了旧岁的圆满句点，也成了新一年家家户户美好的团圆记忆。

陆 ❄ ———————— 祝你烟芜尽处又一春

寒冰之下藏着漫天野火

福柯在《疯癫与文明》里说:"这个世界有多少种性格、野心和必然产生的幻觉,不可穷尽的疯癫就有多少张面孔。"读青年作家杨知寒的全新小说集《黄昏后》时,我总想起福柯的"疯癫论",一个个犹如残次品的边缘小人物轮番登场,挣扎在东北厚土的寒冰之下,被命运反复碾压后展现出疯癫百态,心沟里仍有一把野火,燃尽黑暗后使肉体重见拂晓。

作者用十八万字描画了十种边缘人生,细腻老辣的笔触在视角、性别中随意转换,徐徐展开一幅东北没落乡镇中的爱恨情仇画卷。是恨,也是情味,是仇,也是自渡。杨知寒的笔下没有自弃,而是"朝闻道夕死可矣"的自我救赎。寒冰之下藏着漫天野火,疯癫背后是人性本善,这是《黄昏后》中生与死的永恒主题。书名"黄昏后"极妙,是夕阳将落未落的状态,此刻天际混沌,谁也不知跌入黑暗后是否再有旭阳东起。可人人依旧拼命挣扎，无论是亲历命运之苦还是冷观冰下僵死，都怀揣着星点热火继续向前，正是"生，便在疯于残破后热爱生活；死，便在参透黑夜后走向光明"。

小说集中共有五场死亡，令人震撼却不绝望，反而生出有关明天的种种期待，这正是杨知寒"知寒向暖"的积极价值观。如小说《爱人》中，儿子因非主流感情取向活得如同蝼蚁，一边遮掩苟活，一边在自知患癌后悄悄为父母谋划将来。早知真相的父母也在周全一切，只是命运多舛，三人于新年陆续死于病榻。而黑夜里人潮不息、鲜花满地，是对这场爱与别的至高包容。《描碑》刻画了一个无能到拖家族后腿的中年男人，他胆小口吃却梦想成为一名真正的记者。他在亲戚帮助下进入电视台后遭受冷对待，却从不放弃和自卑。就是这样没有存在感的小人物，竟在死后收获所有人的盛大送别，光鲜亮丽的"我"自愧不如，唯有在心中为他描碑表达敬意。作者在《三手夏利》里是以老年女性视角走进黄昏恋，告诉读者谁都有追逐真爱与自由的权力，包括黄昏将晚的老年群体，纵生死两别也不悔相识，爱本就是人类相拥取暖的本能。《喜丧》中，夫妻俩是唱红白戏的，却也在生活中唱着自己的戏，戏里各死了心头爱，戏外却两散重登生活的新舞台，也算幸事。《寻金之旅》中，李燕生被一包莫须有的黄金禁锢了大半辈子，她藏着它到底要救谁的命，她自己也说不清。等身边人一个个离去，她才发现那金子早就无了踪影，她终于可以只为自己好好活着。

在"生"的巨大鸿篇中，杨知寒在荒凉尽头不断搜寻着人间烟火，终成东北极寒之下的别种浪漫。《美味佳药》也是"美味佳肴",作者化身一个饱受童年创伤的残跛年轻男人,他精心设计了一场长达十余年的复仇。为那口永远不属于自己的发酸蛋糕,也为寡薄到极点的亲情,却在即将付诸同归于尽的行动时被女友救赎,原来放下仇恨便是春和景明。读《百花杀》时常让我想起首诗:"待到秋来九月八,我花开后百花杀。冲天香阵透长安,满城尽带黄金甲。"可百花园市场只有"百花杀",没有"我花开"。传统服装经济终被新业态取代,小商贩之间再斗也斗不过天去,昔日对手只有在无人的冬风里相视一笑。《起舞吧》走进被边缘化的钢管舞者群体,作为单亲母亲的"我"争取到女儿的抚养权,却因工作性质的特殊始终得不到女儿的爱,可她相信终能"跳出个黎明"。《海山游泳馆》讲述了一段充满遗憾的年少友谊,少年人不说永远和未来,但承诺总吸引着彼此交心。纵使久别重逢后再无欢喜,但"那一年,我们是彼此的陆地和海洋",生命里有过美好便是意义。

  人人都有个"生"与"死"字,即便命运从不平等,败草也总会在层层冰下辗转向阳,疯癫过后便又新生。杨知寒笔下的十种人生看似冷酷无情,实则处处透着枯木逢春的希望,饱尝寒苦后仍能热爱生活,这才是生命之旅的最美风景。包容残破命运,允许平庸存在,心中常怀一把熊熊野火,寒冰之后便是无尽悠长的春日。正如那句"黄昏后,月与灯依旧"。

厚雪里的东北情味和西北诗意

作为一个土生土长的西北人,我常在祖国边陲旷远的大地上,对相隔近万里的东北充满向往。或许是因为有同样寒冷的冬天,当鹅毛大雪一日接着一日,我总会想象着另一片寒冰冻土上的故事。翻开著名作家迟子建的散文集《我的世界下雪了》,走进如冰雪童话般的北极村,我轻轻穿过层层雪雾,一次次被东北的别样乡土情味打动。

迟子建亲自编选了58篇精品散文,从"好时光悄悄溜走""暮色中的炊烟""年年依旧的菜园""一滴水可以活多久""我的世界下雪了""十里堡的黄昏"六个部分着色,徐徐展开一幅温馨浪漫又饱含乡愁的北国风光画卷。

在她的笔下,有对故乡童趣的怀念、对旧时山村风物的感悟、对故人旧事的追忆、对美食佳景的赞叹,还有对这片土地的悠悠思念,文风淳朴有味,让人身临其境。反复读着"我的世界下雪了"这一篇章,我似乎跨越经纬,置身林海,随书中人物躺在外婆温热的臂弯里,游走在午后三时便已进入黑夜的村庄灯下,尝着东北风味的冻豆腐、油茶面儿,嗅着风雪里家家户户的炊烟香气,瞧着菜园篱笆外的四季与日落月起。我终于找到了东北不同于西北的冬日味道,那是更柔软、更和暖的人情味。

没错,东北的冬天较之于西北更有情味。这情味来自东北人乐观幽默的天性，比如再冷都始终热闹着的集市，纵使寒夜也要串门唠嗑的邻里，还有那摆满屋前的冻饺子和黏豆包，总让人在琐事中感到温暖。这情味还来自世世代代积聚的乡愁，比如冰湖雪林里的各种传说、四方小院里的千年百年历史，还有随时可见的七大姑八大姨，都使人倍感亲切知足。西北就大不一样了，它实在过于广袤，雪山戈壁动辄绵延千里，村和村甚至可能相距百里，再热闹的黄昏也被长空落日冲淡了情绪，谁也听不见别家的动静，只能各自守着炉火过冬。西北对很多人而言只是第二故乡，人们多是随开垦建设的步伐奔赴于此，谁和谁都不是旧相识，也只有在老乡会里两眼泪汪汪了。

这区别可以从西北作家李娟的《冬牧场》里寻见踪迹。《冬牧场》是李娟的长篇纪实散文，从"冬窝子""荒野主人""宁静""最后的事"四个部分展开，讲述阿勒泰牧民冬日里的游牧生活，文风细腻又充满空寂的诗意，能带人一探边陲雪地里的荒凉滋味。冬牧场是忙碌的，也是孤寂的，这也是整个西北的主要冬景。比如同样写"雪地里的月光"，迟子建说："月光洒在白桦林和雪野上，焕发出幽蓝的光晕，好像月光在干净的雪地上静静地燃烧，是那么和谐与安详。"而李娟写道："看到夜色继续从大地向天空升涨。小半个月亮斜搁在西南方向的天空上。雪地晶莹闪亮，天上是深蓝的星空，地上是白色的星空。"前者有种依偎在火堆旁的暖意，读起来莫名心安；而后者字字体现着西北边陲的寥廓和空远，似乎人出了家门，便只有伸手可触的天地。

当然，也正是这份静寂和独一无二的纯粹与豪迈，让远赴西北的八方来客在此寻到了自我的归宿。若说东北的冬天是看人与人的相处，那西北的冬天便是感悟万物与自我。正如李娟所言："这里毕竟是荒野啊，单调、空旷、沉寂、艰辛，再微小的装饰物出现在这里，都忍不住用心浓烈、大放光彩。"你瞧那孤鹰鸣空而过，羽翅翻搅起千山暮雪，人站在万里无云的碧空下，总是胸怀壁立千仞的豪情，或是立志踏过天山，或如飞鹏直上九万里。再看雪中草木，每年冬天总有树被压弯枝干，或在空旷的山里倏忽惊鸣，或在长得不见头的乡路上自叹，补足了西北人藏在粗犷背面的细腻和柔软。还有那长长冰河上的芦苇丛，芦花不屑挂雪，不时抖动身子，仿若与雪争妍，在阳光下熠熠轻摇，竟叫人没来由地悸动，想拿起笔去仿写婉约的江南。

东北有着充满烟火气的情，西北写着豪放与婉约并存的诗。漫漫冬夜，我轮流读着迟子建的《我的世界下雪了》和李娟的《冬牧场》，徜徉在近山戈壁与远方雪村里，久经风雪的心有了双重温暖的归宿。

冬

雪中草木分外妍

　　北纬 45° 往上，冬日的雪动辄便会下一夜，比呼啸的北方还张狂，层层叠叠，没完没了。每年冬天，总有几棵树被压折枝干。可榆树杨树们并不神伤，余下枝干不断嗤嗤地笑着，像早忍够了这不中用的斜枝。折就折了，再长新的就是。要知道西北旷远，人们可没心思替树修剪枝丫，全凭自然。所以树们也长得率性，同春花狂舞，随夏雨热烈，卷秋风豪迈，入了漫长的冬，便要养精蓄锐了，由雪去打理来年。

　　断枝覆雪，是冬对草木的教导，也是冬赠与人们的风景。走在路上，若听见咔嚓声，身后必有榆杨的朽枝断落。人们忙欢喜起来，立在一旁细细地欣赏，很有江南人观赏"断桥残雪"的意思。

　　这北地实在广袤，尤其在冬日更显萧索，像独身守着宏大的落日，太过于寥廓，所以我爱在冬雪过后寻草木，看草木如何争斗这孤寒的冬日。

　　好比这不知名的矮灌木，在春夏其实没什么意思，左不过是万绿中的平庸。但它在冬雪中却显眼起来，或是撑起茸茸的雪顶，气势足得很；或是随风抖落半指厚的雪，同路人玩闹，怎样都有趣。早起上学的小孩子总要找点事消磨，裸着手从它头顶拂过去，凉丝丝的，冲淡了许多怕读书的小心思。谁知傍晚回家，手掌早已冻得通红，还发起痒来。孩子不敢跟大人说，悄悄躲在炉边烤火，焦黄的馍熟了时，手也就不痒了。

芦花甚于雪，冰河芦苇胜修竹。风吹雪飘，百十里摇晃的芦苇荡也是冬日美景。宋代张先的这句"莫放修芦碍月生"意境极美，可我小时却很困惑，月亮挂得那样高，芦苇怎就碍着大诗人赏月呢？后来出省读书才知道，江南纵使乡下也是鳞次栉比，更何况树和屋檐交错着，池塘也紧挨着人家，芦苇又生得那样修长，可不就是遮挡视线。但西北就不一样了，天地一分两半，画面上仅有碧空白云和冬雪覆野，谁也不妨碍谁，更有大片的留白供它们发挥呢。长长冰河上的芦苇丛便是留白里的风景，芦花不屑挂雪，不时抖动身子，仿若与雪争妍。它在阳光下熠熠轻摇，竟叫人心中没来由地生出悸动。

偶有人从芦苇冰床里穿行，那是靠天吃天的庄稼人，冬闲时来割芦苇呢。芦苇的用处可大了，一车一车的芦苇拉回去，压在雪里埋一冬，等初春阴干了雪水，更有韧劲儿的芦苇们被捆成木头粗，便可搭上房梁做屋檐了。它们立着时成就北国风光，卧着又出彩一番，既学冬雪的华丽，也因冬雪的滋养而更有作为。

"沙枣不辞丑，白杨相竞高"，在西北人的情怀里，沙枣树与白杨不分伯仲。童年的快乐回忆，约莫一半都是摘沙枣带来的，黄豆大的涩甜沙枣是暑假里最美味的零嘴。入了冬，到野山林子里捡沙枣枝也是趣事。几场雪后，沙枣树的一身刺也被掩个大概，褐红的枝半藏半露，有些蜡梅的娇俏。我那时最爱跟着外公去捡沙枣枝，空荡的林子里静悄悄的，只有树枝划拉在雪地上的声音，一时听见鸟雀响，一时又听见什么怪声，像探险一般。傍晚回到家，外公卸下肩上的沙枣枝，丢进炉里生起极旺的火。炉边热着鲜奶和饼，炉膛里的火映得人脸通红，不多时屋子香气四溢，就连夜间的睡梦也带着枣林的香甜。沙枣树是少数不怕雪浸湿的树，它的干裂也能带来冷冬的暖意。

人都说草木知秋，但在我的眼里，雪中草木分外妍。榆杨的断枝风雅、无名的灌木成趣、修长的芦苇如风、山深处的沙枣枝如火，共同奏响孤寂冬日里的欢歌，绘成乡愁的美好画卷。

不再大张旗鼓，我也依然爱你

今年是个暖冬，许久未见这么大的雪，从拂晓至黄昏纷纷扬扬下了一天。雪倒不密也不厚，犹如江南缠绵的春雨般淋不尽，惹着人也拉长思绪，想起埋在心底里尤为重要的谁。

倏地记起，这是爱你的第十八年，也是看起来不那么深爱的第五年。

如此说来真是难过，年少的悸动因你而起，青春里张扬得意的特立独行也是因为你。许多个萧索的黄昏和漫长的黑夜有你，有关理想的追逐和远方彼岸的靠近更是因为你，可这些因你而拥有的还算充满意义的生活当下，我却不得不把情到浓时情转薄这样的哀凉置于自己身上。

我好不甘，我有许多用力爱你的证据。那场年少如花的盛放，我是如何凭着你的鼓舞从人潮背后行至人前，又是如何逆风奔跑直到呼啸着跃上一个个高台，这些我都记得。还有那些追逐你的盛夏，我在黄昏中剖白热烈的爱意，在遍洒星星的黑夜伴你流光而行，在音浪不断掀起高潮的歌声里泪流满面。我说我爱你，这是我年少至今唯一明确的追逐。

有关爱你的主题，是春天都难以描画的句词。

可曾经的张扬匿入深海，对你失控的心锚也渐非年少时。

只是我知道，纵使不再大张旗鼓，我也依然爱你。

冬

这么多年走走停停，让我驻足的只有你。即使到看起来没那么深爱的今天，三百六十五日夜灯昏黄，伴我辗转入眠的始终是你。从清澈的你听到厚重的你，从疏狂的你听到淡看繁华的你，你的第二十四年掺杂着我的第十八年，这份浓郁似乎没那么容易寡淡，原来你依旧是我的头筹。

只是说到爱的浓淡，少年无忧便热烈，便让爱也浓墨重彩。及至一身生计在肩，无论哪般的爱都染上愁滋味，似乎再也没法全力以赴。我要挣扎着前行，要拼命对抗悲欢，要假装投入寻常的欢爱，这些乱七八糟的生活裹挟在一起，犹如甩不去的微尘，雾蒙蒙的，让人失去曾经的纯粹和斑斓。所以我在心底辟出一片净土，只让爱肆无忌惮地发芽开花，不叫芜杂的生活吞噬这份爱意。所以我看起来没那么爱你，这是我不愿尘俗触染你灵魂的结果。

所以我一脸麻木地穿行冰河，热血依然为你翻滚沸腾，
所以我反复诘难自己，其实这仅有的爱意只为你奔涌。
爱你的第十八年，大雪依旧，黄昏仍斓，心灯亦长明；
爱你的第十八年，隆冬又过，春花再燃，新岁亦繁荣。
祝你轻吟一曲，依旧霓虹千尺。

冬晓半破最怦然

忽有冬风敲窗，凭台远望，却只有望不到尽头的暗雾和一片朦胧的幽远。细听那即白的东方，飞鸟鸣衔着密雪，荒山轻哄着夜月，该是旭日徐徐而起了。可我常愿黎明的时钟稍慢，只因冬晓半破最怦然，这半昏半白的片刻最叫人心动。无论风雪日月与灯长，皆是隆冬最好景。

冷月矜退，却弥人间多情。冬夜长白昼短，明月只好早早敲钟上岗，在寒夜里兢兢业业，生怕风雪过大扰了万物好眠。十二的钟声悄悄响起，满身疲惫的月仍能守望日出，旭阳不起它不别。于是昏暗悠长的林荫小道上，月光半藏在斑驳的树影里，随风慢摇身姿。它匿着脚步逗弄梧桐枝，平生出诡谲的氛围感，又倏地大方攀上沿街屋檐，目送挂满生计的来往过客。幸得明月，三百里尘俗路不至荒芜，情味盈身，凛冬陡生暖意。你看月白落雪白，犹如半披长衫的清冷贵公子，在路的尽头执卷等你，却又在人靠近时不断后退，像总也到不了的远方。让人满怀希望，坚定地一往无前。

密雪登场，每个推门而出的拂晓都像是开盲盒，谁也不知夜雪是否能留到今日，又将以怎样的姿态扑面拥身。最喜欢一层接着一层的鹅毛大雪，不等人走出两步，便热切地拂满脊梁，像冬的厚衣，让人心脏不断鼓胀，沸腾的血液难以言尽喜欢。靠墙走在谁家屋檐下，伸出手接一捧雪花，它也眷恋人世温度，怎么都不肯化去，直到最终又如飞鸟旋入天际。伴着"嘎吱嘎吱"的踏雪声，路过一盏灯，走过一棵棵冰封老树，再听酸风袭来的热烈，好像再繁难的琐事都迎刃而解，再无法触碰的未来都有了光亮。

谁说隆冬无暖日，当远山散来第一缕破晓的光，大雪陡然停住脚步，风声也停下，一刹那光风霁月，好景在望。交错而过的行人里多是少年，他们肩头是日月齐鸣的希望，脚下是步步生风的壮志，光从眉眼落遍全身，抬手如挥亮白利刃，胸怀逢山开路的孤勇。他们不惧风雪，不畏荆途，远方未来被脊梁上的日光写成绝美的诗行。迎着风，承着光，我自年少便漫征凛凛的冰河，以芦花为友，寒鹰为伴，踩碎了迷茫，踏破了黑暗与无望，终成铮铮铁骨的大人——我知道，是旭日刺破暗夜，是光带给我希望，是对拂晓不松劲的期盼给我所向披靡的勇气。于是长大后的每个隆冬清晨，我依然最爱东方既白的刹那，太阳或在云层后，或在我肩头，都让人从过往里望向今朝，更加力量满满地朝光走去。

一路向北，未来赢播。在冬日拂晓出发，珍惜明月将退的分秒，拥抱每一场忽来的大雪，紧紧守住破晓的每一缕日光。我踏遍山海，远征梦想，火种在冰雪之下无声燎原，花朵在暗夜之中悄然绽放，有关未来的句词更加怦然心动。愿冬晓漫漫，好景匿于月光雪下，而我挥笔再写那疏狂意气。

林梢清景独好

目之所及处，总有林梢置身于方寸天地，静待春回，候雁北归。等一片云拂过，听一阵风来去，与月成诗，同星共舞，可谓是清景无限。

就说飘着小雪的隆冬午后，透过敞阔的落地窗往外瞧去，小院里那株老榆树清清冷冷地站着，秃了叶的枝丫凌乱地伸展，像在天空中涂抹出寂寞的诗行，虽不成篇，字词里却情绪浓郁，在这寂静无人的冰天雪地悄悄释放心事。于是连带着过往林梢的每一片云都被沾染上莫名的愁绪，或悠长地叹气，或反复地徘徊，去寻自渡的出口。冬无别枝惊鹊，却有飞鸟偶落枝头，惊了老树的白日幻想。不知什么鸟，带着似被南飞雁阵抛下的孤索，像阁楼少女般在林梢上仰头静默，忽而又骄矜望远方。那远方可有春回的故人？这就难猜了。

春草再绿，春风又生，碎雨呢喃着"春回、春回"，便使早春真的一天天蓬勃起来。旧故里有片桃花林，花枝最为娇俏，一时惹雨，一时又招来蜂蝶。长大后很少有心思看虫鸟，那日一遍遍穿梭在林间，从密枝缝隙里往外瞧去，本以为会见到乱花迷人眼，却为一只黄蝶动了心。谁知它是躲风还是饮醉了雨，酣睡在盛放得最旺的花枝上，双翅如睫毛般轻轻颤动，尾尖慢点着娇红的花瓣，滴落点点沾香的雨，叫这静寂无声的春天徐徐地流动，任是无情也多情。

再往前走,是经年不败的白桦,身量笔挺,收拢的枝叶极其克制,如游侠避世,暗匿于苍茫的人间。人们都说白桦有眼,那是断枝的疤,在风中哀鸣故人旧事。我沉溺在它的目光里,浅释思念外婆的浓情,再抬头,恰巧望见梢头正落一片绿叶,哀思转瞬即逝。只因我知道,这林梢的绿是外婆来信,她道旧年好,道往事无憾,道今朝且朝前看。世事无常却人间寻常,谁都有不可言说的终途。只是剧终之后,不必人哀身后事,正如林梢岁月轮转,葳蕤也好荒芜也罢,方寸不说亘古,过客只需记好景。

林梢于我而言,总有不可抵挡的吸引力。许是枝丫常常延伸幻想,每个触角都是未来的不同维度。它留住风,便叫人也跟着得意,好像荆途尽在脚下,没有越不过的山海。它挂着月,明星无数,长天也璀璨,于是一半皎皎一半昏沉。人执风雨长枪,刺破拂晓与旭日,光芒乍泄,此后再出发便有星月无边。想起那年去求佛,一身的生计与悲凉压得人喘不过气,在佛堂里拜了再拜,哀伤也混着钟声不断回荡。后来下山时正见新月挂在林梢上,大片的留白里伸出古刹的檐角。月光如灯,飞檐似塔,原来灯塔就在不远,时不时从大雾中浮现,伴在身侧给人鼓劲。我在林梢明月的牵引下健步如飞,只觉得回程路条条通罗马。再一年,古刹无雪。

心安处是故乡,也是每一个黄昏。从长街尽头汇入人流,再逐渐靠近屋檐下的那盏夜灯,它毫不遮掩光芒,落在窗外那片云上,也落在独一无二的海棠树旁。小巷里人潮鼎沸,落日坠落西山,一动一静的盛大交替里,晚霞拖曳着长尾经过每一户人家。

海棠树经年站岗，早已换上黄昏备好的温软夜衣。"海棠影下，子规声里，立尽黄昏"，若黄昏碰上春海棠，便是无尽缠绵地等，等人归，待暮安，情意悠长。每走上归家的那条林荫小道，我总会无意识地放慢脚步，抬头看那海棠的姿态，像是一场灵魂沐浴，在走进家门前，任由它涤净一身尘埃，重启又一朝暮。

又至黄昏，柔梢披着轻浅的风雪，如花悄然绽放，似雨般迷蒙。我在隆冬望见方寸之外的春天，而人生好景，亦在这梢头交错悲欢。

那些期待黑夜降临的日子

那些期待黑夜降临的日子，特指我年少时的冬夜。

待落日作别寒远的冬山，明月一反常态地拥吻着雪后人间。九点钟之后的西北小镇寒冷中透着温暖，我顺着月光柔软的肌理行走，每一步都沸腾，每一秒都为明月的吻心动。在冬夜，明月是我暗昧里见光的情人，大雪是我年年都要跨越二百七十日才能相逢的挚友。所以情浓意切，所以每一个冬夜都被我殷切期待。

冬夜里，少年心事千片雪，幽寒又高远。学校距家不过三公里，我最喜欢独身返家，路上正好能让我控一控莫名的怅惘。这怅惘里有白日里读到的历史云烟，有少年友谊的小小裂痕，甚至有道不该出错的数学题。我敏感，我生性多疑，我如困兽之斗，无人能解的愁绪在寂静的冬夜肆意释放，偏偏被雪承接住。于是杯弓蛇影的怨被冰封，惴惴不安的忧被压实，无病呻吟的苦被融化，全都成了雪的供品，全都在纷飞落白的冬夜里烟消云散。我小小的个子背着大大的书包，单薄的脊梁承着厚重的悲戚，在雪的欢呼声中，我的步子越发轻，脊梁越发挺。我开始旋转起舞，拥抱每一片雪花的热烈。

冬夜里，少年风华万灯火，一灯明鲜，又一灯疏狂。偶尔有晚课结束得迟了，我和几个好友闹着怕黑，结伴欢笑着朝家走去。倒不是真怕黑，只是闷学了一天，都想在路上好好放松片刻。路两旁的夜灯早亮了，和雪明晃晃地交映，耀在少年们的脸上。我们都怕生冻疮，因而裹得严严实实，夜灯只好落进人的眼里，叫幽黑散着明媚的光，意气风发极了。围巾在风雪里飞舞，影子被夜灯反复拉长，少年们肩并着肩，在无人的夜纵情地笑着，在夜白如昼的灯下恣意地欢歌，好像一眼就望见朗朗的未来了。我最喜欢踩着夜光摇晃，是如释重负的姿态，是豁然开朗的明天。

冬夜里，少年明月万景清，是一冬韬，是一春澄。月光密不透风，缠绕每一片雪，笼住每一个少年。像垒土九层台般长鸣天地，像小流江海般长耀人间，让人心灯不灭，微光如炬。我仰头看明月，它随我晃动到枝头，叫树梢清景无限。它悬在夜灯之上，叫夜灯争明，又穿梭在密雪里，叫雪花璀璨。我和明月走了许久，冬天越发韬光养晦，我们走到下一个年岁，春天和光如期而至。世间万物，无论荣枯交替还是盛衰有时，最终的蝶变都是春天。就说冬夜的月寒山瘦，到了春天，月丰腴亮丽了，山也峥嵘多彩了，可不就是少年人十载寒窗、一朝金榜的风采？

于年少的我而言，冬夜意味着一扫愁绪，步步霜华舞；冬夜代表着凌云壮志，步步向明日；冬夜象征着一夜灯长，晔晔少年光。那一个个被我牵念的冬夜啊，汇聚成了我躬耕不止、奋楫不休的韶华年少。

我的少年时代早已落幕，可冬夜不衰，明月仍高悬，有关奋斗和自由的主题不断翻新。雪一飘，年少的光渡我一岁又一年。

冬

三分之一的冬天

一年共四时，春、夏、秋、冬各占四分之一。但在阿勒泰，一年只能均分为三份，夏天和冬天各三分之一，春和秋相加为一份。尤其是冬天，从旧岁的暮秋开始，一直缠绵到来年的春末，挤压得春和秋不过两月，到四月半的谷雨后才真正退出争春的大戏。冬之漫长，叫人喜也叫人躁。

喜的是冬韵悠长，热烈味儿足。就说眼下，才过了年，本该撸起袖子投身春的忙碌，可零下三四十度的冬天可劲儿地留人再闲散些时日。于是人们一边筹摸着迎春的生计，一边仍靠着炉火闲话家常。急什么呢？有的是时日加速拼搏。于是浓郁的年味儿还要持续，到元宵佳节又掀起热潮，十里村巷灯火依然，红灯清月照白雪，这绝美的景况只有冬天才有，若有春花上场便显得乱人眼了。除了红火的灯，炮和烟花也不停声，长长的村道上是红毯般的鞭炮壳儿，让人心里满溢着各番滋味，有欢喜，有团圆的满足，还有过不完的欢乐。

更重要的是，冬天总伴随着美味。因为冬日漫长，阿勒泰的人们习惯备齐长达四五个月的冬货。成堆的白菜、萝卜和土豆必不可少，初冬便灌好的马肠子、宰下的牛羊肉和购置的腊肉都算好了顿数，各家按口味自炸的果点、鱼虾和零嘴也极富余。虽然因为昂贵缺了些新鲜果蔬，佴备齐的这些食物足够惹人馋，叫小孩子们常钻进灶房里摸嘴吃。记忆里的每个二到四月,母亲常变着花样收拾囤货,口里喊着"再不吃到开春可就坏了",我才不管这"开春"到底要磨蹭到什么时候才来,只是打心里喜欢顿顿油水十足的餐饭。这里冬天太寒冷,家家灶上便喜欢煨炖,小孩子们穿梭在散不去的烟火气里,便忘却了鲜少到户外玩耍的烦恼,吃得小脸都圆了一圈。

但对大人们来说,总圈在屋里闲着也不是个事儿。尤其是务农的家庭,父母亲背着手踱着步望着窗外,一时想起今年的耕地该拓拓了,一时又琢磨着屋后的小菜园也到日子撒种了,却看着又落一层的厚雪,只得又驻足在窗下。小孩子们不怕冷,裹成熊在院里堆雪人、打雪仗,玩得是痛快了,却在回到屋子的瞬间手脸通红。一冷一热的滋味不好受,严重些要冻得生疮呢。到三月末,大人孩子都坐不住了,趁着日头好些在院外乱转,逢人就叹"还得几场雪啊",真叫人发急。既替迟迟不开的花着急,也替不得春种的自己着急。

急是没用的,不过好歹有些暖意了。春天匿在寒冬里杳杳而来,先是菜园里的泥土松软了,再是探窗的榆柳抖落霜白,后是家门口台阶下的一朵小野花颤颤巍巍地绽放。人们一层层褪去厚衣裳,脸上一日日放晴,终于可以在某个日出东方红似火的清晨宣布:"春天终于来了!"

即使这春天过不了半月便是立夏,纵使还得早晚穿着厚衣裳,可还是感谢冬天的悠长,叫人们如一张张拉满的弓,只待春之弦响,便可砥砺人间好时节。

烟花的花语是春天

除夕节到，满院生喜，喜气总带着沸腾的暖意。处处似春景，枝上花灯瞧似柳绿花红，门上春联犹如迎春幡胜，就连天上翻飞的雪也似乎成了杨絮。盎然的喜气和春意延续到夜晚，在东风忽放花千树时攀到极致，一燃惊了空，一绽成了春。

烟花为新年的到来添彩，为春的登场剪彩。

在西北，其实年节下尚有寒意，毕竟还有余下三个"九天"未完，更离春耕春暖还早。不说大年里总得几场贪喜的雪来凑热闹，就是江南四月芳菲尽时，这里还有一两场倒春寒，洒下扑棱棱的雪冰封了花枝。可在这节令上，好歹是立了春，年一完又过了雨水。人们早倦了漫长的冬日，只盼着春早些来，好叫人们热热闹闹迎完年后再迎春。故而人们将年装扮得更红火，伴作万紫千红状，好引着春花徐徐开矣。

烟花便继雪花之后，成了春天的引信。雪花落地酿春，烟花凌空唤春。你瞧一朵接一朵斑斓多彩的烟花在夜空中乍泄流光，有似花开富贵的，有似花团锦簇的，还有似步步生莲的，好一场百花齐放春满园的大戏。除风姿绰约如春外，烟花的名字也都氤氲着春意。有直白如牡丹、菊花、锦冠的，也有婉约如鲜花怒放、锦绣花开的，似乎也够张扬，一表人们对春天赤诚的祈盼和喜爱。想来是烟花够热烈，春色就够撩人。

春耕虽不逢时，烟花却早已替人在心里耕了种。在朵朵烟花接续绽放时，伴随着沸反盈天的花开声，还有璀璨夺目的流光。人们忙调动起最热烈的情绪，在心底许下一个个有关春种秋收的愿望，种下流光溢彩的梦，让它们随着烟花响彻云霄，待岁尾丰盈，待来年一惊天下殊。比起一闪而过的流星，烟花才是许愿的绝佳代名词。它够绚烂，够纷繁，能载着所有人的愿望开花结果，烟花之下，谁都能拥有满怀希望的春天。

烟花是春的诗行，它妙笔生花，写着绚绮的花和光芒，写着无边的梦和山海，写着公允的爱和未来。

烟花是春的华裳，它锦上添花，装点绰约的眷红偎翠，装点矜贵的花晨月夕，装点细腻的热爱和奔赴。

烟花的花语是春天，是余韵悠长的希望，是韶华不负的期冀，是霁月光风的如愿以偿。

名为春天的烟花送你——

祝你炫燃、斑斓，祝你与春同山。

祝你繁茂、壮观，祝你与春同光。

在浮华中告别冬日

虽不斑斓也无浓妆,可我总觉得匿翠藏红的隆冬犹如繁华大梦。随着新年的钟声敲响,霎时烟火归于寂静,万家灯火趋于平静。短归人收拾起行囊重赴四海,小城长街鼎沸不复,人们笑颜收敛,悲欢生计又苦耕新的一岁,过于宏大的新年愿望重藏心底。至此浮华落尽,带着虚无告别冬日。

明明接下来就是无限春景,可冷风退去,春雨如病丝缠绵,总叫人开始焦虑地计算光阴长短。春夏过后又秋冬,生怕再到岁尾又是肩上空空。人常说,不骄不躁不悲不喜,便诸事皆宜,可哪能呢?命运早已摆渡各人经纬,谁不战而胜,谁苦撑惧败,这些都早已注定。像我常安慰自己的话,总有人生来要受苦渡劫,那便应战,管它结果如何,总要为了活得风光拼一把。这么看来,孤勇前行的脚步便不能停,所以冬天对我而言是惫苦灵魂暂歇的港湾,春日虽灿烂,却赶着人不敢松劲,像一圈圈笨拙行走的驴,无奈却只有坚持。

趁春花未绽、忙碌的春时未至,抓紧再淋一场雪,再熬一回冬夜清冷的明月。最爱穿行在林荫小道里看雪,雪在脚下嘎吱作响,也在树梢轻声叹息。随着这清婉朦胧的伴奏游走雪域,四处浮白纯粹,心底不由得生出一把野火点燃冰河,情绪陡然浓郁热烈。于是我奔舞于这人间,畅想有朝一日的蓬勃,好像再不切实际的梦想都让人满怀希望。转身不舍作别，周身如处斑驳旖旎的幻境，叫人不舍得醒来，也不愿再涉尘俗。

而明月也知我意，骄矜着垂望夜幕，冷冷地倚在老树枝头，替人思索着总想不明白的命运人生。人都想活得通透，可芜杂常随身侧，苦楚随时到来，谁又能常常坚若钢铁？所以无法释放的愁郁，大可诉于明月。它以星光执笔，胡写一番凌乱，等旭阳东升，苦事化于白昼尘埃，便有勇气重战人间。隆冬的白一层落一层，雪白接着月白，终于涤尽内心深处的怨念与不甘，也纯粹地再生热爱，这就是冬日和我的秘事。

最终冬的浮华落尽，续生春日的繁华。虚无之后重耘旧岁荒芜，花终于要开，人也要再次奔跑。就不惋叹强说愁了，已非年少亦不能原地等待救赎，唯有自渡才是出途。那就重装上路，去听风攀顶，去行舟阔海，或许一路依旧充斥着淋漓不尽的疲惫。可每每会晤山顶的云朵和海边的飞鸟，到底还是开心，我战胜我，战胜又一个难以出走的冬日。

在这一年春天，我比往年出发得更艰辛，却在迈步乘风的一刹，躬身更久，披月更长。妄图多种几株花，待下年冬天多承一些雪，好叫我留下那质纯干净的梦。

花傍春台舞霁阳，愿春匿岁首的虚无，助我明鲜盎然；

月逐春山书峥嵘，愿春生不畏的风骨，助我势如破竹。

且看长山之外海潮迭起，那是我的孤军首战告捷。

祝你烟芜尽处又一春

除夕夜烟花持续惊鸣，夜空可比昼明，落池却惊春蛰，执笔人间繁盛。烟花非花，星光却不及它璀璨，圆月不如它热烈，就连万家灯火也没有它那沸反盈天的本事。可人却只道其转瞬即逝，似新年钟响后，喜乐过春过，又一蹉跎年岁。

我却以为，正如冰河下定有春流暗涌，暗昧处必有光明弥漫，浮华的表象下亦暗藏无数错枝横生的蓬勃风骨。

我是说，纵繁华从此逝，你仍可做烟花的引申义。

烟花虽短，余白却都是希望。就如同水中月镜中花，虽无法恒久，亦无法长拥长赏，却给人生出许多无边无涯的念想。不必苛求人人都得有远大理想，即使此生淡泊无求，但顺遂安稳和康乐无忧也是一种必要的祈盼，等春天的花开和待下一餐的团圆亦是祈愿的分支。所以在这实现愿望和等待美好的前行路上，满怀希望就显得尤为重要。见过光明，便一生为之奔赴。触过花开，便一生为之耕耘。纵使此刻置身不明朗，若希望在，远方就徐来。

所以祝你高瞻远瞩，在浮华外预见繁花，好景方来。

还要祝你步月登云，在荆途上步步殷实，所愿如愿。

烟花宜落日，隐意是慎独。《围炉夜话》里说："草春荣而冬枯，至于极枯，则又生矣。"这是万物盛极必衰衰又盛的道理，如同四时轮转，春盎然则勃发，冬肃白则酝藏。烟花唯在暗匿处才见瑰丽，唯转瞬即逝才得余韵悠长。所以无论日落也好，黑夜也罢，偏要在那不见光明却等待光明的间隙中，人才能休养生息、丰盈自我、积蓄力量，来一场我与我的对话。等骨骼又坚脊梁又挺时，大步向前的风姿才更绰约。这便是烟花燃后的慎独之意，功成名就的前提是，我倚仗我自己。

烟花如钟鸣，其意在警醒。云巅笑花丛闹，谁人不会享繁华，但总有人不知过眼云烟的道理。烟花便化作鼎钟鸣，绚烂是绚烂，消逝也只在瞬间。所以张扬疏狂时要留一线，给下一场意气风发留出余地，给下一次梦想成真留出可能。而在这拧紧一根弦的过程中，人更有底气去欢闹，也更有力量迎接各种突来状况。比如这烟花登台又落台后，有人淡然处之再出发，有人却只觉空虚。便让烟花铭心，就永无无所适从。

又是烟花长夜时，那就祝你觥筹交错后，再宴请自我。

你是烟花的引申义，是经见的希望，是暗明的光。

祝你花败了再开，山荒了再茂，不畏明灭不负风。

祝你烟芜尽处又一春。

后　记
下一站，与春同往

　　全书落成之际，正是春意蓬发时。江南内陆已是草长莺飞，只有西北边陲还是冬山漫白。但我并不觉沮丧和焦躁，推开窗看，委顿一冬的草木其实也已浮翠，飞鸟悄悄从南地衔回一缕春风，日月也更加温润。万物齐首，都已做好准备在某一霎欢喜迎春。谁都暗暗角力，预备在春天起势。更为重要的是，花可以晚开，韶华却不等人，没人甘在盛夏才发芽。

　　于是荒芜的冰河之下，人人都暗涌春流。

　　我极爱春天，纵使西北的春天总有些敷衍，前后不过半月多。所以我笔下的春大多来自对过往记忆的重现，譬如童年和外婆在中原的乡下，又如曾到访过的一些城市，当然还有南方网友通过照片与我共振的花开，都齐齐涌入我的心田，叫春天及时生根。管它窗外又飘雪，我的目光早已越过白翠的林梢，去那群花燎原的青山，去那桃杏遍谷的深林，去那水流淙淙的雨巷。我在方寸屋檐下，望见千里外的春天。

　　这春天不只是字词，是精神和风骨，是希冀和探寻，更是一切喻征向上的代名词。花开象征着得意，山黛意味着壮观，所有草蝶都用生机写着勇往的诗行。所以春光根深蒂固，不等风绿时节，人人按时生长。

春天也是四时的底色。就说夏天澎湃的雨，可不就是春雨的积累？正是有了春时万物一层层铺垫，才有夏天林荫小道里的繁茂人间。而秋分两半，其一的喜庆秋收是在春的统领下才有五谷丰登，其二的万物颓残并非消亡，而是化作春泥，化作新的守望，所以我写"秋的归途是春"。人都说冬是一岁的终结，可我说它是新年岁的开端，是下一场春的前奏，是万紫千红的序言。你看，春天何曾黯淡？

当然四时之景不同，夏雨秋风的核心要义也不同，但只有春天的劲头足，让人满怀希望又甘愿为着远方奋楫。大多人的远方都不明，但前方的风帆已悬，只有出发，只能循着自己的航线前行，扬帆远航前的誓师便交由春来完成吧。再接下来的路，时有坎坷时有后退，支撑着前行的鼓舞消失殆尽，这时便需要我们调动心头的春意重整旗鼓。若一生浓缩到年这个单位，夏的炽燥，秋的萧瑟，可不都得由春去化解。故而心怀春天，便向阳一生。生活里难迈的坎儿，人情世态里的不如意，想想春天就能好受许多——春天意味着一切尚有余地。

若这个春天不够出彩，那就提早去拔下场春天的头筹。

总有阳光普照，总会春回旱土。

花开或早或晚，但春天至关重要。

祝我们自成春天。